CSI: NEW YORK: Kookpunt

Ook in de serie CSI
CSI
Omnibus Dubbelblind/Verboden vruchten/Koudvuur
Omnibus Bewijskracht/Oud zeer/Hartslag
Teamgeest
Extreem

CSI: Miami
Jachtseizoen
Vluchtgevaar
Doelwit
Noodweer

CSI: New York
Hard bewijs
Vermist
Valkuil

De forensische wetenschap van CSI
De forensische wetenschap van de Cold Case Files

Voor alle informatie over de CSI-boeken
ga naar www.karakteruitgevers/csi

Abonneer u nu op de Karakter Nieuwsbrief.
Ga naar www.karakteruitgevers.nl en:
* ontvang maandelijks informatie over de nieuwste titels;
* blijf op de hoogte van speciale aanbiedingen en kortingsacties;
* én maak kans op fantastische prijzen!
www.karakteruitgevers.nl biedt informatie over al onze boeken,
Nova Zembla-luisterboeken en softwareproducten.

Keith R.A. DeCandido

CSI: NEW YORK:
Kookpunt

Gebaseerd op de populaire CBS-televisieserie *CSI: Crime Scene Investigation*.
CSI: NEW YORK wordt geproduceerd door CBS Productions, een business unit van CBS Broadcasting Inc. in samenwerking met Jerry Bruckheimer Television.
Executive Producers: Jerry Bruckheimer, Anthony E. Zuiker, Ann Donahue, Carol Mendelsohn, Andrew Lipsitz, Danny Cannon, Pam Veasey, Peter Lenkov, Jonathan Littman. Serie ontwikkeld door Anthony E. Zuiker, Ann Donahue en Carol Mendelsohn.

Karakter Uitgevers B.V.

Oorspronkelijke titel: CSI: NEW YORK: Four walls
© 2008 by CBS Broadcasting Inc. and Entertainment AB Funding LLC., Inc. All rights reserved.
This edition published by arrangement with the original publisher, Pocket Books, New York.
Vertaling: Yolande Ligterink
© 2008 Karakter Uitgevers B.V., Uithoorn
Omslag: Björn Goud
Opmaak binnenwerk: ZetSpiegel, Best

CSI: NEW YORK in USA is a trademark of CBS Broadcasting Inc. and outside USA is a trademark of Entertainment AB Funding LLC. CBS and CBS Eye design TM CBS Broadcasting, Inc.

ISBN 978 90 6112 269 2
NUR 332

Niets uit deze uitgave mag worden openbaar gemaakt en/of verveelvoudigd door middel van druk, fotokopie, microfilm of op welke andere wijze dan ook zonder voorafgaande schriftelijke toestemming van de uitgever.

Voor Phil Rizzuto, 1917-2007.
Zijn stem maakte deel uit van mijn jeugd, bij het kijken naar wedstrijden van de Yankees op kanaal 11, en ik mis nog steeds zijn 'Holy cow' uit het hokje voor de verslaggevers.
Hij zou hebben genoten van de cannoli bij Belluso.
Rust in vrede, Scooter...

1

Rechercheur Don Flack zat naar de eenzame pil te staren die onder in het medicijnpotje lag.
Op het formicatafeltje voor hem stond een kop koffie, en de stoom steeg op naar het plafond van het airconditioned restaurant. Het had lang genoeg geduurd voor de koffie werd gebracht. De serveerster – een vrouw die volgens het naamplaatje op haar felroze uniform Doris heette, met een gezicht dat zo zwaar was opgemaakt dat het wel gebalsemd leek, adem die rook als een asbak en een nasale stem die Flacks ruggengraat dreigde te ontkalken – had hem een hele tijd genegeerd voordat ze zich verwaardigde zijn bestelling op te nemen.
In theorie kon hij de pil doorslikken met een teug koffie.
Ervan uitgaand dat hij zich ertoe kon brengen die laatste pil in zijn hand te laten vallen.
Het was nu bijna een jaar geleden. Een jaar sinds die idioot met de koptelefoon op het brandalarm had gemist. Flack was voor hem teruggegaan. Toen was de boel de lucht in gevlogen.
Toen alles voorbij was en hij in het ziekenhuis lag om te herstellen, had Flack zich afgevraagd wat er was gebeurd als die sukkel niet die grote, stomme, alle geluid buitensluitende koptelefoon had opgehad. Voornoemde sukkel – Flack kon zich zijn naam niet herinneren en had daar ook geen behoefte aan – had het brandalarm niet gehoord, had de paniekkreten gemist van vijfentwintig mensen die naar de brandtrappen renden, had Flack en rechercheur Mac Taylor niet horen schreeuwen dat er een bom in het gebouw lag.
Een dergelijke onoplettendheid zag je niet veel bij New Yorkers. Zeker niet na 11 september 2001.
Als die vent er niet geweest was, had Flack zich misschien al in het

trappenhuis bevonden. Of in ieder geval bij Mac, verderop in de gang. Mac was ervan afgekomen met een paar schaafwonden en blauwe plekken.
Flack had het bijna niet kunnen navertellen.
Maar dat kon hij toch. Na een paar maanden ziekenhuis had hij weer aan het werk gekund. Hij probeerde situaties te mijden waarin hij in het openbaar zijn shirt zou moeten uittrekken, want het netwerk van littekens was niet echt mooi om te zien. Stella Bonasera en Lindsay Monroe hadden allebei plagend beweerd dat hij de explosie gebruikte om met vrouwen te flirten, en dat was niet helemaal bezijden de waarheid, maar Flack had niemand de littekens laten zien.
De pijn was bijna constant aanwezig.
Als het heel erg werd, moest hij een pil nemen. Maar Flacks opvatting van 'erg' verschilde nogal van die van de dokters. Hij nam liever geen pillen. Een pil nemen betekende dat hij toegaf dat hij zwak was.
Soms was Flack zwak. Maar nu was het al een jaar geleden, en het potje pillen waarmee hij zes tot acht weken had moeten doen, was eindelijk bijna leeg.
Toen hij die morgen was opgestaan – eerder dan gewoonlijk, omdat hij met een vriend had afgesproken – had hij afschuwelijke pijn gehad. Dat gebeurde soms als het weer omsloeg. De laatste paar dagen was het ongewoon kil geweest, maar vanmorgen was het al 31° C en de temperatuur zou die dag oplopen tot tegen de 40° C. Flack had het gevoel dat iemand een heet mes in zijn onderrug stak, in de richting van zijn ribbenkast. (Hij had te veel tijd doorgebracht met Mac en zijn mensen van de technische recherche; hij kon zich tot in elk gruwelijk detail voorstellen hoe dat eruit zou zien, iets wat hij nooit had gehad voordat hij rechercheur was geworden.)
Maar er was nog maar één pil over. Als hij die laatste pil innam, zou hij een nieuw potje moeten halen.
Ook dat was zwak.
Donald Flack was de laatste in een lange lijn politiemannen, de

opvolger van Donald Flack sr. Politiemannen mochten niet zwak zijn. Dat roken ze op straat. Je kon die schoften niet laten weten dat er een zwakke plek in je wapenrusting zat, want ze zouden hem vinden en je er genadeloos op pakken.
Dus probeerde Flack zo min mogelijk pillen te slikken.
'Weet je, Donnie, mijn ervaring is dat pillen beter werken als je ze inneemt.'
Flack keek op en zag zijn metgezel voor het ontbijt de tafel naderen. 'Hé, Terry.'
Terry Sullivan liet zijn massieve lichaam op het met vinyl beklede bankje tegenover Flack zakken. Het zweet stond op zijn bleke voorhoofd. Met een knikje naar het potje pillen vroeg hij: 'Dat is nog van die bomaanslag, nietwaar? Wat hebben ze je gegeven? Percocet?'
Flack knikte en stak het potje in de zak van zijn colbert.
'Wat, neem je hem niet in?'
'Niet nodig.' Maar terwijl hij het zei, vertrok Flacks gezicht bij de beweging van zijn arm.
Sullivan schudde zijn hoofd en zijn blonde haardos vloog eromheen. 'Je liegt dat je zwart ziet, Donnie. Neem nou maar van je medemens aan dat ze een verdomd goede reden hebben gehad om je die dingen voor te schrijven. Je hebt pijn, dus slik die pijnstillers.'
'Het valt wel mee.'
Net als Flack was Terence Sullivan jr. gekleed voor het werk, hoewel hij in tegenstelling tot Flack niet zijn volledige uniform droeg. Niet dat Flack een echt uniform had; alleen het pak en de das die van hem verwacht werden. Sullivan droeg kleren die duidelijk maakten dat hij penitentiair inrichtingswerker in de staat New York was, in ieder geval voor Flack. Hij droeg niet het lichtblauwe overhemd dat het uniform compleet zou hebben gemaakt, omdat PIW'ers over het algemeen niet hun volledige uniform droegen buiten de gevangenismuren, maar hij droeg wel de donkerblauwe broek, de zwarte schoenen, het wapen en de riem. Deze zat vol clips voor sleutels, zakken, een houder voor de radio (de radio zelf was eigendom van de gevangenis en bleef daar) en een heleboel an-

dere spullen die Flack deden denken aan de dagen dat hij zelf in uniform had gelopen. Er waren verscheidene redenen waarom Flack het fijn vond om in burger te kunnen rondlopen, en een van de voornaamste was dat je niet de halve wereld aan je riem hoefde mee te dragen.

Het zomerweer had de oksels van Sullivans witte T-shirt donker gemaakt van het zweet. Sullivans brede schouders en gespierde armen kwamen goed uit in het shirt en contrasteerden met zijn bleke babyface en het verwilderde blonde haar. Boven de nek zag hij eruit als een jongen van twaalf. Hij werd nog steeds 'Junior' genoemd, ook door mensen die niet wisten dat Terry, net als Flack, de naam van zijn vader had gekregen.

De twee Juniors hadden een groot deel van hun jeugd bij elkaar thuis doorgebracht, omdat Donald Flack sr. en Terry Sullivan sr. beiden bij de politie van New York werkten. Ze waren allebei politieman geworden in het jaar 1978 (het jaar waarin allebei hun zoons waren geboren), in de tijd dat de pasbenoemde burgemeester Ed Koch meer politiemensen probeerde aan te trekken na het dreigende bankroet, de Son of Sam-moorden en het uitvallen van de elektriciteit in 1977. Flack herinnerde zich een heleboel gezamenlijke etentjes in de jaren tachtig met de Sullivans en andere gezinnen van politiemannen, waarbij de vaders mopperen over Howard Beach en burgemeester Koch of lyrisch werden over de nieuwe plaat van Bruce Springsteen.

Van zowel Sullivan als Flack werd verwacht dat hij in de voetsporen van zijn vader zou treden, maar aanvankelijk deed alleen Flack dat. Hij herinnerde zich dat de jonge Terry zijn vader had aanbeden en altijd zei dat hij net als zijn oudeheer politieman zou worden, tot op het moment dat Sullivan sr. in 1992 te kennen gaf van zijn vrouw te willen scheiden. Daarna had Sullivan niets meer met zijn vader te maken willen hebben. Toen Flack beginnend politieman was, werkte Sullivan als uitsmijter bij stripclubs.

Uiteindelijk was Sullivan dat leven echter zat geworden en had hij beseft dat hij nog steeds bij de politie wilde. Hij had Flack verteld dat hij het 'stom' vond om als vent van achter in de twintig nog naar de politieacademie te gaan, dus had hij besloten in plaats daarvan penitentiair inrichtingswerker te worden. Hij werkte in de Richmond Hill Correctional Facility, op Staten Island. Het restaurant waar ze hadden afgesproken was op Manhattan, bij de plek waar de veerboot naar Staten Island vertrok. Na de veerboot zou Sullivan nog een tijd in bus S74 naar de RHCF moeten zitten.

Flack wilde van onderwerp veranderen en zei: 'Denk maar niet dat je snel geholpen wordt. Het kostte de serveerster een halfuur om...'

Voordat hij was uitgesproken, kwam Doris er al aan. 'Hé, Terry. Ken je deze wout?'

Sullivan grinnikte. 'Ja, ik ben met hem opgegroeid.'

'Waarom zei je niet dat je bij hem hoorde?' vroeg Doris aan Flack, en haar stem deed nog meer pijn aan zijn ribben.

'Ik dacht niet dat dat nodig zou zijn.'

Doris haalde haar schouders op en wierp een blik op Terry. 'Hetzelfde als altijd?'

'Ja, en geef mijn vriend nog een kop koffie, wil je?'

'Ja hoor.'

Toen Doris weg was, schudde Flack grinnikend zijn hoofd. 'Ik zweer je, Terry, ik ben al tien jaar bij de politie, maar dit is de eerste keer dat ik iemand in het echt het woord "wout" hoor gebruiken.'

'Neem je nou nog zo'n pil of niet, Donnie?'

Flack klemde zijn tanden op elkaar. 'Toch maar niet.'

'Kom op, ik zie toch dat je pijn hebt. Het is net als die keer dat je een gebroken rib opliep bij het basketballen en het aan niemand wilde vertellen.'

'We moesten een wedstrijd uitspelen,' grinnikte Flack. 'Ik was de enige in het team die er ook maar iets van kon, dus ik moest wel doorgaan.'

Sullivan lachte, legde zijn arm over de rugleuning van de bank en pakte met zijn vlezige hand het uiteinde vast. 'Ja, wat waren we slecht, hè?'

'Hoezo "we"? Ik deed het prima.'

'Speel je nog steeds?'

Flack knikte. 'Ik doe het een en ander bij de YMCA om de kinderen daar te helpen.'
'En als een van hen medicijnen moest slikken, zou jij dan toestaan dat hij dat gewoon niet deed?'
Flack rolde met zijn ogen en zei: 'Je houdt er niet over op, hè?'
'Inderdaad. Ik wil jou verdomme die pil zien innemen. En je hoeft niet te doen alsof; ik sta elke dag bij de verpleegsters die medicijnen uitgeven aan mensen die veel gehaaider zijn dan jij en ik ken elk trucje dat er bestaat.'
Flack trok een wenkbrauw op. 'Elk trucje?' Hij pakte zijn koffie, bracht die voorzichtig naar zijn lippen terwijl hij de pijn in zijn ribben probeerde te negeren en dronk het kopje leeg voor Doris terugkwam om bij te schenken.
'Alsjeblieft zeg, het lijkt wel alsof die lui denken dat wij gek zijn. Ik zweer je, elke nieuweling die binnenkomt probeert de eerste keer de pillen onder zijn tong te verstoppen. En ze blijven maar proberen die dingen in hun hand te spugen, alsof wij niet naar hun handen zullen kijken. Ongelooflijk.' Sullivan schudde zijn hoofd. 'Maar als ze hersenen hadden, zouden ze waarschijnlijk niet in de gevangenis zitten.'
'Nee,' zei Flack, 'het betekent alleen dat hun advocaat geen behoorlijk pleidooi kon houden.'
Sullivan haalde zijn schouders op. 'Als jij het zegt.'
'Geloof mij maar, ik heb verdomme advocaten gezien die nog geen deal konden sluiten met Howie Mandel.' Flack zuchtte. 'In ieder geval, ik wil die pil niet, oké? Zo erg is de pijn niet,' loog hij.
Doris kwam terug met een bord met een in twee driehoeken gesneden boterham en een leeg kopje en schoteltje in dezelfde hand. In de andere hand had ze een ronde glazen pot vol koffie, zo heet dat de stoom opsteeg door de bruine plastic rand om de bovenkant van de pot. Ze zette het bord voor Sullivan neer – het rinkelde even toen het porselein het formica raakte – deed hetzelfde met het kopje en schoteltje, schonk Sullivan zijn koffie in en vulde toen het kopje van Flack. Daarna liep ze weg, met een glimlach voor Sullivan. Flack negeerde ze.

'Nou,' zei Sullivan, 'ik heb gelezen dat die Taylor van jullie is vrijgesproken.'

Dankbaar voor de verandering van onderwerp zei Flack: 'Natuurlijk is hij vrijgesproken, hij was onschuldig. Dobson was een klootzak.'

Clay Dobson was een architect die bijkluste als seriemoordenaar. Hij werd gepakt, gearresteerd en veroordeeld, en een paar jaar later vrijgelaten toen de agent die hem had gearresteerd, rechercheur Dean Truby, in de gevangenis belandde. Truby was corrupt en dat wist Flack. Het was zelfs zo dat Flacks aantekeningen op dat vlak hadden geholpen Truby achter de tralies te krijgen. Mac Taylor had Flack gedwongen die aantekeningen vrij te geven en Flack had Mac nog steeds niet helemaal vergeven, omdat hij hem ertoe had gebracht een collega te verlinken.

Maar dat was nog het minste probleem. Dobson had geld, en dat betekende dat hij ook een goede advocaat had. Truby's opsluiting leidde ertoe dat alle zaken van de rechercheur opnieuw bekeken moesten worden, en Dobsons advocaat vond dat daardoor gerede twijfel was ontstaan. Een rechter was het met hem eens en Dobson werd op vrije voeten gesteld.

Het duurde niet lang voor Dobson zijn oude gewoonten weer oppakte. Hij vermoordde een vrouw en had een andere ontvoerd, maar de laatste was in staat Dobson aan te wijzen als haar ontvoerder. Mac had hem opgespoord, met hem gevochten en hem de handboeien omgedaan, en toen was Dobson volgens Mac van het dak gesprongen met de woorden dat hij Mac in zijn val zou meeslepen.

En het was hem bijna gelukt. Er werd een hoorzitting gehouden en alle kranten stonden er vol van. Ironisch genoeg was het Truby die alles rechtzette: hij had wat belastende feiten over inspecteur Gerrard en daar maakte Mac gebruik van om te zorgen dat hij werd vrijgesproken.

'Ik heb een maat in Rikers,' zei Sullivan, 'en die heeft me over Dobson verteld. Er zitten daar drie soorten mannen. De onschuldigen die erin zijn geluisd. De schuldigen die spijt hebben van wat ze gedaan hebben. En de schuldigen die het geen moer kan schelen. De laatste groep is het grootst.'

'En daar hoorde Dobson ook bij?' vroeg Flack.

Sullivan knikte. 'Nou en of. Een gewone klootzak is tot daar aan toe, maar toen mijn maat hoorde wat die Taylor van jullie had gezegd, dat Dobson was gesprongen om Taylor erin te luizen, weet je wat hij toen zei? Hij zei dat hij dat wel kon geloven. Je collega kon er niets aan doen.'

Flack zei niets.

Hij stond achter Mac. Mac was zijn vriend. Het eerste gezicht dat Flack had gezien toen hij na de explosie in het ziekenhuis zijn ogen opendeed, was dat van Mac. En Flack wist dat Sinclair, het hoofd van de recherche, en inspecteur Gerrard een wit voetje wilden halen bij de media en zichzelf wilden dekken in de zaak-Dobson. En Mac had alle reden om nijdig te zijn op Dobson, omdat die door toedoen van Mac vrij was gekomen en Mac zich verantwoordelijk voelde. Flack betwijfelde of hij anders gehandeld zou hebben als hij in Macs schoenen had gestaan.

Maar Mac was ook achter Dobson aan gegaan zonder iemand te vertellen waar hij mee bezig was, dat was punt één. Hij had geen versterking opgeroepen, punt twee. En hij was met Dobson in een handgemeen verwikkeld geraakt, en dat was punt drie en eigenlijk ook punt vier, vijf en zes. Als je op de vuist gaat met een verdachte, komt die verdachte automatisch vrij, want dat handgemeen is dan het enige wat er nog toe zal doen voor de openbare aanklager en de advocaat van die verdachte. Agent slaat verdachte, verdachte kan gaan.

Wat Mac had gedaan, was een stap op het gevaarlijke pad dat naar daden als die van Dean Truby leidde.

Toch zei Flack daar niets van tegen Terry Sullivan, want Sullivan mocht dan zijn vriend zijn, dat was Mac Taylor ook. En je zei geen nadelige dingen over vrienden. Zelfs niet tegen andere vrienden.

Dat was zwak. En daar deed Flack niet aan.

De pijn in zijn ribben werd erger. Hij beeldde zich in dat hij de laatste Percocet nog steeds in het plastic potje kon horen ratelen.

Ten slotte zei hij het enige wat hij kon zeggen, iets wat nog steeds waar was, welke twijfels Flack ook mocht koesteren: 'Mac is de bovenste beste. De politie zou zonder hem slechter af zijn.'
Sullivan tilde zijn kopje op. 'Op hem, dan.'
Flack tilde zijn kopje niet erg hoog op, want dat deed pijn.
Toen Sullivan zijn gezicht zag vertrekken, zei hij: 'Jezus christus, Donnie, neem verdomme die pil in, ja?'
'Misschien later. Hoe is het met Katie?'
Het werkte altijd. De beste manier om Sullivan af te leiden was om naar zijn dochter te vragen. Er verscheen een brede lach op zijn babyface. 'Ze is fantastisch. Wist je dat ze tegenwoordig naar de kleuterschool gaat?'
'Echt?' Flack kon zijn oren niet geloven. 'Ze is toch vorige week pas geboren?'
'Ik weet het. Het is krankzinnig. We kunnen haar gewoon niet bijhouden. Het is alsof we elke maand een heel nieuwe garderobe voor haar moeten aanschaffen. En ze leest ook al. De leraren wilden haar in de eerste klas zetten, maar dat wilde Shannon niet. Ik kan het haar niet kwalijk nemen. Ze kan beter bij de kinderen van haar eigen leeftijd blijven, snap je?'
Ze dronken elk nog twee koppen koffie en toen keek Sullivan op zijn horloge. 'Ik moet opschieten. Anders krijg ik oom Cal op mijn dak.'
'Oom Cal?' vroeg Flack. Hij probeerde niet te tandenknarsen toen hij zijn hand naar zijn achterzak bracht om zijn portefeuille te pakken.
'Calvin Ursitti. Hij is de luitenant van dienst.'
'Zo noem je hem toch niet in zijn gezicht, hè?'
'Zie ik eruit alsof ik zelfmoord wil plegen?'
Flack grinnikte en gooide een briefje van vijf op tafel. Hij haalde diep adem en kwam overeind.
'Neem nou alsjeblieft die pil, in godsnaam.'
'Niets aan de hand,' zei Flack tussen zijn opeengeklemde tanden door. 'Geef Shannon een zoen van me, oké?'
'Shannon haat je als de pest, Donnie.'

Flack zuchtte. 'Nog steeds?'
'Je hebt haar zus na twee afspraakjes gedumpt, Donnie. Denk je dat mijn vrouw je ergens in dit millennium nog gaat vergeven?'
'Blijkbaar niet.' Flack keek om zich heen, ving de blik van Doris en wuifde vriendelijk. Doris rolde met haar ogen en wijdde zich weer aan de *Post*.
'Ze is gek op je,' zei Sullivan droog. 'Ik moet de veerboot halen. Zorg voor jezelf, Donnie.'
Ze liepen het restaurant uit. Sullivan ging op weg naar de veerboot en Flack naar zijn auto. Hij haalde zijn mobiele telefoon voor de dag en zette hem weer aan. Hij zette hem niet vaak uit, maar hij had Sullivan al veel te lang niet gezien. Voor deze ene keer wilde hij een maaltijd gebruiken zonder gestoord te worden.
Alleen een politieman zou vier koppen koffie een maaltijd noemen. Maar Flack leefde de laatste tijd zo'n beetje op koffie. Hij moest iets doen om de slapeloze nachten door te komen. De pijn was erger als hij lag.
Wonder boven wonder stonden er geen nieuwe berichten op zijn telefoon. Op de een of andere manier was het zeven uur in de morgen geworden zonder dat de New Yorkse politie zijn diensten nodig had.
Flack dacht niet dat die toestand tot de lunchpauze zou voortduren.

2

Dina Rosengaus had een hekel aan de ochtenddienst.
Het vroege opstaan was niet het probleem. Dina was altijd een ochtendmens geweest, al als klein meisje thuis in Rusland, en dat was nadat ze als tiener naar de Verenigde Staten was gekomen niet veranderd. En het ging ook niet om elke ochtenddienst. De woensdag, de zaterdag en de zondag waren prima.
Maar de andere vier dagen van de week was de ochtenddienst een nachtmerrie dankzij het belachelijke idee dat je dan op bepaalde tijden aan wisselende kanten van de straat moest parkeren.
Om de straten schoon te kunnen houden, had het stadsbestuur van New York overdag blokken van tweeënhalf uur aangewezen waarin één kant van de straat vrij moest zijn van geparkeerde auto's, zodat de straatvegers erlangs konden.
Dat was in ieder geval het idee. Maar Dina kon zich niet herinneren dat ze die mythische straatvegers ooit had gezien.
Dina werkte bij Belluso, een Italiaanse bakkerij met café in de wijk Riverdale in de Bronx – hij was zelfs gevestigd op Riverdale Avenue, midden in het belangrijkste winkelgebied van de buurt. In Riverdale woonden voornamelijk Joden – daarom was de familie van Dina hier gaan wonen – en Dina was verbaasd geweest toen daar een Italiaanse bakkerij gevestigd bleek te zijn, maar het was een populaire zaak. Ze serveerden koekjes, cannoli, gebak en pasteitjes, koffie, thee, brood en nog meer. Je kon er iets halen om mee te nemen of zo lang je maar wilde aan een van de ronde tafeltjes gaan zitten. Salvatore Belluso, de eigenaar en Dina's baas, zei altijd dat hij wilde dat de klant zich in een café in Florence waande en moedigde iedereen aan zo lang te blijven als hij wilde. Hij had boven zelfs een klok waarvan hij de wijzers had verwijderd om aan te geven dat het niet uitmaakte hoe laat het was.

Maar het maakte Dina wel uit hoe laat het was als haar dienst begon. Het was in de beste omstandigheden al moeilijk genoeg om in de buurt te parkeren, maar op doordeweekse ochtenden waren verschillende plekken tussen halfacht en acht uur niet beschikbaar en andere tussen halftien en elf uur niet. Dat maakte het bijna onmogelijk om je auto kwijt te raken. Ze kon natuurlijk op elk van die plekken parkeren als ze iets voor zevenen arriveerde om de bakkerij te openen, maar dat was niet voor lang, en meneer Belluso vond het niet prettig als je achter de toonbank vandaan kwam om 'persoonlijke dingen' te doen. Zorgen dat je geen bekeuring kreeg was voor hem blijkbaar iets persoonlijks. Op een keer had ze zeven straten verderop moeten parkeren. Ze had de auto net zo goed thuis kunnen laten.

Maar vandaag had ze geluk. Iemand reed net weg van een plekje op Fieldston Road, een straat met eenrichtingsverkeer die evenwijdig liep aan Riverdale, tussen West 236th en West 238th. (Er was geen West 237th, in ieder geval niet hier. Dat vond Dina nog onlogischer dan de kortstondige parkeerverboden, maar ze had ermee leren leven.)

Ze had meneer Belluso gesmeekt om haar alleen in de weekends ochtenddiensten te laten draaien, of op woensdag. Om de een of andere reden golden de parkeerverboden niet op woensdag. Maar Dina werkte er nog niet lang genoeg; Maria en Jeanie hadden de woensdagmorgens en er was een felle competitie om weekenddiensten. De meeste meisjes die hier werkten (meneer Belluso nam alleen meisjes van de middelbare school en studenten aan voor achter de toonbank), wilden in het weekend werken, omdat ze dan geen lessen hadden. Dina was tot op zekere hoogte een slachtoffer van het systeem, omdat het grootste deel van haar zomerlessen op het Manhattan College 's middags was.

Toen ze Riverdale Avenue op liep, stopte er net een bus bij de halte voor de bakkerij. De achterdeur zwaaide open en er stapten vier mensen uit. Een van hen was Jeanie Rodriguez.

Jeanie studeerde aan het Lehman College en wilde verpleegster worden. Ze vormden een vreemd stel. Jeanie was klein en compact, terwijl Dina lang was en brede schouders had. Jeanies heupen waren bescheiden en sexy, die van Dina waren breed en onelegant. In Rusland hadden ze haar gezond genoemd, maar hier in Amerika wilden ze blijkbaar dat alle vrouwen eruitzagen als Paris Hilton. Jeanie zag er echter beter uit dan Paris Hilton, in ieder geval in Dina's ogen. Ze had een open gezicht met een olijfkleurige huid die veel mooier was dan de bleke huid van Dina, en ze had kleine handen met lange vingers, terwijl die van Dina kort en dik waren.

Alleen het feit dat het magere, knappe, opgewekte meisje ook nog de liefste en aardigste persoon was die Dina ooit had ontmoet zorgde ervoor dat Dina geen hekel aan haar had. Toen Dina vier maanden eerder bij Belluso was gaan werken, had Jeanie heel veel geduld met haar gehad, vooral omdat haar Engels nog steeds niet zo goed was als Dina zou willen.

Jeanie werkte bovendien langer bij Belluso dan de andere vijf meisjes en was de onofficiële manager geworden. (Als meneer haar officieel manager had gemaakt, had hij haar meer moeten betalen.) Dat betekende dat meneer Belluso haar de sleutels toevertrouwde, dus was Dina blij haar uit de bus te zien stappen toen ze kwam aanlopen. Als dat niet zo geweest was, had Dina buiten in de warmte moeten wachten. Het was die morgen ondraaglijk heet en ze wist dat het nog erger zou worden naarmate de dag vorderde. Het enige voordeel van de ochtenddienst was dat ze geen last had van wat de vaste klanten het 'vlieg onder een vergrootglas'-effect noemden. Belluso had een grote etalage op het westen en aan het eind van de middag scheen de zon vol naar binnen en liep de temperatuur in de bakkerij hoger op dan de goedkope airconditioning aankon.

'Hé, Dina, hoe gaat het?' zei Jeanie met haar opgewekte stemmetje toen ze uit de bus stapte. Ze was zoals altijd helemaal in het roze: een lichtroze shirt van Hello Kitty, een felroze, heel korte broek (ze had er de benen voor. Dina schaamde zich voor haar eigen benen en zou zich nog niet in zo'n korte broek vertonen als iemand een pistool tegen haar hoofd hield), en roze slippers.

'Goed hoor. Ik kom net aanlopen,' zei Dina. 'En met jou?'
'Ik ben door de wekker heen geslapen. Gelukkig was Goldie er ook nog.'
Dina glimlachte. Goldie was Jeanies hond, een golden retriever. 'Je extra wekker?'
Jeanie grinnikte terwijl ze in haar tas zocht. 'Ja. Als ik om kwart over zes nog niet op ben, likt hij mijn hele gezicht af.' Ze rilde. 'Net als mijn ex-vriendje.'
Daar zei Dina niets op terug. Het enige ex-vriendje dat zij had, was de jongen die ze had achtergelaten in Rusland. Ze miste Sasha nog steeds. Natuurlijk had ze wel wat aandacht gekregen sinds ze hier was gekomen, zowel op school als in de bakkerij. Die ene vent die voortdurend in en uit liep, die Jack, dat was een enorme flirt. Dina had zich gevleid gevoeld, tot ze had gemerkt dat hij met iedereen flirtte, waardoor de lol er voor een groot deel af was. Toch klonken zijn complimentjes wel gemeend.
Maar niemand had echt haar aandacht getrokken. De meeste mannen die haar wilden versieren, inclusief Jack, waren veel ouder dan zij. En Dina had de ervaring dat oudere mannen jongere vrouwen nooit met respect behandelden.
Jeanie dook eindelijk de sleutel op uit haar tas. Ze stak hem in het slot en draaide hem naar rechts.
Er volgde een klikkend geluid en de sleutel stopte voordat hij helemaal was omgedraaid. 'Wat krijgen we nou?' zei Jeanie fronsend. Ze draaide de sleutel weer terug en trok hem eruit.
Toen trok ze aan de deur en Dina was geschokt toen hij openging. De deur was de avond tevoren helemaal niet op slot gedaan.
Dina keek op. Alle lampen waren uit, zoals gebruikelijk, maar de deur was open. Dat sloeg nergens op.
'Wie heeft gisteravond afgesloten?' vroeg Jeanie.
'Hoe moet ik dat weten?' reageerde Dina.
Jeanie schudde haar hoofd. 'O ja, jij hebt gisteren niet gewerkt.' Ze deed haar ogen dicht. Dina nam aan dat ze zich het rooster voor de geest haalde. 'Het waren... o ja, Maria en Annie.'
Dat verbaasde Dina. Zowel Maria Campagna als Annie Wolfowitz

was heel plichtsgetrouw. Als het nu Karen Paulsen was geweest, had Dina het wel begrepen. Dat meisje was een leeghoofd, volgens Jeanie. Maar niet Maria of Annie.

Dina had Maria nooit erg gemogen. Ze liep altijd op te scheppen over haar vriendje, dat haar zo goed behandelde en zo veel mooie dingen voor haar kocht, zoals de achttien-karaats gouden ketting die ze altijd droeg. Sasha had zich niet eens kunnen veroorloven om Dina regelmatig mee uit te nemen, laat staan dat hij cadeautjes voor haar had kunnen kopen, duur of niet.

Dus hoopte Dina, misschien een beetje hardvochtig, dat het Maria was die was vergeten de deur op slot te doen.

Toen ze de bakkerij binnen gingen, ging Dina naar achteren terwijl Jeanie het licht en de airconditioning aandeed. Dina wilde het cappuccinoapparaat aandoen en daarna de cannoli uit de koelkast achterin halen.

Overal zaten vliegen. Dina hoopte dat de airco ze zou wegjagen. Vreemd genoeg zag ze steeds meer vliegen toen ze om de toonbank heen liep. En het stonk...

Ze gilde al voordat ze Maria Campagna echt op de vloer had zien liggen, met haar ogen open en een bleek gezicht, en vliegen overal om haar heen.

'Wat is er?' zei Jeanie, die naar de andere kant van de toonbank holde. 'Dina, wat ís er?'

'Het is... het is... het is Maria!'

Dina had geen idee hoe Jeanie reageerde, want ze kon haar blik niet van Maria afwenden. Dina had nog nooit een dode gezien; volgens de joodse tradities werden de kisten gesloten bij de begrafenis. En ondanks alle sombere waarschuwingen van haar oom over de lijken die in New York overal op straat lagen, had ze nooit eerder een lijk gezien, behalve als er een politieserie op de tv was. Maria zag er heel anders uit dan ze verwacht had. Ze had bijvoorbeeld verwacht dat een dode veel bleker zou zijn. En ze zag nergens bloed.

Maar ze wist dat Maria dood was. Ze bewoog helemaal niet. Dina had nooit beseft hoe stil iemand kon liggen.

En ze had dode ogen.

Toen hoorde Dina een verre, dunne stem zeggen: 'Het alarmnummer.' Ze draaide zich om en zag dat Jeanie haar mobiele telefoon tevoorschijn had gehaald, een flinterdun toestelletje in dezelfde kleur roze als haar korte broek.

'Ik bevind me in Belluso's Bakery op Riverdale. Er ligt hier een lijk.'

3

Tim Ciccone had een enorme kater.
Hij was de vorige avond alleen even naar de bar gegaan om zich een beetje te ontspannen na een lange dag in de Richmond Hill Correctional Facility, waar hij de halve dag papieren had zitten invullen en de andere helft bij het honkbalveld had gestaan, waar de gedetineerden een wedstrijd speelden. Skinheads tegen moslims, welke idiote bureaucraat had dát bedacht? PIW'ers als Ciccone wisten dat het in praktisch elke gevangenis hetzelfde was: ras bleef bij ras. In de RHCF bestond het overgrote deel van de gedetineerden uit blanken die zwarte mensen haatten en zwarten die blanke mensen haatten.
Toen luitenant Ursitti zijn mannen had verteld over de wedstrijd, had Ciccone eerst gedacht dat het een grap was. Hij had erom gelachen en zo. Dus had oom Cal hem aangewezen om bij de wedstrijd aanwezig te zijn. Gelukkig was het goed weer geweest, onder de 20° C. Ideaal honkbalweer, in tegenstelling tot vandaag. Toen hij die morgen van zijn huis in de Van Duzer Street naar zijn werk was gereden, was Ciccone bijna levend gebraden. Hij moest echt de airco in zijn Camry laten maken.
Ciccone, die zijn hele leven al fan was van de New Jersey Devils, hield niet eens van honkbal. Hockey, dat was nog eens een mannensport. Honkbal was voor mietjes. Nou ja, behalve als het gespeeld werd door moslims en skinheads. Greg Yoba sloeg de bal over de grond naar Brett Hunt, die hem doorwierp naar Jack Mulroney, waarop Mulroney door Vance Barker met een sliding werd neergehaald. Uiteraard werd het toen vechten.
Na een dag met een vechtpartij in de buitenlucht had Ciccone grote behoefte gehad aan een borrel. Hij was geboren en getogen op Staten Island, en hij wilde nooit meer ergens anders wonen.

Het was ver genoeg van de rest van de stad om aan te voelen als een buitenwijk, maar dichtbij genoeg om naar Manhattan te kunnen gaan en alle gave dingen te kunnen doen die je in een grote stad tegenkwam. Zoals in elke goede buitenwijk was er in zijn buurt ook een bar waar iedereen iedereen kende. In dit geval was dat de Big Boot. Er kwamen *goombahs* zoals hij, Italiaanse Amerikanen die op Staten Island hadden gewoond sinds de grote immigratiegolf van het eind van de negentiende en het begin van de twintigste eeuw, en de bar was net bij hem om de hoek, zodat hij met gemak naar zijn appartement kon strompelen. Ciccone had een paar biertjes willen drinken in de Boot en daarna naar huis willen gaan.
Maar toen was Tina DiFillippo binnengekomen. Ciccone had Tina in geen weken gebeld en Tina wilde dat hij dat goedmaakte. Dus had hij de hele avond met haar zitten drinken: Jägermeister, Harbor Lights en nog wat dingen die Ciccone zich niet meer kon herinneren.
Hij kon zich ook niet meer herinneren dat hij Tina mee naar huis had genomen, maar ze hadden blijkbaar seks gehad, want hij had een gebruikt condoom op de vloer gevonden.
Uiteindelijk zou Ciccone het jammer vinden dat hij te dronken was geweest om zich de seks te herinneren. Maar op dit moment wilde hij alleen maar dat die koperblazers uit zijn hoofd vertrokken.
Ciccone had al genoeg koffie gehad om de veerboot drijvend te houden en hij kon nog steeds amper zijn ogen openhouden. Maar hij hield zich aan zijn gebruikelijke routine en hoopte maar dat oom Cal niets in de gaten kreeg.
Eerst was het scheren aan de beurt. Ciccone had altijd gevonden dat het nogal dom was om de gedetineerden toe te staan zich te scheren. Die idioten moesten hun baard maar laten staan; uiterlijk was hier immers niet belangrijk. Maar een heleboel van die kerels moesten voor het hof verschijnen voor een eventuele voorwaardelijke vrijlating en moesten er daarvoor op hun paasbest uitzien, en bovendien gaf je de advocaten meteen een reden om de staat aan te klagen als je de gedetineerden niet de kans gaf zich te scheren.

Dus volgden ze de normale routine. De PIW'er kreeg een doos vol scheermessen. Hij deelde ze uit aan de gedetineerden in zijn groep als ze naar de douches gingen, en als ze klaar waren met scheren, gaven ze ze terug en deed de PIW'er ze in een plastic recyclingdoos. In gesloten inrichtingen moesten de gedetineerden de scheermessen op een magneet leggen om aan te tonen dat er echt een scheermes in zat. De gedetineerden waren er dol op om het mes te vervangen door aluminiumfolie en het te houden als wapen. Dat was moeilijker met een wegwerpmes, maar een gedetineerde kon verdomde ingenieus zijn als hij besloot dat hij een wapen wilde hebben. Waarom ze die slimheid niet konden gebruiken om onder de aanklacht uit te komen had Ciccone nooit begrepen. Maar het kon hem eigenlijk ook geen donder schelen, vooral vandaag niet. Oom Cal had op de zwaarbeveiligde afdeling van Sing Sing gewerkt. Hij vond de magneten een goed idee en had zijn bazen op de een of andere manier overgehaald er via onofficiële weg een aan te schaffen. Die moesten de PIW'ers af en toe gebruiken om de gedetineerden minder kans te geven. Vandaag moest Ciccone dat doen omdat er gisteren gevochten was, maar die verdomde magneet maakte een zoemend geluid dat hem het gevoel gaf dat iemand met een boor in zijn linkeroogbol bezig was. Hij kwam de dag nooit door met dat ding aan.
Dus deed hij de moeite niet. Hij controleerde een paar scheermessen, maar hij wilde eigenlijk dat het maar zo snel mogelijk voorbij zou zijn. Als deze taak er eenmaal op zat, had hij dienst in de bibliotheek, en daar was airconditioning. De vochtigheid van de badruimte was moordend voor hem.
Als hij het maar uithield tot in de bibliotheek, kwam het wel goed.

Jack Mulroney kon bijna niet geloven hoeveel geluk hij had. Vooral omdat het de laatste tijd wel anders was geweest.
Het was allemaal op het werk begonnen. Hoe had Jack moeten weten dat Billy, de nieuwe supervisor, een mietje was? Billy had Jack en Freddie horen praten – het ging om een stom grapje over het feit dat je geen muntstuk moest laten vallen als je voor een

Jood of een homo stond – en Billy was woedend geworden. Jack kreeg een proeftijd en een brief van de afdeling personeelszaken waarin stond dat de bank dergelijke uitspraken niet kon waarderen, dat het slecht was voor de zaken als de cliënten zoiets hoorden – terwijl het verdomme in de kantine was; hij zou nooit een grap vertellen waar een cliënt bij was, hij was niet achterlijk – en dat hij geschorst zou worden als zoiets nog eens zou voorvallen.
Dus had hij zich keurig gedragen en alles gedaan wat het mietje hem opdroeg. Maar dat was niet genoeg voor Billy, o nee. Hij begon folders in zijn bakje te leggen, brochures en andere rotzooi, allemaal over de rechten van homoseksuelen.
Toen hij op een avond van zijn werk kwam, ging hij een eindje lopen om stoom af te blazen voordat hij de metro naar huis nam. Na een tijdje werd hij moe en had hij dringend behoefte aan bier, dus ging hij de eerste bar in die hij zag – een kroeg op 34th. Hij nam een Bud Light – die hadden ze op de tap – en sloeg in één keer de helft van de pint achterover. Hij voelde zich meteen beter.
Toen kwamen er twee kerels naast hem zitten. Gemillimeterd haar, sikjes, strakke T-shirts, even strakke spijkerbroeken, zwarte laarzen, en een van hen noemde de ander 'schatje'.
'Jezus christus,' zei hij, 'kunnen jullie flikkers niet op een eigen eiland gaan zitten of zo?'
Een van hen, degene die godbetert eyeliner op had, keek hem aan alsof hij over zijn bril heen keek, alleen droeg die vent helemaal geen bril, en hij zei: 'We hebben ons eigen eiland. Het heet Manhattan.'
Toen had Jack hem in elkaar geslagen.
Het was in veel opzichten stom geweest. Als je een flikker in elkaar wil slaan, moet je dat allereerst niet doen waar iedereen bij is. Je kunt geen getuigen gebruiken. Verdomme, de openbaar aanklager moest de halve stad als getuige hebben opgeroepen. En als je het toch in een bar wil doen, doe het dan ergens waar ze je kennen en ze je misschien willen dekken. Een vreemde die een vaste klant in elkaar slaat, dat werkt dus niet.
Dus was Jack erbij, vooral omdat de openbaar aanklager in zijn

verkiezingscampagne erg tekeer was gegaan tegen discriminatie, dus had hij het des te meer op Jack voorzien.
Maar hij had die flikkers in ieder geval goed te pakken genomen. Alleen al daarom was het het waard geweest.
Na zijn aankomst in de RHCF had Jack er niet lang voor nodig gehad om in te zien dat hij keus had uit drie partijen: de moslims, de skinheads of de slachtoffers. (Er waren ook een heleboel bendes vertegenwoordigd, maar daar moest je buiten al lid van zijn geweest.) Bij de moslims maakte hij geen kans. Jack had nooit problemen gehad met zwarte mensen – verdomme, de man die hij het grapje over dat muntje had verteld, was zwart geweest en die had in een deuk gelegen van het lachen – maar Jack was te bleek voor hen. En hij was niet van plan aan de kant te blijven zitten en zich door iedereen te laten koeioneren.
Trouwens, toen ze erachter kwamen dat hij zat voor potenrammen, hadden de skinheads hem met open armen verwelkomd.
Maar als blanke had je het in elke gevangenis moeilijk. Opeens behoorde hij tot een minderheid, en daar was Jack als blanke christen niet aan gewend. En toen moest die klootzak van een Barker hem gisteren bij de honkbalwedstrijd zo nodig onderuithalen.
Dat deed je gewoon niet. Toen Jack nog klein was, had hij de tweede honkman van de Yankees, Willie Randolph, over mannen heen zien springen die dat probeerden. Jack had Randolph altijd graag gemogen en had zelfs weer belangstelling voor honkbal gekregen toen de Mets Randolph tot manager hadden benoemd.
Maar Jack was geen Willie Randolph. Barkers voet had hem vol geraakt en Jack had niet snel genoeg opzij kunnen springen. Zijn schenen deden nog pijn.
En daarna hadden ze hem verdomme in het hok gezet. Hij had de hele nacht in eenzame opsluiting doorgebracht in een hok zonder ramen en zonder licht, behalve als ze de schuif voor het eten opendeden. Het was een nachtmerrie. Het was een marteling. Hij kon amper slapen, vooral omdat het niet uitmaakte of hij zijn ogen open- of dichtdeed. Het was alsof hij moest leven met een deken over zijn hoofd.

Vanmorgen hadden ze hem eruit gelaten. Dat was het eerste gelukje, want meestal zat je minstens vierentwintig uur in het hok. Maar Sullivan had gezegd dat iedereen het toch maar een stom balspelletje vond en dat ze hem en Barker dus maar één nachtje hadden gegeven. Jack was dankbaar, want alleen al na die ene nacht was hij uitgeput, zweterig en hyper.

Ze hadden Barker ook in het hok gezet en hij zag er prima uit toen hij naar buiten kwam, alsof hij verdomme een dag naar het strand was geweest. Jacks korte haar lag plat tegen zijn bezwete hoofd, maar Barker had alleen een paar druppels zweet op zijn donkere voorhoofd en zijn haar was droog. De klootzak.

Vanaf het moment van de sliding wilde Jack Barker dood hebben, maar pas toen de andere man zo fris als een hoentje uit het hok kwam terwijl Jack een wrak was, besloot Jack dat hij Barker zelf zou moeten vermoorden.

Het eerste wat hij deed was naar Karl Fischer gaan, omdat hij zonder toestemming niets kon doen. Jack haatte het om met Fischer te moeten praten. Hij was een eersteklas skinhead en zat voor moord, en hij bevond zich alleen in de RHCF omdat hij midden in een langdurige beroepszaak zat.

Maar geen enkele blanke in de RHCF deed iets zonder er eerst met Fischer over te praten. Fischer had invloed en hij had mensen. De meesten van de weinige blanken in de RHCF schaarden zich onder Fischer om met zijn allen sterker te staan en om elkaar te beschermen. Fischer had Jack het groene licht gegeven en Jack wist dat Fischer hem zou dekken.

Zijn geluk hield stand: Ciccone was vandaag de dienstdoende PIW'er in het blok. Hij had het scheermes al verwijderd en was er vrij zeker van dat hij het langs Ciccone kon smokkelen. Als het Bolton of Sullivan, of die nieuwe kerel, Andros, was geweest, had Jack zich zorgen gemaakt, maar Ciccone wist helemaal niet waar hij mee bezig was, dus hij dacht dat het wel zou lukken.

Toen zag Jack de magneet en raakte hij in paniek. Hij had het scheermes onder zijn tong geschoven, wat prima werkte zolang je niets zei.

Maar de magneet stond niet aan. En Ciccone zag er trouwens uit alsof hij halfdood was. En ja hoor, hij pakte de lege houder aan, liet de magneet uit staan en gooide het ding in de doos. Hij zag Jack niet eens.
Nu had Jack een wapen. Hij had nog nooit iemand vermoord. Hij had wel een heleboel mensen in elkaar geslagen, maar meer niet. Maar Barker had het verdiend. Hij had Jack niet eenmaal, maar tweemaal voor gek gezet. Dus nu zou Jack voor het eerst een man vermoorden.
Hij vroeg zich af hoe het zou voelen.

4

De laatste keer dat rechercheurs Stella Bonasera en Lindsay Monroe een moord hadden onderzocht in Riverdale was het slachtoffer ook een tienermeisje geweest. Lindsay was toen van de plaats delict weggerend, omdat het zien van een dode tiener al te levendige herinneringen had opgeroepen aan tien jaar eerder, toen ze als enige een slachting had overleefd in een restaurantje in Bozeman in Montana.

Lindsay had zich in de toiletruimte bevonden toen Daniel Kadems het restaurant binnenkwam. Hij was van plan geweest de gelegenheid te beroven na sluitingstijd, voordat het personeel de zaak had afgesloten. Maar door het uitgelaten geklets van Lindsay en haar vriendinnen was het restaurant langer opengebleven dan verwacht. Kadems raakte in paniek toen hij besefte dat zijn overval verkeerd was gelopen en schoot alle getuigen dood.

Alle getuigen, behalve die ene in het toilet. Toen Lindsay had horen schieten, was ze in een hoekje weggekropen tot het was opgehouden. Daarna had ze zich ter wille van haar beste vriendinnen gedwongen gevoeld om iets te doen om mensen als Kadems ervan te weerhouden anderen kwaad te doen. Maar haar passieve reactie op de schietpartij betekende volgens haar dat de politie waarschijnlijk niet de juiste keuze voor haar was, dus was ze zich in plaats daarvan met de forensische wetenschap gaan bezighouden.

Uiteindelijk hadden de herinneringen aan haar vriendinnen en hun gewelddadige dood het te pijnlijk gemaakt om in Bozeman te blijven, dus was ze zo ver weg gegaan als ze kon: naar New York, waar ze zich gevoegd had bij de technische recherche onder leiding van rechercheur Mac Taylor.

En dat was prima zolang ze geen dode tienermeisjes hoefde te zien.

Helaas was ze vorig jaar op een avond rond Kerstmis naar Riverdale gereden om daar het lijk aan te treffen van Alison Mitchum, en daar had Lindsay niet goed op gereageerd. Stella had haar gedekt tegenover Mac.

Inmiddels had de politie van Bozeman Daniel Kadems te pakken gekregen en was hij berecht en veroordeeld, mede door Lindsays getuigenis. Dus toen rechercheur Angell haar naar een nieuwe plaats delict in Riverdale had geroepen, had Lindsay gedacht dat ze het deze keer wel zou aankunnen, omdat er eindelijk een eind aan die nachtmerrie was gekomen. Dat had ze tenminste tegen Stella gezegd.

Ze reden erheen in een van de SUV's van de technische recherche. De Bronx was de meest noordelijke van de vijf stadsdelen van New York en de enige die aan het vasteland grensde. Ze schoten lekker op; zo vroeg in de morgen ging het meeste verkeer Manhattan in, in plaats van uit. De laatste keer hadden ze de West Side Highway genomen, maar vanmorgen koos Stella voor de Franklin D. Roosevelt Drive, aan de oostkant van het eiland. 'We hebben een memo gekregen,' legde ze uit toen ze de afslag nam naar de Third Avenue Bridge. 'De technische recherche geeft blijkbaar te veel geld uit aan de E-ZPass, dus willen ze dat we de tolwegen zo veel mogelijk vermijden.'

Lindsay schudde haar hoofd. 'Met al dat geld dat we besteden aan onze uitrusting, maken zij zich zorgen om tolgelden?'

Stella haalde haar schouders op, en haar lange krullen wipten licht mee. De SUV ging de brug over de Harlem River op. Toen ze naar rechts keek, zag Lindsay Randall's Island door de lichte mist van deze vochtige ochtend.

'Blijkbaar hadden we op Memorial Day onze toegekende tolgelden voor het hele jaar al verbruikt en heeft een of andere cententeller zich daar kwaad over gemaakt,' zei Stella. 'Hou je vast.'

'Waarom moet ik...' Lindsay onderbrak haar zin toen de SUV het eind van de brug bereikte en weer terugkwam op gewone bestrating. Of eerder ongewone bestrating. De weg was een lange reeks enorme gaten en zelfs de geavanceerde ophanging van de SUV kon niet verhinderen dat ze heen en weer hotste op haar stoel en dat de gordel in haar ribbenkast sneed.

Na een paar minuten sloeg Stella links af naar de oprit van de Major Deegan Expressway. 'Dat was leuk,' mompelde Lindsay, die zich inmiddels vasthield aan de handgreep boven het portier van de SUV. 'Weet je, in Montana hebben we niet eens tolbruggen.'

'En ook geen behoorlijke cannoli, wil ik wedden,' zei Stella lachend.

Lindsay lachte terug. 'Ik zou het niet weten. Ik heb nog nooit cannoli gegeten.'

Nadat ze weer was ingevoegd wierp Stella Lindsay een geschokte blik toe. 'Hoe lang woon je nu al niet in New York, en je hebt nog nooit een van de heerlijkste Italiaanse delicatessen geproefd?'

'Ik dacht dat dat de pizza was.'

Stella schudde haar hoofd. 'Pizza's zijn een Amerikaanse uitvinding. Cannoli zijn echt Italiaans eten. De beste die ik ooit heb gehad, kwamen uit een restaurantje bij het gerechtsgebouw in Little Italy.' Er ging een trek van verrukking over Stella's gezicht. Lindsay had Stella's fascinatie voor voedsel nooit begrepen. Maar in Lindsays jeugd was de Olive Garden, een Italiaanse restaurantketen in Amerika, de plek om exotisch te eten. Ze had de vergissing begaan om dat een keer tegen Stella te zeggen, waarop Stella haar had aangekeken alsof ze een seriemoordenaar was.

Lindsay keek weer uit het raampje toen ze het Yankee Stadium passeerden met de massieve gevel van het Bronx County Courthouse erachter. Lindsay was er een paar keer geweest om te getuigen. Elk stadsdeel was een eigen county en had dus een eigen gerechtsgebouw. Hoewel Lindsay meestal moest getuigen in het New York County Courthouse op Centre Street in het centrum van Manhattan – het gerechtsgebouw bij Little Italy, zoals Stella al had gezegd – was ze ook verscheidene malen naar de gerechtsgebouwen in Brooklyn, Queens en de Bronx geweest, en zelfs een keertje naar dat op Staten Island.

De laatste keer dat ze hier was had Danny Messer gezegd dat hij haar mee zou nemen naar een wedstrijd. Ze had het braakliggende terrein gezien waarop het nieuwe Yankee Stadium zou verrijzen, dat in 2009 klaar zou zijn. Danny noemde het 'het misbaksel'. Dat was een van de redenen waarom hij haar mee wilde nemen naar een wedstrijd; hij wilde dat ze het 'echte' Yankee Stadium zou zien voordat het was verdwenen.

Lindsay had niet het hart om Danny te vertellen dat ze geen belangstelling had voor honkbal. Voetbal ging nog, maar honkbal, nee. Hij was zo leuk als hij in vervoering raakte over Derek Jeter, Mariano Rivera, Reggie Jackson en Don Mattingly, en over zijn haat tegen de Red Sox, om het nog maar niet te hebben over zijn eigen kortstondige honkbalcarrière.

Ze waren al snel bij West 230th Street, waar Stella de afslag nam en door een paar straatjes reed waarin Lindsay al snel de weg kwijtraakte. Lindsay reed alleen als ze op Manhattan bleven, met zijn strakke stratenrooster. Eenmaal in de buitenwijken raakte ze vaak hopeloos de weg kwijt.

Ze gingen een grote, steile heuvel op en kwamen bij een bushalte waar twee auto's geparkeerd stonden, een sedan van de politie, waarschijnlijk die van Angell, en een patrouillewagen van Bureau 50. Stella parkeerde achter de patrouillewagen.

Rechercheur Jennifer Angell stond voor de deur van Belluso's Bakery, tegenover de bushalte. De slanke brunette was oorspronkelijk tijdelijk gepromoveerd om de zaken van Flack over te nemen toen hij gewond was geraakt, klaar om hem te vervangen als hij het niet zou redden. Flack was toch teruggekomen, maar Angell had het zo goed gedaan in haar proefperiode dat ze haar de volle promotie gaven. Ze had het laatste jaar een heleboel zaken prima afgerond.

Maar ze had nooit het memo gekregen over de voorgeschreven kleding. Rechercheurs in burger die bij Moordzaken werkten, werden geacht zich formeel te kleden. Maar Angell hield het meestal bij spijkerstof. Het verbaasde Lindsay dat ze er nog geen opmerkingen over had gekregen. Ook vandaag droeg ze een eenvoudig, lichtblauw T-shirt en een verbleekte spijkerbroek. Haar lange bruine haar zat in een paardenstaart vanwege de drukkende hitte. Stella had hetzelfde gedaan met haar krullenbos en Lindsay begon te denken dat ze dat ook had moeten doen.

Toen ze door de grote etalage keek, zag Lindsay twee lange toonbanken vol etenswaren loodrecht op elkaar staan. Midden in de ruimte bevond zich een trap die naar een soort balkon op de tweede verdieping leidde. Rond de trap stonden een paar ronde tafeltjes, met drie of vier houten stoelen om elk ervan. Binnen bevonden zich twee geüniformeerde agenten, drie jonge vrouwen en een oudere man.

'De naam van het slachtoffer is Maria Campagna,' zei Angell, die meteen ter zake kwam. 'Ze werkte hier parttime. Ze was een van de meisjes die gisteravond hebben afgesloten. Twee andere meisjes vonden haar toen ze vanmorgen de zaak opendeden.' Ze glimlachte. 'En nu weet je evenveel als ik. Ik ben hier net.'

Een van de agenten kwam door de glazen deur naar buiten. Lindsay voelde meteen de uitnodigende koele bries van de airconditioning.

Op de kraag van de agent zaten speldjes met '50' erop, die aangaven dat hij thuishoorde in het plaatselijke politiebureau. Het was een lange man met een enorme borstkas, gemillimeterd haar en een bleek gezicht, op zijn neus na, die felrood was van de zonnebrand. Op zijn naamplaatje stond O'MALLEY.

'Hoe is het, engeltje?' zei hij met een grijns.

Angell trok een gezicht. 'Deej, wat heb ik je nou gezegd?'

O'Malley antwoordde nog steeds grijnzend: 'Dat je me neerschiet als ik je nog eens zo noem. Maar ik heb je scores van de schietbaan gezien en ik maak me geen zorgen.'

Angell zei hoofdschuddend: 'Rechercheur Bonasera, rechercheur Monroe, deze idioot is D.J. O'Malley. We hebben vroeger samen bij Bureau 24 gezeten. Deej, deze twee zijn van de technische recherche.'

O'Malley knikte. 'Dus jullie werken samen met Mac Taylor?'

'Ja,' zei Stella. 'Ken je hem?'

'Nee, maar ik heb gehoord dat hij in de problemen is gekomen door die schoft van een Dobson. Blij dat hij is vrijgesproken.'

'Wij ook,' zei Stella met een knikje.
'Nou,' zei Angell, 'wie zijn al die mensen daarbinnen?'
O'Malley haalde geen aantekenboekje voor de dag, wat Lindsay verbaasde. 'Dina en Jeanie hebben het lijk gevonden. Dina is die grote, Jeanie is die knappe magere. De ouwe is Sal, de eigenaar van de zaak, en die leuke blonde is Annie, die heeft gisteravond met Maria afgesloten.'
Stella fronste. 'Hebben die mensen ook achternamen?'
'Dat zal wel.' O'Malley haalde zijn schouders op. 'Ik en Bats komen hier heel vaak. Ik ken al die mensen, inclusief het slachtoffer. Een goeie meid; ze wist altijd precies hoeveel melk ze in mijn koffie moest doen.' Hij wendde zich tot Stella en Lindsay. 'Niemand heeft iets aangeraakt, dus jullie kunnen aan de gang.'
Lindsay knikte en vroeg zich af waarom de partner van O'Malley 'Bats' werd genoemd.
'Laten we wegwezen uit deze oven,' zei Stella, en ze liep naar de deur van de bakkerij. O'Malley haastte zich om de deur voor haar open te houden. Ridderlijkheid nadat hij zojuist de vrouwen in de bakkerij had aangeduid door te vertellen hoe knap ze waren. Lindsay zuchtte, maar ze zat al lang genoeg bij de politie om niet meer verbaasd te staan over die tegenstelling.
Toen Lindsay door de deur liep die O'Malley voor haar openhield, zag ze de openingsuren van de bakkerij op de glazen ruit staan. Zondag tot donderdag van 7.00 uur tot 23.00 uur, vrijdag en zaterdag van 7.00 uur tot 24.00 uur.
Zodra ze de bakkerij binnengingen kreeg Lindsay kippenvel, doordat de airconditioning het zweet op haar voorhoofd en in haar hals liet opdrogen. Ze sloot haar ogen en genoot even van het gevoel terwijl de deur achter O'Malley dichtging.
Toen ze ze weer opendeed, wees O'Malley naar de hoek waar de twee toonbanken elkaar raakten. 'Het lichaam ligt daar.'
Lindsay liep achter Stella aan om de toonbank heen die tegenover de deur stond. De eigenaar van de zaak, een grote man met een dikke neus, overal levervlekken, en dun wit haar, mompelde iets in Engels met een zwaar accent – Italiaans, nam ze aan. Hij

stond bij de trap, bij het tafeltje waaraan de drie jonge vrouwen – Dina, Jeanie en Annie – zaten. Ze hadden alle drie bloeddoorlopen ogen, die erop wezen dat ze hadden gehuild, en Annie huilde nog steeds. Ze was de enige van de drie die zich niet had opgemaakt; de andere twee leken wel wasberen door de uitgelopen mascara. Naast de eigenaar stond een agent van Bureau 50 met een naamplaatje waarop WAYNE stond, wat enige uitleg bood over zijn bijnaam. Lindsay vroeg zich af of zijn voornaam soms Bruce was.

Toen ze langs de jonge vrouwen liep, hoorde ze Annie mompelen dat zij het had moeten zijn.

Angell liep naar de eigenaar terwijl Lindsay en Stella het lichaam gingen bekijken. Ze gingen de hoek om en stapten op een verhoging van houten latten, waardoor de mensen achter de toonbank iets hoger stonden dan de klanten. Lindsay zag de logica hiervan in: alle personeelsleden hier leken jonge vrouwen te zijn, die meestal kleiner waren dan mannen, en het ging niet aan om de klanten te bedienen vanachter een toonbank die tot aan je kin kwam.

Lindsay stapte op de verhoging en keek neer op het lichaam.

Kelly op de vloer, met een verbaasde blik op haar bebloede gezicht...
Ze keek weg en verdrong het beeld.

'Alles goed?' Stella legde een hand op haar schouder.

Lindsay knikte snel en zei: 'Ja, ja, het gaat prima.' Ze haalde haar digitale camera, een Nikon D200, uit haar tas en hing hem om haar hals.

Toen keek ze weer naar het lichaam.

Dit keer zag ze tot haar opluchting niet Kelly, maar Maria Campagna, een magere, jonge vrouw met kort, donker haar. Ze lag met gebogen benen op de verhoging, met haar knieën naar de achtermuur, haar rug plat tegen de vloer, haar gezicht de andere kant uit dan haar knieën en haar armen aan weerszijden naast zich. Ze droeg een wit T-shirt met de woorden SAN FRANCISCO HERE I COME op de voorkant, een strakke heupspijkerbroek, bruine leren sandalen zonder sokken. Haar vinger- en teennagels waren paars gelakt, en de lak was hier en daar geschilferd, wat aangaf dat hij er al minstens een of twee dagen op zat.

Nadat ze diep adem had gehaald door haar neus en de lucht langzaam door haar mond had laten ontsnappen – een methode die haar vroegere psychiater haar had aanbevolen en die Lindsay meer dan eens in staat had gesteld het hoofd koel te houden – bracht ze haar camera naar haar gezicht. Ze zorgde dat het hoofd van Maria – nee, het slachtoffer – midden in de zoeker kwam en begon foto's te maken. Dat was iets wat Mac haar kort nadat ze bij zijn team was gekomen had verteld: dat het gemakkelijker was een plaats delict te onderzoeken als je dacht over 'het slachtoffer' of 'het lichaam' in plaats van er een naam bij te denken. Later had je tijd genoeg om eraan te denken wie het was geweest, maar als je bezig was met de plaats delict, richtte je je op wat er gebeurd was, niet met wie het gebeurd was.

Ze hoorde Angell zeggen: 'Agent Wayne, kun je alsjeblieft iedereen behalve meneer Belluso mee naar boven nemen? Ik moet iedereen apart spreken, beginnend met meneer Belluso.'

'Natuurlijk,' zei Wayne. 'Dames?'

Lindsay hoorde schuifelende voeten de trap midden in de bakkerij op gaan, maar ze keek niet, omdat ze zich concentreerde op de foto's van het lichaam. Ze zorgde ervoor dat ze opnames kreeg van het lichaam als geheel vanuit iedere hoek en daarna maakte ze close-ups.

Stella stond achter haar en nam het schouwspel van een afstandje in zich op terwijl Lindsay fotografeerde.

Na een close-up van de ogen van het slachtoffer zei Lindsay: 'Petechieën in de ogen.'

Stella knikte en zei: 'Waarschijnlijk gewurgd.' Ze kwam dichterbij en keek naar de vloer. 'Een heleboel vegen en strepen op de vloer, maar dat was te verwachten. Ze kan hier gedood zijn of hiernaartoe gesleept zijn.' Stella ging op haar knieën zitten. 'Zo op het oog hebben we een overdaad aan sporenmateriaal. Het is maar goed dat we een heleboel enveloppen hebben meegenomen.'

'Veel plezier ermee,' mompelde Lindsay, die foto's bleef maken. Het was ongelooflijk frustrerend om sporenmateriaal te verzamelen op een plek die druk belopen werd. Negenennegentig procent van wat je oppikte, hoorde er gewoon thuis. De technische recherche had de taak die ene procent te vinden die er niet thuishoorde.

En hun werk werd nog lastiger als iemand als meneer Belluso of een van zijn personeelsleden de dader was, want die zou overal sporen hebben achtergelaten, maar geen ervan zou een aanwijzing zijn van zijn of haar schuld aan deze misdaad.

Maar dat was Angells probleem. Lindsays taak was nu om het lichaam op foto vast te leggen.

Stella had haar pincet voor de dag gehaald en haar latex handschoenen aangetrokken en deed dingen die ze van de vloer raapte in zakjes, die ze vervolgens van een etiket voorzag. Op een plek als deze was het grootste deel van het sporenmateriaal organisch, en Lindsay telde de microseconden tot Stella haar zou vragen even te helpen. Ze vond het al geweldig dat haar niet meteen was gevraagd het allemaal te doen. Aangezien zij het nieuwste lid van het team was, werd het saaie werk bijna altijd aan haar toegewezen. Ze herinnerde zich nog haar eerste zaak, waarin ze tijgerpoep had moeten doorwroeten, op zoek naar lichaamsdelen. Het had weken geduurd voor de stank uit haar haar verdwenen was. Lindsay vond het een vooruitgang dat Stella haar niet langer als een nieuweling behandelde.

Lindsay liet de camera op haar buik hangen, trok haar eigen latex handschoenen aan en begon het lichaam van dichterbij te bekijken. Ze betastte zachtjes de hals en de borstkas en voelde dat het tongbeen niet helemaal op zijn plaats zat, wat samen met de bloedinkjes in de ogen wees op verwurging. Het kon hier op deze plek gebeurd zijn; het lichaam bevond zich in een positie waarin het gemakkelijk terecht kon zijn gekomen als het meisje staande achter de toonbank was gestorven.

Ze zag ook een losse vezel in de hals van het slachtoffer. Ze pakte de camera weer op, zoomde in en nam er een foto van voordat ze

haar eigen pincet pakte en een van Stella's enveloppen. 'Een zwarte vezel,' zei ze tegen Stella terwijl ze hem van de hals van het slachtoffer plukte. 'Past bij geen van haar kledingstukken.'
'Hand- of vingerafdrukken?'
Lindsay schudde haar hoofd. 'Het was gisteravond nogal kil. De moordenaar kan iets met lange mouwen hebben gedragen en zijn arm om haar nek hebben geslagen.'
Stella knikte terwijl ze op handen en knieën ging zitten en iets onder de toonbank vandaan haalde. Lindsay wilde niet weten wat het was. 'Als de lijkschouwer haar op de tafel heeft, krijgen we een beter idee hoe het gegaan is. Blijf voorlopig maar verzamelen.'
'Oké.' Ze bekeek de armen en handen van het slachtoffer, in de hoop verdedigingswonden te zien.
En ja hoor, een van de vingernagels was weg. Er was een stuk van de nagel van de rechterwijsvinger afgescheurd, mogelijk toen ze probeerde de arm om haar nek te grijpen. Ze zei tegen Stella: 'Meld het even als je een vingernagel ziet met paarse nagellak erop.'
'Oké.'
Lindsay bekeek de vingers van het slachtoffer wat nauwkeuriger. Er zat iets onder de overgebleven vingernagels. Als ze haar belager had gekrabd, zouden ze daar DNA uit kunnen halen, dus pakte Lindsay nog een envelop en schraapte ze met een van de helften van haar pincet de nagels schoon.
Toen draaide ze de handen om en zag schaafwonden op de knokkels van het slachtoffer. Ze waren maar licht verkleurd en het bloed was nog niet helemaal droog. Als ze gisteravond rond sluitingstijd vermoord was, dus acht uur eerder, wezen deze schaafwonden erop dat ze zich had verweerd.
Maar Lindsay was niet helemaal zeker van haar zaak, dus nam ze verscheidene foto's van de schaafwonden. De lijkschouwer zou kunnen vaststellen of Lindsays vermoeden juist was.
Lindsay bekeek de rest van het lichaam en vond maar twee andere verwondingen: een snee in een arm, die al veel te ver geheeld was om acht uur eerder toegebracht te zijn, en een schaafplekje in de

nek, dat erop wees dat daar iets over de huid had geschuurd. Ze nam er close-ups van, want het kon zijn dat ze iets te maken hadden met de moord. De snee kon afkomstig zijn van een eerder incident dat nu pas op moord was uitgelopen, en Lindsay had dergelijke schuurplekjes in de nek bij andere vermoorde mensen gezien die kettingen droegen. Het plekje was afkomstig van de sluiting die tegen de huid werd gedrukt. Berovingen gingen vaak gepaard met moord en daarom had de politie van Los Angeles bijvoorbeeld hun afdeling Berovingen en hun afdeling Moordzaken samengevoegd tot één enkele eenheid. Het feit dat Maria lang genoeg een ketting had gedragen om die schaafplek op te lopen, maar hem nu niet om had, betekende dat de diefstal van die ketting iets te maken kon hebben met de moord.

Als ze was vermoord. Je mocht niet te haastig conclusies trekken. Totdat de doodsoorzaak officieel was vastgesteld door de lijkschouwer, was dit eigenlijk geen moordzaak. Niet dat het gemakkelijk was om jezelf te wurgen, maar het lag binnen de mogelijkheden.

Toen Lindsay vond dat ze ter plekke niet meer van het lichaam kon bekijken dan ze al had gedaan en alles had gedocumenteerd wat belangrijk zou kunnen zijn, begon ze vlak bij het lichaam te zoeken naar sporen van iets wat het meisje had kunnen gebruiken om zichzelf te wurgen, of naar een moordwapen. Zelfs de stomste moordenaar zou natuurlijk het moordwapen niet achterlaten, maar het kon geen kwaad om ernaar uit te kijken. Sommige moordenaars waren echt zo stom, vooral als moord niet de bedoeling was geweest. Ze had het eerder gezien; een uit de hand gelopen ruzie, een plotselinge dode, en als de adrenaline eenmaal was uitgewerkt, ging de dader er als een gek vandoor, met achterlating van allerlei bewijzen.

Maar ze vond niets, niets dan die enkele zwarte vezel.

'Wil je me hier even helpen?' vroeg Stella.

Lindsay draaide zich om en glimlachte naar haar. 'Natuurlijk, waarom niet?'

'Dit is niet te geloven. Ze hebben de zaak twee weken geleden ook al gesloten. Er kwam iemand van jullie binnenzeilen om te inspecteren en die man was heel grof tegen mijn Maria.'
Angell perste haar lippen op elkaar, want haar geduld werd minder bij elke zijweg die Belluso insloeg. 'De mensen van de Keuringsdienst van Waren zijn niet mijn mensen, meneer Belluso. Dat is een heel andere instantie.'
'Ach,' zei Belluso met een zwaai van zijn hand. 'Het is allemaal overheid. Hij was grof tegen mijn Maria en zij gaf hem lik op stuk, wat hij verdiende. Je kunt het iedereen vragen, hij verdiende het, maar toen sloot hij mijn zaak. De volgende dag kwam er een andere inspecteur en die zei dat we met vlag en wimpel geslaagd waren. Ik wed dat die onbehouwen kerel het gedaan heeft.'
Misschien toch geen zijweg. Angell maakte notities, hoewel de inspecteurs van de Keuringsdienst van Waren die zij kende geen moordzuchtige types waren, tenzij het vermogen om een ander dood te vervelen als dodelijk wapen werd aangemerkt. 'Ik moet een kopie hebben van beide inspectierapporten.' Hij had beslist kopieën, want er hing een kopie van het rapport voor de etalage, waarop alle relevante onderdelen van de inspectie waren omcirkeld. Angell had dat eerst vreemd gevonden, maar nu was het logisch. En het was een aanwijzing, hoe onbeduidend ook.
'Wanneer hebt u juffrouw Campagna voor het laatst gezien, meneer Belluso?'
'Ik was gisteren niet hier,' zei hij. 'Ik was in de zaak op Arthur Avenue om te kijken of alles goed was met mijn meisjes daar. Er zijn daar in het weekend een paar roofovervallen geweest en ik wilde er zeker van zijn dat de beveiliging in orde was.' Hij schudde zijn hoofd en begon aan de trouwring aan zijn linkerhand te draaien. 'Idioot, hè? Dus de laatste keer dat ik mijn Maria heb gezien, was afgelopen zaterdag, toen ik met mijn vrouw even bij haar en mijn Jeanie kwam kijken.'
Terwijl ze aantekeningen maakte, vroeg Angell zich onwillekeurig af hoe de jonge vrouwen die hier werkten het vonden om steeds als zijn bezit te worden aangemerkt. Ze had zo haar vraagtekens bij

een oude man die alleen aantrekkelijke jonge vrouwen in dienst nam. Hij had al een volledige personeelslijst verschaft en behalve de man die de zaak schoonmaakte waren het allemaal vrouwen tussen de zeventien en de vijfentwintig.

Belluso zwaaide weer met zijn hand. 'Ach, het moet die inspecteur geweest zijn. Hij was heel, heel grof tegen mijn Maria!'

'Dank u, meneer Belluso. We zullen het nagaan.' Ze knikte tegen O'Malley. 'Agent O'Malley zal u naar boven begeleiden. Het kan zijn dat ik later nog meer vragen voor u heb. Agent, wilt u juffrouw Wolfowitz mee naar beneden nemen?'

Met een onuitstaanbare grijns zei O'Malley: 'Zeker, rechercheur.' Ze nam zich vast voor hem naderhand af te maken en wachtte tot hij haar bevelen had opgevolgd. Zoals zo vaak als ze alleen was, schoten haar gedachten van de hak op de tak. *Als ze zo tekeerging tegen een inspecteur van de Keuringsdienst van Waren dat die daarom de zaak sloot, kan ze niet erg klantvriendelijk zijn geweest. Er is niets mis met mijn scores op de schietbaan en ik kan die grijns zó van Deej' gezicht schieten. Na vier oudere broers kan ik hem ook nog wel aan. Er is niets gestolen, dus het was geen roofoverval. Ik moet Stella vragen of er iets van Campagna is gestolen. Het ziet ernaar uit dat ik overuren zal moeten draaien op deze zaak, dus ik kom vanavond niet meer in de Raccoon Lodge. Jezus, ik hoop dat ik overuren krijg, ze zijn tegenwoordig weer zo bezig met het budget, precies nu de hittegolf eraan zit te komen en we weer een stijging van het aantal geweldsdelicten krijgen. Ik vraag me af waarom Wolfowitz niet samen met haar heeft afgesloten. Ik moet echt mijn pony laten bijknippen.*

O'Malley kwam naar beneden met Wolfowitz. Haar wangen waren dik en haar ogen waren nog steeds bloeddoorlopen. Er liep een traan over haar gezicht toen ze bij Angell aan het tafeltje kwam zitten. Haar blonde haar was een bos touw. Toen Angell was gearriveerd, had Wayne haar verteld dat Wolfowitz door Rodriguez uit een diepe slaap was gewekt nadat ze het lichaam had gevonden en dat ze meteen naar de bakkerij was gekomen. Ze droeg een eenvoudig wit T-shirt, een zwarte joggingbroek en sandalen met rode hartjes erop.

'Juffrouw Wolfowitz, ik ben rechercheur Angell. Ik moet u even een paar vragen stellen, goed?'
'Ja, hoor,' zei de jonge vrouw met een klein stemmetje.
'U en juffrouw Campagna moesten gisteravond allebei tot elf uur werken, nietwaar?'
Ze knikte.
'En daarna hebt u samen afgesloten?'
'Ze... ze zei dat ik maar vast moest gaan, dat zij er wel voor zou zorgen. Ik was doodop, begrijpt u? Ik moest roeien, daarna had ik de hele dag colleges en daarna ben ik gaan werken, dus ik moest gewoon naar bed, begrijpt u?'
'Waar zit u op school?'
'Mount St. Vincent.'
'En u roeit?'
Ze knikte weer. 'Ik was om zes uur vanmorgen bij Spuyten Duyvil. We roeien om Manhattan heen, net als de Circle Line, weet u wel? Toen had ik vier colleges en daarna ben ik hierheen gekomen.' Ze snufte. 'Ik had moeten blijven gisteravond.'
'Wat is er om elf uur gebeurd?'
'Ik ben om kwart voor elf weggegaan. Ik was gewoon zó moe, snapt u?' Ze veegde een traan van haar wang. 'Maria zei dat ik me niet druk moest maken en dat zij wel zou afsluiten.'
'Wat is de normale procedure?'
Wolfowitz haalde diep adem en begon toen op haar vingers af te tellen. 'We nemen alle tafels af en zetten de stoelen recht. We vegen en dweilen de vloeren, dat doen we eigenlijk meestal een uur voordat we dichtgaan. We halen al het geld uit de kassa en leggen het in de kluis. We zetten het cappuccinoapparaat en het koffiezetapparaat uit. We doen alle lampen uit en in de zomer ook de airconditioning. En daarna doen we de voordeur dicht en op slot.'
Afgaand op wat O'Malley en Wayne hadden gezegd, had Campagna alles gedaan, behalve de airco en de lampen. En misschien had ze die wel uitgedaan, want het was mogelijk dat Rodriguez en Rosengaus de lampen en de airconditioning hadden aangedaan

toen ze binnenkwamen, voordat ze het lichaam hadden gevonden. Dat zou ze navragen als ze hen verhoorde.
'Was er nog iemand toen u vertrok?'
'Nog één man, ja. Hij kwam binnen toen ik naar buiten liep. Ik weet zijn naam niet meer, maar hij is een vaste klant.' Ze glimlachte even. 'Hij is aardig, hij geeft een goede fooi en hij zit altijd met ons te flirten. Maar vooral met Maria.'
'Weet u nog hoe hij eruitziet?'
'O, natuurlijk. Hij heeft lang, bruin haar. Het zat in een paardenstaart. En een baard. En een bril. Hij had een zwarte sweater aan en een spijkerbroek en hij had een sporttas bij zich, zoals altijd eigenlijk. Hij gaat naar de karateschool om de hoek en komt op de terugweg naar huis meestal even binnen om een flesje water te kopen.'
'Dus het was niet ongewoon om hem te zien?'
'God, nee, hij komt hier voortdurend.'
Angell stelde nog een paar vragen en vroeg toen of Rodriguez naar beneden wilde komen. Weer informeerde ze naar de afsluitprocedure, en de beschrijving van Rodriguez kwam overeen met die van Wolfowitz, hoewel Rodriguez het nodig vond de stappen te nummeren.
'Waren er vanmorgen toen u arriveerde nog andere vreemde dingen behalve de open deur?'
Rodriguez schudde haar hoofd. 'De lampen en de airconditioning waren uit, de tafels waren allemaal schoon en de stoelen stonden netjes. Ze moet klaar zijn geweest om weg te gaan toen...' Haar stem haperde.
'Het geeft niet.'
'O, er is me nog wel iets opgevallen. Ik zag het eigenlijk pas toen de twee agenten kwamen. Maar Maria droeg haar ketting niet.'
'Droeg ze meestal een ketting?'
Rodriguez knikte. 'Ja, ze had hem van haar vriend gekregen. Ze droeg hem altijd. Hij was van achttien-karaats goud.'
Angell noteerde het omdat het een motief kon zijn, hoewel ze al snel had geleerd dat het motief in dit stadium van een moord-

onderzoek het minst belangrijk was. Ten eerste was het meestal iets heel gewoons en alledaags: jaloezie, inhaligheid of een andere doodzonde. Ten tweede leidde het bijna nooit tot een arrestatie. Het was altijd een combinatie van de juiste vragen stellen en het juiste bewijs vinden.

'Hoe heet dat vriendje?'
'Bobby. Bobby DelVecchio.'
'U weet zeker niet waar hij woont?'
Rodriguez schudde weer haar hoofd. 'Hij is een paar keer hier geweest om Maria op te zoeken.'
Ze maakte nog wat aantekeningen, inclusief een notitie om DelVecchio op te sporen. Hiermee werd ook de lijst langer van condoleancebezoeken die ze zou moeten brengen. Het was haar minst favoriete onderdeel van het werk. Volgens Belluso was Maria's vader een jaar eerder overleden en woonde ze bij haar moeder. De ervaring leerde dat moeders en vriendjes het heftigst reageerden op een overlijdensbericht, dus daar was ze mooi klaar mee.
Ze duwde die gedachte voorlopig weg en zei: 'Juffrouw Wolfowitz heeft verteld dat ze iemand heeft zien binnenkomen met lang haar, een baard, een bril en een sporttas, iemand die op de karateschool zit?'
'Jack,' zei Rodriguez meteen. 'Ik weet zijn achternaam niet, maar hij zit hier altijd met zijn laptop. In de zomer drinkt hij ijskoffie en in de winter warme chocolademelk en meestal neemt hij ook een of twee cannoli. Aardige man. Hij was ook heel erg gesteld op Maria.'
'Waren er nog meer mensen die Maria echt graag mochten?'
'Jazeker, een heleboel. Ik bedoel, Jack praatte altijd graag met haar, en dan is er nog die mevrouw die haar moeder kent en die hier ook vaak komt. O, en Marty nog. Hij is laborant bij Feldstein, de dierenarts aan de overkant. Hij zit altijd met haar te flirten.'
Ze stelde Rodriguez nog wat vragen, voor het merendeel over wat er die morgen gebeurd was, en toen liet ze Rosengaus naar beneden komen. Die vertelde zo ongeveer hetzelfde als Rodriguez. Maar haar relaas verschilde wel zo veel van het andere dat

het er niet op leek dat de meisjes een ingestudeerd verhaaltje afdraaiden.

'Heb je gezien of juffrouw Campagna haar ketting droeg toen u het lichaam vond?'

'Dat weet ik niet meer,' zei Rosengaus met haar zware accent. 'Ik zag alleen maar het dode lichaam en verder kan ik me niets herinneren. Het spijt me. Ik weet wel dat het een heel mooie ketting was.'

'Het geeft niet.' Angell maakte een paar aantekeningen en vroeg toen: 'Kent u een vaste klant die Jack heet?'

'Ja. Hij is aardig. Soms maakt hij me complimentjes. Dat is leuk. Hij vindt alle meisjes aardig.'

'Heb je opgemerkt dat hij Maria leuker vond dan de rest?'

'Nee, dat is mij niet opgevallen. Trouwens, Maria heeft een vriendje.'

'Bobby DelVecchio? Degene die haar de ketting heeft gegeven?'

'Ja. Ik geloof dat hij een paar keer in de zaak is geweest.'

'Dat gelooft u?'

Rosengaus haalde haar schouders op. 'Ze heeft me nooit voorgesteld. We hadden niet veel met elkaar.'

'Hoe zit het met die Marty?'

'Marty, die ken ik wel, ja. Hij werkt bij de dierenarts aan de overkant.'

Toen ze eenmaal klaar was met Rosengaus, draaide ze zich om en zag ze Bonasera en Monroe van achter de toonbank vandaan komen. Monroe zag er een beetje slordig uit, maar Bonasera was nog steeds even schoon en keurig, hoewel ze een uur achter de toonbank had rondgekropen. Angell benijdde haar erom. Als ze op een plaats delict was geweest, wilde Angell niets liever dan een week onder de douche staan, maar Bonasera, die zich veel intensiever met de plaats delict bezighield dan zij, bleef altijd om door een ringetje te halen.

Bovendien had ze ook nog die stralende lach. Bij Angell was een glimlach altijd een soort grijns, hoe ze het ook probeerde. Hoewel het wel handig was als ze werd lastiggevallen door de minder beschaafde leden van de mensheid, waaronder het merendeel van haar verdachten en haar collega's vielen.

Toen de twee technisch rechercheurs naar haar toe kwamen, stond Angell op met de woorden: 'Laten we naar buiten gaan.' Ze verlangde er niet bijzonder naar om de vochtige hitte weer in te gaan, maar ze wilde ook niet dat het viertal boven iets zou opvangen van hun gesprek over de plaats delict.

Ze stelden elkaar snel op de hoogte. Angell veegde het zweet van haar voorhoofd en zei: 'De laatste die het slachtoffer heeft gezien, was iemand die Jack heet.'

Monroe zette grote ogen op. 'Weten we wat hij aanhad?'

Angell keek in haar aantekeningen. 'Een zwarte sweater en een spijkerbroek. Hoezo?'

'We hebben een zwarte vezel op de hals van het slachtoffer gevonden,' zei Bonasera. 'We moeten die vent zien te vinden.'

'Dan heb ik eerst zijn achternaam nodig. Bovendien had ons slachtoffer blijkbaar een ketting van achttien-karaats goud en die wordt vermist.'

'We hebben een schuurplek gevonden die overeenkomt met een ketting,' zei Monroe, 'maar de ketting is er niet. We hebben overal rond het lichaam gekeken. Een heleboel afval en kruimels en haren, maar geen sieraden.'

'Het is een mogelijk motief,' zei Bonasera.

Angell knikte. 'We hebben bovendien alleen het woord van Wolfowitz dat ze eerder vertrokken is, en ook dat die Jack binnengekomen is.'

Bonasera sloeg haar armen over elkaar. 'We zullen monsters afnemen van iedereen die boven zit. En we moeten ze ook hebben van iedereen die hier verder nog werkt. Als er onder de gevonden haren exemplaren zijn die niet van iemand blijken die hier regelmatig rondloopt, hebben we een aanwijzing.'

'Wil je dat ik dat doe?' vroeg Monroe.

Bonasera schudde haar hoofd. 'Nee, ga jij maar met die grote hoop sporenmateriaal naar het lab. Het zal een eeuwigheid duren eer we dat allemaal verwerkt hebben. Laat Adam maar helpen.' Ze

grinnikte. 'Bovendien, als ik nog even blijf, kan ik een van die cannoli nemen.'
Monroe lachte. 'Hoe kom je dan terug?'
'Ik geef je wel een lift,' zei Angell.
O'Malley deed de deur open met een stuk papier in zijn hand. 'Hé, engeltje, Sal zei dat ik je dit moest geven.' Hij stak haar het stuk papier toe.
Angell nam het aan en zag dat het een kopie was van het inspectierapport, dat overeenkwam met de kopie in het raam, alleen was hier niets op omcirkeld. 'Dit is nog een potentieel motief. Ons slachtoffer heeft blijkbaar woorden gehad met...' ze keek op het vel papier, '... Gomer Wilson van de Keuringsdienst van Waren.'
'Heet hij echt Gomer?' vroeg Bonasera.
O'Malley haalde zijn schouders op. 'Je moet mij niet aankijken, ik heb vorige week een man gearresteerd die George Washington heette. Mensen denken niet na als ze een naam bedenken voor hun kinderen, echt niet.' Toen lichtte zijn gezicht op. 'O, dat zou ik bijna vergeten. Die hippie waar de meisjes het over hadden, die ken ik.'
'Wie, Jack?' vroeg Bonasera.
'Ja.' O'Malley begon in zijn zakken te zoeken. Eindelijk vond hij wat hij zocht: een stapel visitekaartjes en reçuutjes. Hij haalde er een uit. 'Hier is het, Jack Morgenstern. Hij ontwerpt websites. Ik dacht erover een site te maken.'
'Waarover?'
'Dat is niet belangrijk,' zei O'Malley snel.
Angell lachte en nam zich voor uit te zoeken wat voor plannen O'Malley had met die website. Ze vermoedde dat de informatie genoeg zou zijn om ervoor te zorgen dat hij haar geen 'engeltje' meer noemde. 'In ieder geval, hier staat het adres,' zei O'Malley. Hij gaf het kaartje aan Bonasera. 'Hij werkt freelance, dus waarschijnlijk is hij nu wel thuis.'
'Hij woont hier in de buurt,' zei Bonasera. 'Op Cambridge Avenue, vlak bij 235th Street.'
'Weet je wat,' zei Angell terwijl ze het rechthoekige stukje papier

uit Bonasera's hand griste. 'Ik moet de nabestaanden op de hoogte stellen. Ga jij intussen maar vampiertje spelen met de mensen binnen, dan zie ik je hier weer en gaan we met onze verdachte praten, oké?'
Bonasera's stralende glimlach kwam voor de dag. 'Klinkt prima.'

5

Jay Bolton had een hekel aan zijn werk. Dat was niets bijzonders. De meeste mensen die hij kende hadden een hekel aan hun werk. Werk was niet iets om leuk te vinden, maar iets wat je deed voor het salaris en een zorgverzekering, hoe ontoereikend ook. Zo ging dat op de wereld.

Volgens hem waren er twee soorten werknemers: degenen die hun werk met toewijding deden en voor wie het bepalend was voor hun leven, en degenen die hun werk hadden voor het geld en de stabiliteit, maar die eigenlijk liever iets anders zouden doen.

Bolton behoorde tot de tweede categorie, en het maakte hem echt nijdig dat hij nog niet verder was gekomen.

Bolton wilde zijn hele leven al schrijver worden. Hij had op school altijd hoge cijfers gekregen voor zijn opstellen en er was zelfs iets van hem gepubliceerd in het krantje van de middelbare school. De enigen die dat krantje lazen waren natuurlijk de leraren, maar zij vonden dat hij potentieel had. Dus toen hij zijn diploma had, begon hij korte verhalen naar uitgevers te sturen. Hij was niet dom, hij wist dat schrijvers niet veel verdienden, tenzij ze op het niveau kwamen van Stephen King of Dan Brown, en dat hij dus op een andere manier zijn brood zou moeten verdienen.

Zijn vader had natuurlijk gewild dat hij bij de politie zou gaan, net als hij en oom Jake en opa. Pa had het er altijd over dat de Italiaanse, Ierse en Poolse Amerikanen in de stad diepe wortels hadden bij de stedelijke politie, die teruggrepen tot in het eerste deel van de vorige eeuw, en hij wilde dat ook de Afro-Amerikanen een eigen geschiedenis opbouwden binnen de politiemacht.

Dus was zijn vader er helemaal kapot van geweest toen Bolton in plaats daarvan in de gevangenis was gaan werken.

Het probleem met de politie was dat je niet gewoon de deur achter je kon dichttrekken als je klaar was met werken. Dat konden pa, opa en oom Jake in ieder geval niet. Bolton had gedacht dat het werk in een penitentiaire inrichting een goed compromis zou zijn, omdat hij nog steeds bezig zou zijn met wetshandhaving, maar tijd over zou hebben om tijdens het werk aan zijn verhalen te denken. Bovendien leverde de baan niet zo veel stress op dat hij zich in zijn vrije tijd niet zou kunnen concentreren op zijn schrijverij.

Zijn vader was er niet gelukkig mee, maar als Bolton eenmaal een beroemd schrijver was, met promotietournees en zo, maakte dat niet meer uit.

Er was maar één probleem. Hij had nog niets verkocht.

Niet dat hij het niet geprobeerd had. Hij had in de laatste zes jaar wel twaalf korte verhalen en vier romans geschreven en ze waren allemaal teruggestuurd met standaardbrieven met variaties op 'het spijt ons, maar uw manuscript voorziet op dit moment niet in onze behoefte'. Het was idioot. Bolton las alles wat los- en vastzat. Hij woonde in Chelsea en moest met de metro, de veerboot en de bus om op zijn werk te komen, dus hij had genoeg tijd om te lezen. Hij las alles wat uitkwam, dus wist hij wat de uitgevers kochten, en hij schreef net als die lui op de bestsellerlijst.

Maar toch kreeg hij steeds weer dat 'uw manuscript voorziet op dit moment niet in onze behoefte'.

Hij werd er gek van.

Gisteren had hij tenminste iets van zijn frustraties kunnen botvieren tijdens die vechtpartij tussen de skinheads en de moslims op het honkbalveld. Maar niet veel. Als je een gedetineerde aanraakte, moest je een week lang papieren invullen. Maar hij had tenminste wat tegen de skinheads kunnen schreeuwen toen ze probeerden Vance Barker aan te vallen. Hij had zelfs met zijn knuppel gezwaaid, ook al had hij hem niet gebruikt.

Het was niet veel, maar door het schreeuwen had hij toch wat stoom kunnen afblazen.

Maar vandaag kwam de enige stoom van de grond. Het was afschuwelijk warm en vochtig. Dus uiteraard moest Ursitti hem vandaag de gedetineerden op het binnenplein laten bewaken. Het honkbalveld was na de vorige dag verboden terrein, maar ze konden nog wel op de rest van het terrein rondwandelen, hardlopen, op de banken zitten, kaarten, televisiekijken of trainen met de gewichten.

De apparatuur daarvoor bevond zich in een afgesloten vierkant midden op het terrein. Op dat moment waren er vijfenveertig moslims bezig, en de enige reden waarom het er niet meer waren, was omdat dat het maximum aantal was. Bolton begreep niet goed waarom ze het vandaag een goed idee vonden om met de gewichten te werken, want er was in het hok geen enkele schaduw. Hij verwachtte half en half dat er een flauw zou vallen door de hitte.

Maar Hakim el-Jabbar wilde trainen, en waar hij ging, werd hij gevolgd door zo veel mogelijk moslims.

Het hek zat op slot en bleef op slot tot de tijd om was, wat nog een minuut of twintig zou duren. Daarna was Bolton ingedeeld bij een van de lessen. Hij kon zich niet herinneren welke; het stond op het bord en hij zou zo wel even kijken. Het maakte niet uit, zolang hij maar binnen was. De klaslokalen hadden geen airconditioning, maar er was tenminste wel een grote ventilator in elk lokaal. Het was beter dan hier te staan zonder enige schaduw.

Hij schudde zijn hoofd, veegde het zweet van zijn voorhoofd en probeerde zich te concentreren. Hij had de laatste tijd om een of andere reden helemaal niet zo veel kunnen nadenken over zijn laatste boek. In plaats daarvan was hij constant nijdig om alle afwijzingen, en dat hielp niet veel.

Omdat hij zich niet op het verhaal leek te kunnen concentreren, besloot hij zich maar op het werk te richten. Ursitti zat hem toch al op de huid omdat hij liep te dagdromen op het werk.

Dus keek hij om zich heen. Ze hadden nog maar twintig minuten, maar Bolton had meegemaakt dat er in een paar seconden gevechten uitbraken.

Daar, aan de andere kant van het grasveld aan de noordkant van het fitnesshok, stond een groepje latino's, allemaal leden van de

Latin Kings, te roken en te lachen. Een ander, even groot groepje stond dicht genoeg in de buurt om een oogje op hen te houden, maar zo ver weg dat ze niet op hun lip stonden. Dat waren de leden van de Bloods. Ze waren de laatste tijd rustig; de groepen hielden elkaar weliswaar in de gaten, maar deden niet echt iets. Met deze hitte zou die wapenstilstand wel verdomde snel afgelopen zijn, dacht Bolton.
Schuin tegenover de bendeleden stond Karl Fischer met zijn ultrarechtse volgelingen. Ze lachten ergens om. Daar maakte Bolton zich zorgen om. Mensen lachten hier niet veel, en zeker niet in deze hitte. Elke gedetineerde die Bolton zag had donkere oksels en zweet op zijn voorhoofd. Ze waren op zijn best al nors, maar nu ze buiten liepen, waren de meesten regelrecht vijandig.
Behalve Fischer en zijn jongens.
Aan de zuidkant van het fitnesshok bevonden zich de picknicktafels, die onder de bomen en dus heerlijk in de schaduw stonden. Een groepje mannen kaartte – gin rummy, zo te zien – en aan de andere kant speelde een groepje een soort fantasiekaartspelletje. Sommigen keken naar een van de twee grote tv's die er waren opgesteld. Bolton kon niet zien wat erop was, en het kon hem ook niet veel schelen. Hij had een hekel aan televisie en had er zelf geen.
Toen wierp hij een blik op de gewichtheffers en zijn haren gingen recht overeind staan. Fischers jongens bewogen zich er langzaam naartoe.
Na gisteren kon dat niet goed zijn. Verdomme, zelfs zonder vechtpartij wilde je niet dat de skinheads en de moslims bij elkaar in de buurt kwamen, zelfs niet als ze van elkaar werden gescheiden door een hek. Dat was door het treffen van gisteren wel gebleken.
Bolton zag dat Sullivan naar het hek liep en een oogje op el-Jabbar hield, die een van zijn jongens hielp bij het gewichtheffen. Bolton begon naar het hek toe te lopen. Sullivan kon waarschijnlijk wel wat steun gebruiken nu Fischer zo dichtbij kwam.
Daarna ging alles heel snel.
Een van de skinheads – ze leken allemaal op elkaar – schoof iets

door een gat in het hek. De bittere smaak van adrenaline kwam omhoog in Boltons keel en hij rende snel naar het hek, maar hij had het gevoel dat hij in slow motion bewoog terwijl de hand in een van de gaten van het rasterwerk werd gestoken.
Er spoot iets weg – het leek wel bloed. De bitterheid in Boltons keel werd scherper. Hij had het gevoel dat hij helemaal niet dichter bij het hek kwam, al rende hij zo hard hij kon.
'Verdomme!'
'Hij heeft hem vermoord!'
'Godallemachtig!'
Net toen Bolton eindelijk ter plekke was, gingen de skinheads allemaal bij elkaar staan, als een reusachtige, gemillimeterde bal. De moslims werden gek en sloegen tegen het gaashek. Het geluid van hun handen tegen het metaal weerklonk in de heldere lucht.
'Jij bent dood, man!'
'Ze hebben Vance vermoord!'
Sullivans stem weerklonk boven het lawaai. 'Liggen, iedereen! Nu meteen! Op de grond!'
Bolton greep zijn radio en gaf de code door voor een steekpartij. 'Rode vlek bij de gewichtheffers, rode vlek bij de gewichtheffers!' Toen keek hij snel om zich heen. 'Allemaal liggen! Nu!'
Langzaam maar zeker ging iedereen op zijn buik liggen. Ze wisten hoe dit ging.
Een stuk of vijf PIW'ers kwamen naar buiten hollen. Twee van hen, Andros en Jackson, begonnen de Latin Kings in het gras te duwen. Bolton rende naar de skinheads. 'Liggen, zei ik! Op je buik, handen op je hoofd, vingers in elkaar, nu!'
Niemand bewoog zich tot Fischer knikte. Toen gingen ze allemaal liggen.
Terwijl ze dat deden, zag Bolton een tandenborstel op de grond liggen. Hij zat vol bloed en zo te zien was er een scheermes aan bevestigd.
'Liggen, zei ik!' Dat was Sullivan, die tegen degenen achter het hek schreeuwde.
Een van de moslims zei: 'Hier ligt overal bloed, man!'

'Pech,' snauwde Sullivan.

Bolton keek op en zag dat de bewaker op de toren op de omloop stond met zijn M16 in de aanslag. De Blazer van de mobiele eenheid stopte voor de omheining van de binnenplaats en Bolton wist dat de PIW'er die erin zat chemische middeltjes paraat had voor het geval er een rel ontstond, of voor het geval de moslims niet naar Sullivan luisterden.

Maar net zoals de skinheads hadden gehoorzaamd op het signaal van Fischer, gehoorzaamden ook de moslims toen el-Jabbar met zijn lichte, aangename stem zei: 'Doe wat de PIW'er zegt.' El-Jabbar was welsprekend en charismatisch, iets wat je niet vaak zag in de RHCF, en Bolton had el-Jabbar vanwege zijn opvallende manier van spreken al eens gebruikt als voorbeeld voor een van de personages in een roman.

Hakim el-Jabbar motiveerde mensen. Op dat moment was Bolton daar dankbaar voor, omdat hij hen zover kreeg dat ze bij het lijk en het bloed op de grond gingen liggen.

Bolton slaakte een zucht van verlichting. Ze hadden sinds Bolton hier was komen werken nog maar één keer een steekpartij gehad en dat was een ramp geworden; er was een rel uitgebroken die een uur had geduurd. Maar ditmaal leek iedereen te zijn gekalmeerd voordat de zaak nog verder uit de hand kon lopen.

Ursitti kwam hijgend naar het hek rennen. 'Vertel me wat er aan de hand is, Sullivan.'

'We hebben een steekincident, luitenant,' zei de PIW'er. 'Er is iemand neergestoken door het gaashek heen.'

Kapitein Russell, die de leiding had over de beveiliging, kwam ook de binnenplaats op rennen. Russell keek altijd nors, dus kon je nooit goed zien of hij nijdig was.

Maar nu wel. Op dit moment was hij beslist nijdig.

'Meneer,' zei Bolton, wijzend naar de tandenborstel. 'Ik denk dat we hier ons moordwapen hebben.'

'Raak het niet aan,' zei Russell. 'Raak helemaal niets aan. We halen het CERT erbij om de gedetineerden terug te brengen naar hun cellen.' Hij haalde zijn mobiele telefoon voor de dag, drukte twee

knoppen in en zei: 'Met de RHCF. We hebben een rode vlek. Bel de politie.'
Er kwamen wat mannen van het Corrections Emergency Response Team naar hen toe hollen. Ursitti keek ernaar en wendde zich toen tot Bolton. 'Zorg dat die lui weer in hun cel komen. Als de binnenplaats eenmaal leeg is, brengen we de moslims weg.'
'Ja, meneer,' zei Bolton, maar hij kreunde inwendig. Het zou minstens een uur kosten om alle gedetineerden de handboeien om te doen, ze te fouilleren en ze terug te brengen naar hun cel, misschien wel langer, en dat alles in deze verdomde hitte. En nu er een dode was, zouden de lessen worden afgelast, dus zou hij in ieder geval de rest van de dag buiten doorbrengen.
'Verrek!' Dat was een van de moslims.
'Hou je bek, Melendez!'
'Er ligt hier een dooie!'
'Dat weten we,' zei Sullivan. 'Hou je mond en...'
'Niet Barker, Washburne!'
Bolton voelde zijn ogen groot worden, en hij rende naar het hek en keek naar binnen. Hij zag een heleboel lichamen op de grond liggen, de meeste min of meer in een rij. Twee ervan vielen op. Een daarvan was Vance Barker, die op zijn rug lag met een gapend en bloedend gat in zijn keel en zijn grote bruine ogen wijd open. Er stond nog steeds zweet op zijn kale hoofd en zijn mond stond open, zodat hij er met die afgesneden hals uitzag alsof hij twee monden had en met allebei bloed dronk.
Het andere lichaam lag op zijn zij en had een stevige bos haar, behalve op een kleine kale plek op de kruin. Bolton zag een wond op zijn voorhoofd, net boven zijn wenkbrauwen.
Het was Malik Washburne. Bolton zou de eerste zijn om toe te geven dat de dood van Barker behalve door zijn naaste familieleden door niemand betreurd zou worden, maar hij was helemaal ondersteboven toen hij Washburne zo op de grond zag liggen. Washburne was een van de goede kerels, nou ja, zo goed als een gedetineerde maar kon zijn. En hij was een goede politieman geweest. Boltons vader had hem vroeger gekend.

Ursitti trok een lelijk gezicht. 'Verdomme.'
'Het maakt niet uit,' zei Russell. 'De politie zoekt het wel uit. Laten we deze mensen weer in hun cel zien te krijgen.'
Jay Bolton had echt een hekel aan zijn werk.

6

Stella Bonasera hoopte maar dat de jonge vrouwen die bij Belluso werkten zouden begrijpen dat ze van elk van hen bloed- en DNA-monsters moest nemen, en dat ze haar dat zonder commentaar zouden laten doen.
Hoop doet leven, luidt het gezegde. Ze hadden allemaal vragen.
'Waarom moet u bloed van mij afnemen?' vroeg Jeanie Rodriguez. 'Ik bedoel, het DNA, dat snap ik wel, dat zit overal op en aan, maar waarom bloed?'
Stella wilde niet bekendmaken dat ze kleine bloedspoortjes hadden aangetroffen in de schaafplekken op Maria's knokkels. Het zou Maria's eigen bloed kunnen zijn, maar ze wilde mogelijke verdachten niet laten weten wat ze hadden gevonden voor het geval dat niet zo was. Dus zei ze alleen: 'We moeten grondig te werk gaan, dat is alles. Het is het beste om zo veel mogelijk informatie te verzamelen.'
Dina Rosengaus wilde niet dat haar DNA in een nationale database terechtkwam. 'Dat betekent dat ze me overal kunnen vinden.'
'Nee, echt niet,' zei Stella. 'Het betekent dat iemand kan weten dat je op een bepaalde plek bent geweest als je ergens DNA achterlaat. Maar het feit dat we je DNA-profiel hebben, betekent niet dat we je daarmee kunnen vinden.'
'Nu misschien niet. Maar in de toekomst? Stel dat ze een scan kunnen uitvoeren voor mijn, hoe noemt u het, mijn DNA-profiel?'
'Als ze dat kunnen, hebben ze al wat ze nodig hebben door u alleen maar te scannen,' zei Stella. Ze had vaste antwoorden op al deze vragen, omdat ze haar al tientallen keren gesteld waren.
'Maar nu kunnen ze erachter komen waar ik geweest ben.'
'Alleen als ze ernaar zoeken. Er staan miljoenen mensen in de database en er komen er elke dag meer bij. Niemand kan een enkele

persoon die erin staat volgen. Daarom is die informatie ook alleen toegankelijk voor ons als het om een misdrijf gaat.'
Dina leek niet overtuigd, maar stond toch toe dat Stella bloed afnam en een wattenstaafje door haar mond haalde.
Annie Wolfowitz deinsde eerst achteruit. 'Hebt u daar geen gerechtelijk bevel voor nodig?'
'Alleen als u niet vrijwillig monsters wilt afstaan. Als ik een rechter ervan kan overtuigen dat we de monsters nodig hebben bij een moordonderzoek – en ik moet u zeggen dat daar niet veel overredingskracht voor nodig is – dan krijg ik een gerechtelijk bevel dat u zal dwingen me bloed- en DNA-monsters te geven. Maar een gerechtelijk bevel is alleen nodig als de persoon in kwestie niet wil meewerken, en als u niet wilt meewerken, wordt de politie argwanend.'
'Ja,' Annie zuchtte. 'Goed dan.'
Na een snel bezoekje aan het toilet – waar ze een sleutel voor nodig had, een veiligheidsmaatregel die Stella nogal zinloos vond – werkte ze als laatste Sal Belluso af. De eigenaar van de bakkerij zat de hele tijd te mompelen in het Italiaans. Stella's eigen Italiaans was niet gewoon roestig, maar volledig doorgeroest, en Belluso sprak in een dialect dat Stella niet kende, maar ze ving er genoeg van op om te weten dat Belluso zo snel mogelijk de moordenaar in handen wilde hebben en dat hij helemaal niet blij was met al die vrouwelijke agenten (de precieze term die hij gebruikte was *pola*, wat zowel 'agent' als 'meisje' betekende).
Ze haalde de naald uit zijn arm, pakte een stukje verband en legde het op het gaatje. 'Vasthouden,' zei ze.
Hij legde gehoorzaam twee vingers op het gaasje. Stella haalde een pleister voor de dag – de laatste die ze had, ze nam zich voor haar voorraad in het lab aan te vullen – en plakte het gaasje vast.
'Trouwens,' zei ze terwijl ze haar spullen pakte, 'u moet weten dat rechercheur Angell van alle rechercheurs van de afdeling Moordzaken in 2006 het hoogste aantal arrestaties heeft verricht. Als u wilt dat de moord op Maria opgelost wordt, is die pola de beste die u kunt hebben.'
Dat was strikt genomen niet waar. Angell was pas in het voorjaar

bij Moordzaken gekomen en had pas in het laatste kwartaal van 2006 in haar eentje gewerkt. Alle zaken die ze daarvoor had opgelost, kwamen op het conto van de man die haar had opgeleid, rechercheur Benton. Ze had echter in dat laatste kwartaal wel de meeste zaken opgelost.
Maar het maakte minder indruk als ze zei dat ze drie maanden lang het grootste aantal arrestaties had verricht. En de open mond en grote ogen in Belluso's gezicht waren het allemaal waard. Of het nu kwam door het feit dat Stella iets van het gemompel in zijn moedertaal verstond of het feit dat Angell in feite een getalenteerde politievrouw was wist Stella niet, maar dat maakte uiteindelijk niet uit.
Ze ging naar beneden en haar schoenen tikten op het solide hout van de trap naar het midden van de bakkerij. Door de etalage had ze een uitstekend uitzicht op Riverdale Avenue. Er reden auto's en bussen in beide richtingen en voor de verschillende winkels stonden heel wat wagens dubbel geparkeerd. Verderop in de straat zag ze een parkeerwachter een bon uitschrijven voor een van die dubbel geparkeerde auto's. Ze zouden hun quotum aan parkeerbonnen alleen op deze straat al kunnen halen, dacht Stella.
In dit stuk van Riverdale, ten noorden van 236th Street, waren alleen maar winkels. Tegenover Belluso zag Stella een bagelwinkel, een stomerij, een restaurantje, een dierenarts, een verzekeringskantoor, een bloemenwinkel, een sportstudio, een ijzerhandel, een bank, een zaak waar ze stripboeken verkochten, een pizzeria en een kantoorboekhandel, en dat was maar één kant van de straat en maar tot halverwege het blok. Ze wist dat Riverdale in wezen een woonwijk was; waarschijnlijk was de meeste bedrijvigheid in dit stuk gevestigd, zodat de rest beschikbaar was voor de mooie huizen van mensen als de Mitchums, het dove echtpaar van wie de dochter was vermoord, een zaak waarvoor Stella afgelopen winter in deze buurt was geweest.
Een van de langskomende bussen was een shuttle naar het Metro-North station. Met die bus en de stadsbussen die de mensen naar de L-metrolijn op Broadway vervoerden, kwamen hier waarschijn-

lijk heel veel forensen voorbij. Stella wilde wedden dat het vroeg op de morgen heel druk was bij Belluso.
Behalve vandaag dan.
Toen ze langs de vitrinekasten liep, vroeg ze zich af hoe de cannoli zouden zijn. Als het spitsuur 's morgens eenmaal voorbij was, kregen ze hier waarschijnlijk een heleboel mensen die iets wilden eten en meer op hun gemak koffie wilden drinken dan tijdens de haastige tocht om op hun werk te komen. De zaak zag er een beetje uit als een café in Rome, zoals alle restaurantjes in Little Italy in het centrum, en Stella vroeg zich af of dat met opzet was.
Maar om daarachter te komen moest ze met meneer Belluso praten, en daar had ze op dit moment niet erg veel zin in. Al was het alleen maar omdat het haar laatste opmerking zou bederven.
Bovendien reed Angells sedan net voor, wat betekende dat ze de ouders van Maria Campagna op de hoogte had gebracht.
O'Malley en Wayne waren ook allebei beneden. 'De wagen van de lijkschouwer komt zo het lichaam ophalen,' zei Stella. 'Maar zelfs dan moet deze zaak nog verzegeld blijven.'
Wayne trok een gezicht. 'Sal krijgt een beroerte.'
'Sal zal ermee moeten leren leven. Dit is nog steeds een plaats delict, en het kan zijn dat we terug moeten komen, afhankelijk van de bevindingen van het lab.'
O'Malley grinnikte. 'Dat zal Joe wel leuk vinden.'
Stella fronste. 'Wie is Joe?'
'De eigenaar van de bagelwinkel.' O'Malley wees naar een zaak op de hoek. 'De bagels zijn er prima, maar hun koffie is niet te drinken. Maar ja, als je niet anders kunt krijgen...'
Angell was inmiddels uitgestapt. Stella glimlachte tegen de twee agenten en zei: 'Laat het ons weten als er iets gebeurt.'
'Uiteraard, rechercheur,' zei Wayne.
'O,' voegde Stella eraan toe met de liefste glimlach die ze tevoorschijn kon toveren. 'O'Malley? Als je de rechercheur nog eens "engeltje" noemt, krijg ik het te horen. En ik heb heel goede scores op de schietbaan.'
Daarmee vertrok Stella, blij met haar afscheidswoorden van die

ochtend. Als je de hele dag tussen de lijken zat om je brood te verdienen, pakte je elke overwinning die je kon krijgen. Bovendien was Angell een goede rechercheur, en Stella wist net zo goed als wie dan ook hoe moeilijk het voor een vrouw was bij de New Yorkse politie, en dat de problemen exponentieel groeiden naarmate je hoger op de ladder kwam. Ze was zelf geholpen door het feit dat ze heel goed was in haar werk, want dat gaf mensen als O'Malley minder munitie. Als Stella iets kon doen om het commentaar dat Angell kreeg te verminderen, zou ze het niet nalaten.
Angell wees met een duim naar 236th Street aan de overkant en zei: 'Morgenstern woont een blok verder om de hoek. We kunnen het wel lopen.'
Stella voelde de ochtendzon op haar huid branden en vroeg: 'Kunnen we de auto met die fijne airco niet nemen?'
'Ik heb de airco niet aan,' zei ze. 'Dan gebruikt hij te veel benzine. Ik sta op rantsoen.'
Stella schudde haar hoofd. 'Wat is de bureaucratie toch een heerlijk iets. Wij zijn gekort op onze E-ZPass.'
Ze staken Riverdale Avenue over en liepen over 236th de steile heuvel op, langs een handarbeidwinkel, een vishandel – die nogal rook in deze warmte – een makelaardij en nog een ijzerhandel. Daarna volgden alleen nog maar appartementengebouwen.
'Hoe was het bij Maria's familie?'
Angell huiverde. 'Toen ik begon, zei Benton dat de nabestaanden op de hoogte stellen het ergste onderdeel van het werk was. Al het andere – tot aan je heupen door het bloed waden, praten met schoften die om de stomste redenen een moord plegen, problemen met idiote advocaten en bekrompen rechters, te veel overwerken, te weinig geld om over te werken, geen persoonlijk leven – daar kom je allemaal wel overheen, uiteindelijk. Maar niets is erger dan iemand vertellen dat hun kleine meisje nooit meer thuiskomt.'
Daar kon Stella niets tegen inbrengen.
Ze liepen in kameraadschappelijke stilte verder naar het huis van Morgenstern. En het was een huis, geen appartementengebouw.

Ze sloegen Cambridge Avenue in, waar verscheidene huisjes bleken te staan met piepkleine tuintjes ervoor. Een daarvan was blijkbaar het eigendom van Jack Morgenstern.
Toen ze op het punt stonden aan te bellen, verbrak Angell eindelijk de stilte. 'Ik kreeg te maken met de moeder. De vader is vorig jaar overleden. Ze was blijkbaar doodongerust geweest toen Maria gisteravond niet thuis was gekomen, maar ze had het niet aangegeven omdat Maria al een paar keer bij haar vriendje was gebleven zonder te bellen, dus dacht ze dat ze dat nu ook gedaan had. De moeder stortte in en huilde een kwartier lang. Ze zei dat ze naar Riverdale was verhuisd omdat het een veiliger buurt zou zijn. Toen gooide ze me eruit en zei dat ik mijn tijd niet moest verspillen door met haar te praten, maar de moordenaar van haar dochter moest gaan pakken.'
'Drie rouwfases in één keer,' zei Stella wrang.
'Ja.' Angell belde aan.
Het huis had een witte hordeur voor een withouten deur. Er lag een deurmat voor met de woorden WELKOM TERUG, VRIENDEN, BIJ DE SHOW WAAR NOOIT EEN EIND AAN KOMT. Aan de binnendeur waren goudkleurige metalen cijfers bevestigd om het huisnummer aan te geven. Toen de deur openging, zagen ze een blanke man van in de dertig met lang, enigszins slordig bruin haar en een baard. Hij droeg een zijden badjas en keek slaperig. Stella vermoedde dat ze hem uit bed hadden gebeld.
Stella hield haar penning omhoog en Angell volgde haar voorbeeld. 'Politie, meneer Morgenstern. Ik ben rechercheur Angell, dit is rechercheur Bonasera. We hebben een paar...'
'Eén momentje.' Hij deed de deur dicht.
Stella wisselde een blik met Angell en zei: 'Ooooké...'
De deur ging weer open en nu deed Morgenstern ook de hordeur open. Hij stak hun twee visitekaartjes toe. Stella zag dat hij zich een beetje stijfjes bewoog, alsof hij zijn ribben had gekneusd of zelfs gebroken. 'De naam en het telefoonnummer van mijn advocaat, Courtney Bracey. Als u met me wilt praten, regelt u het maar via haar.'

Stella staarde naar de kaartjes. Als hij nu zijn advocaat er al bij riep...
'Meneer Morgenstern,' zei Angell, 'we hebben alleen een paar vragen over...'
'Het kan me niet schelen. Ik heb recht op juridische bijstand en daar maak ik gebruik van ook. Pak die kaartjes aan, ga terug naar jullie bureau en maak een afspraak. We zijn hier uitgepraat.'
'Hoor eens, meneer Morgenstern,' zei Stella zo redelijk mogelijk, 'we willen alleen maar weten...'
'Laat maar, rechercheur,' zei Morgenstern bits. 'De laatste keer dat er een paar rechercheurs voor mijn deur stonden om een paar vragen te stellen, ben ik gearresteerd wegens verkrachting.'
Stella verstrakte onwillekeurig bij het woord 'verkrachting'. Het was al meer dan een jaar geleden, maar de herinnering aan het treffen met haar psychotische ex-vriend Frankie Mala kwam zo gemakkelijk naar boven. Hij had haar niet echt verkracht, hoewel het wel als een aanranding had gevoeld toen ze erachter kwam dat hij een opname van hun liefdesspel op het internet had gezet. Daarna had ze het uitgemaakt, maar hij had zich toegang verschaft tot haar appartement en had haar overweldigd, vastgebonden en gesneden en gedreigd met ergere dingen.
Soms, als ze haar ogen dichtdeed, zag ze nog steeds hoe hij over het tussenschot was gesprongen toen zij haar Glock uit haar handtas haalde en haar tegen de vloer had geslagen.
Een seconde later was ze er weer overheen. Ze was aan het werk en zat niet bij de politiepsychiater die Mac haar zo'n beetje gedwongen had te bezoeken. Het was al meer dan een jaar geleden. Ze was eroverheen.
Echt.
Morgenstern bleef praten. Zijn stem werd bij elke zin luider en ze dwong zichzelf naar hem te luisteren. 'Ik had natuurlijk helemaal niemand verkracht. Maar jullie hadden een signalement van een blanke man van in de dertig met lang bruin haar en een baard. Ik heb twee dagen in de cel gezeten voor de echte dader nog iemand verkrachtte. Dit keer pakten ze de juiste man en ze lieten me zon-

der een woord gaan. Geen verontschuldiging of niets, zelfs niet toen de DNA-test aantoonde dat ik er niets mee te maken had.' Hij glimlachte bitter. 'Ik veronderstel dat ik dankbaar zou moeten zijn. De toegewezen schadevergoeding heeft me dit huis opgeleverd.' De glimlach verdween en nu keek hij boos. 'Maar als jullie ook maar een seconde denken dat ik iets tegen een politiebeambte ga zeggen zonder dat mijn advocaat daarbij aanwezig is, zijn jullie gek. Ik ben al een keer het slachtoffer geweest van de Gestapopraktijken van de politie, en dat gebeurt me niet nog eens! Goedendag!'
Hij liet de twee visitekaartjes op de deurmat vallen en sloeg de deur dicht.
'Zo te horen heeft hij het beste laatste woord van ons allemaal,' mompelde Stella.
Angell bukte om de kaartjes op te pakken. 'Wat zeg je?'
'Niets.' Stella zuchtte. Ze pakte een kaartje van Angell aan en ze liepen terug over Cambridge.
'Wat denk jij ervan?' vroeg Angell.
'Hij is de laatste die met het slachtoffer is gezien. Hij is een verdachte geweest in een verkrachtingszaak. Hij is driftig. Hij heeft duidelijk onlangs nog gevochten. Hij droeg een trui met dezelfde kleur als de vezel die op het lichaam is gevonden. Ik denk dat we zojuist onze eerste verdachte hebben gesproken.'

7

Dokter Sheldon Hawkes had lange tijd niet echt nagedacht over de gevangenis. Hij was een paar jaar een gerespecteerd chirurg geweest, tot hij een patiënt te veel verloor en lijkschouwer was geworden. Hij kon het niet meer verdragen om ook maar in het kleinste opzicht verantwoordelijk te zijn voor de dood van een ander mens, dus had hij zijn medische kennis ingezet om degenen te pakken die dat wel waren.

Met zijn verstand wist hij dat degenen die de mensen hadden vermoord die hij als lijkschouwer onderzocht – en later, nadat hij van het mortuarium was overgestapt op veldwerk, degenen die verantwoordelijk waren voor de plaatsen delict die hij bekeek – meestal in de gevangenis belandden. Maar dat had niet veel betekenis voor Hawkes gehad.

Toen werd hij gearresteerd, beschuldigd van moord, in de boeien geslagen en naar Rikers Island gebracht, en kreeg de gevangenis een heel nieuwe betekenis voor hem.

Hij had jaren bij de politie gewerkt, maar tot die dag had Sheldon Hawkes nooit begrepen hoe vernederend het was om handboeien om te krijgen en hoe hulpeloos je je voelde met je polsen achter je rug en het metaal in je huid.

Als zwarte man wist Hawkes dat hij moest leven met voortdurende achterdocht. De oude blanke dametjes die aan de overkant gingen lopen om hem te mijden, alleen vanwege de kleur van zijn huid. De verkeerspolitie die hem aanhield en blanke automobilisten die veel sneller reden negeerde. Het maakte niet uit dat hij dokter was of zelf een penning op zak had.

Toch had hij nooit precies begrepen hoe het was om beschouwd te worden als het schuim der aarde, totdat hij op Rikers in voorarrest kwam. Vanaf het moment dat die handboeien om waren gegaan, was hij niet langer een persoon.

Hawkes kon het niet het ergste gevoel noemen dat hij ooit in zijn leven had gehad, want die benaming was gereserveerd voor zijn gevoelens toen hij de laatste keer een patiënt verloor op de operatietafel. Maar het kwam er behoorlijk dichtbij.

Hij was er uiteraard ingeluisd. Shane Casey was een gek met een obsessie voor de technische recherche. Caseys broer was ook beschuldigd van moord, maar had in de gevangenis zelfmoord gepleegd. Casey was er zeker van dat zijn broer vals beschuldigd was, dus schoof hij op zijn beurt Hawkes, die ten tijde van het proces tegen Caseys broer nog lijkschouwer was geweest, een moord in de schoenen. Hawkes' getuigenis was een van die dingen die ervoor zorgden dat Caseys broer schuldig werd bevonden.

Hawkes wilde nooit meer een voet in de gevangenis zetten, onder welke omstandigheden dan ook.

Dus toen inspecteur Stanton Gerrard die ochtend langs het lab was gekomen, was er een knoop in Hawkes' maag ontstaan.

Gerrard was degene die het onderzoek had geleid toen Hawkes werd gearresteerd. Kort daarna was hij tot inspecteur bevorderd en had hij de leiding gekregen over de technische recherche, net op tijd om een heksenjacht te beginnen tegen Mac vanwege zijn rol in de dood van Clay Dobson.

Niemand in het lab zag Gerrard graag komen, en het gevoel was wederzijds. Mac had iets belastends opgegraven tegen Gerrard om ervoor te zorgen dat hij die kwestie met Dobson liet varen, maar hoewel dat Mac op de korte termijn wel geholpen had, stond de technische recherche nu in een nog slechter blaadje bij de inspecteur.

'Rechercheur Taylor,' had Gerrard gezegd, met een grimas onder zijn grijze baard. 'Ik ben net gebeld door de DOC. We hebben twee verdachte sterfgevallen in de Richmond Hill Correctional Facility. Albany heeft om een rechercheur en de technische recherche gevraagd.' Hij glimlachte half. 'Ik zou zeggen dat u uw beste mensen moet sturen, maar omdat u die niet hebt, moet ik het maar doen met elke sukkel die hier toevallig rondhangt.'

Op de een of andere manier was Mac erin geslaagd geen sneer terug te geven. In plaats daarvan had hij tegen Hawkes en Danny

Messer gezegd dat ze zich gereed moesten maken om met hem mee te gaan.

'O, rechercheur?' had Gerrard er nog aan toegevoegd. 'Ze hebben de lichamen al geïdentificeerd. Een ervan is een schoft die Vance Barker heet. De ander is Malik Washburne.'

Dat had Mac tot staan gebracht. 'Is dat wie ik denk dat het is?' Gerrard knikte. 'Voormalig agent Gregory Washburne.'

'Wat deed hij in de RHCF?'

'Tien jaar voor het veroorzaken van een dodelijk verkeersongeval. Verpest dit niet, Taylor.' Daarmee was Gerrard vertrokken.

'Wie is die Washburne?' had Danny gevraagd. 'Was hij corrupt?'

'Washburne was geen foute politieman,' had Mac geantwoord. 'Hij was zelfs een van de beste. Hij nam ontslag om persoonlijke redenen en bekeerde zich tot de islam. Toen heeft hij ook zijn naam veranderd. Ik had geen idee dat hij in de gevangenis zat.'

Ze troffen Flack bij de landingsplaats voor de politiehelikopter. Het verkeer zou op dat uur van de dag moordend zijn (hoe toepasselijk) en er waren al een paar uur verstreken sinds de misdaad had plaatsgevonden. In de tijd die het het bureaucratische Department of Corrections had gekost om contact te leggen tussen Staten Island en Albany en vervolgens met het kantoor van Gerrard was de plaats delict waarschijnlijk al een puinhoop geworden. Snelheid was dus belangrijk en ze konden het zich niet veroorloven om op twee verschillende bruggen in de file te belanden, en bovendien voelde Mac er niets voor om hun labuitrusting te vervoeren op de veerboot naar Staten Island.

Maar Gerrard had iedereen verrast door toestemming te geven de helikopter te gebruiken. In zijn donkerblauwe jasje met de letters CSI:NY in wit op de rug en met zijn metalen koffertje in de hand zat Hawkes met Flack, Danny en Mac in de helikopter.

De piloot had een route gekozen die hen direct boven de Hudson bracht en via de kust van New Jersey zuidwaarts over de Goethals Bridge voerde, die Staten Island verbond met New Jersey. Hij landde op de parkeerplaats voor de RHCF.

De gevangenis stond eenzaam op de westkust van Staten Island.

Toen hij uit de helikopter stapte, met zijn hoofd omlaag voor de veiligheid, zag Hawkes een heleboel hekken met rollen prikkeldraad erop. Aan de rand van de parkeerplaats was de ingang van de gevangenis.

Flack stapte ook voorzichtig uit de helikopter. Hawkes stak hem zijn hand toe, die hij weigerde. 'Flack, ze schrijven die Percocet niet voor niets voor,' zei hij.

'Ben jij opeens mijn moeder geworden?'

'Nee, maar ik ben dokter en mijn medisch advies aan jou is om de pijnstillers te slikken.'

'Als ik het me goed herinner,' zei Flack terwijl ze naar de ingang liepen, 'heb jij me ook geadviseerd om nog een maand rust te nemen. Ik red me wel.'

Hawkes dacht erover aan te dringen, maar besloot dat het tijdverspilling was. Hij kende Flack lang genoeg om te weten dat hij zo koppig kon zijn als een ezel, en dat hij ook de persoonlijkheid van die ezel kreeg als je hem te veel op de huid zat.

Ze liepen over de parkeerplaats naar de ingang, waar ze begroet werden door een man met dunner wordend wit haar en een dikke witte snor. Hij had een wit overhemd aan met een insigne erop, wat erop wees dat hij een hogere rang bekleedde in de gevangenis. Hij had twee PIW'ers bij zich in blauwe overhemden. Een van hen had luitenantsstrepen op zijn kraag en de ander had de drie chevrons van een sergeant.

'Heren, ik ben kapitein Richard Russell. Ik ben het hoofd van de beveiliging.' De man in het wit stak zijn hand uit.

'Rechercheur Taylor van de technische recherche,' zei Mac, die de hand pakte. 'Dit zijn rechercheurs Flack en Messer en dokter Hawkes.'

'Aangenaam u te ontmoeten. Dit zijn luitenant Ursitti en sergeant Jackson. Ik moet u vragen uw mobiele telefoons en uw wapens in het arsenaal achter te laten.' Russell wees naar een bord, waarop stond: ALLE WAPENS INLEVEREN BIJ ARSENAAL. Onder de woorden stond een pijl die naar een nis aan het eind van het gebouw wees.

Terwijl Russell hen naar de nis voerde, ging hij verder: 'U krijgt

ook allemaal een PIW'er toegewezen terwijl u in mijn inrichting verblijft.'
Danny boog zich naar Hawkes en mompelde: 'Denken ze soms dat we het zilver zullen stelen?'
In de nis zat een raam en daarachter een PIW'er. Onder het raam bevond zich een schuifblad zoals bij de bank, en het schoof naar buiten toen ze naderden.
'Als u uw wapens en telefoons op het blad plaatst, legt Simone ze in de kluisjes, waarvan u de sleutel krijgt.'
Hawkes pakte zijn 9mm uit de holster. Mac volgde zijn voorbeeld. Na een seconde deed Danny hen hoofdschuddend na. Ze gaven ook hun Treo's af. Ze legden hun spullen stuk voor stuk op het blad, dat vervolgens naar binnen gleed. Een paar tellen later schoof het weer naar buiten met drie sleutels erop. Hawkes voelde zich iets beter over de hele zaak toen hij besefte dat hij de sleutel had van de kluis waarin zijn wapen lag. Hij had er een hekel aan om dat vervloekte ding bij zich te dragen – voor hem ging dat in tegen de eed die hij als dokter had afgelegd – en hij kon trouwens voor geen meter schieten, maar hij was toch verantwoordelijk voor het wapen.
Flack vroeg: 'Wat is er precies gebeurd?'
Voordat Ursitti kon antwoorden, zei Russell: 'Rechercheur, u zult uw wapen en telefoon ook moeten afgeven. Geen uitzonderingen.'
'Ook goed.' Flacks toon wees erop dat hij het helemaal niet goedvond, maar hij legde zijn wapen, zijn reservewapen en zijn telefoon toch op het blad. Even later kwam zijn sleutel naar buiten.
Ursitti vertelde intussen: 'Beide lichamen bevinden zich in het afgesloten gedeelte voor gewichtheffers. Daarin bevonden zich vijfenveertig moslims, en een van de skinheads heeft door het gaashek heen een van de moslims neergestoken.'
'Dat slachtoffer was Vance Barker?' vroeg Flack.
Ursitti knikte. 'Ja. Hij zat voor drugs, net als de meesten van die kerels. Zo'n soldatentype dat liever in de gevangenis zit dan zijn maats te verraden.'
'En dat heeft hij zo te horen met de dood moeten bekopen,' zei Mac.

Ze liepen naar binnen. Hawkes voelde de heerlijke koelte van de airconditioning toen ze door de dubbele deuren de hal in stapten. Mac vroeg: 'Hoe weet u dat er precies vijfenveertig mannen in dat omsloten gedeelte waren?'
'Dat is de maximale capaciteit. We moesten twee mannen wegsturen omdat het vol zat.'
Binnen zat een andere PIW'er achter een lange tafel. Voor de tafel, midden in de smalle doorgang, stond een metaaldetector. De PIW'er haalde een gehavend boek voor de dag en sloeg de bladzijden om tot hij bij een lege kwam. 'U moet even tekenen.'
'Dat kun je niet menen,' zei Danny.
'Vaste procedure,' zei de PIW'er schouderophalend.
'We moeten bijhouden wie hier komt en gaat, rechercheur Messer,' zei Russell stijfjes. 'Ik zou denken dat juist jullie dat wel zouden inzien.'
'Dat is ook zo,' zei Mac snel voordat Danny antwoord kon geven. Hij greep de pen en schreef zijn naam op en de tijd en het doel van zijn bezoek (hij schreef POLITIEONDERZOEK in nette blokletters en Hawkes was van plan hetzelfde te doen).
Ursitti vervolgde: 'De andere dode is Malik Washburne. Niemand heeft gezien wat er met hem is gebeurd, maar we denken dat iemand hem heeft vermoord terwijl iedereen stond te kijken hoe Barker leegbloedde.'
Elk van de rechercheurs maakte zijn zakken leeg, legde de inhoud daarvan in een rood plastic bakje en liep door de metaaldetector. Niemand deed hem afgaan, en daar was Hawkes dankbaar voor. Hij zag Flack er wel voor aan om nog een derde wapen bij zich te hebben.
Toen dat gedaan was en ze allemaal een stempel met lichtgevende inkt op de rug van hun hand hadden gekregen, schoof er een stalen deur open.
'Er mogen alleen foto's worden gemaakt in het fitnesshok en het gebied daaromheen,' zei Russell. 'Als een van mijn PIW'ers u zonder toestemming elders foto's ziet maken, wordt uw uitrusting in beslag genomen en wordt u uit de inrichting verwijderd.'

Hawkes fronste. 'Waarom dat?'
Russell reageerde meteen: 'Als u daar een probleem mee hebt, dokter Hawkes, moet u de zaak maar opnemen met Albany. Ik hou me alleen aan de regels. Ik stel voor dat u dat ook doet.'
'Goed hoor.' Hawkes zag dat sergeant Jackson achter Russells rug om met zijn ogen rolde. Blijkbaar had kapitein Russell een reputatie.
Ze liepen allemaal een nis in en legden op verzoek hun handen op een blad met een handvormige uitsnede. De handen werden beschenen met ultraviolet licht, waaronder de lichtgevende inkt van het stempel te zien was. Hawkes vond het een slim idee om de bezoekers iets te geven wat ze niet konden zien en dus ook niet gemakkelijk konden verwijderen.
Toen ze allemaal hun handen hadden laten zien, ging de deur waardoor ze waren binnengekomen langzaam dicht en schoof een deur daartegenover open. Ze liepen weer naar buiten, en de vochtige hitte sloeg tegen Hawkes aan als een hamer.
Ze liepen over een pad met netjes aangeplante bloemen erlangs; er was zelfs een vijver. Hawkes nam aan dat het terrein werd bijgehouden door de gevangenen.
Mac zei, op een toon die erop wees dat hij zich al een tijdje liep op te vreten: 'Kapitein, u hebt om ons gevraagd. Ik stel het niet op prijs dat mij verteld wordt hoe ik mijn werk moet doen.'
'Dat doe ik ook niet,' zei Russell. 'Ik vertel u alleen wat in mijn inrichting is toegestaan. Nogmaals, als u daar een probleem mee hebt, neemt u het maar op met Albany.'
Door een volgend stel dubbele deuren belandden ze weer in een ruimte met airconditioning. Daar werden ze opgewacht door drie PIW'ers, allemaal met een streep op hun mouwen.
Ursitti zei: 'Rechercheur Flack, ik zal u naar de verhoorkamer begeleiden. Daar kunt u getuigen verhoren.'
Flack knikte, keek naar een van de PIW'ers en glimlachte. 'Hé, Terry. We kunnen elkaar zo niet blijven ontmoeten.'
De PIW'er, een grote man met een babyface, lachte terug en zei: 'Donnie.'
Russell keek van de een naar de ander. 'Kennen jullie elkaar, Sullivan?'

De glimlach van de PIW'er verdween. 'Jawel, meneer. De vader van rechercheur Flack en die van mij werkten vroeger samen op Bureau 112.'
'Prachtig,' zei Russell nors. 'Sullivan, jij begeleidt rechercheur Taylor. Andros, jij gaat met rechercheur Messer mee. Ciccone, jij hoort bij dokter Hawkes.'
De zes mannen liepen nog een paar gangen door, langs verschillende controleposten en wachtposten, en kwamen uiteindelijk weer buiten terecht. Hawkes dacht wrang dat hij op deze manier zeker longontsteking zou krijgen, hoewel de airco in de gevangenis niet bepaald van hoog niveau was. Dat vond Hawkes zo prettig aan het lijkenhuis en het laboratorium van de technische recherche: geavanceerde apparatuur en lijken moesten allebei koel blijven, dus waren de zomers in New York op het werk tenminste draaglijk.
Behalve als je naar een plaats delict moest.
Er was geen schaduw van betekenis op het open veld tussen het gebouw en het fitnesshok, dus brandde de zon genadeloos op de grond vanuit de wolkeloze hemel.
Toen hij het veld over liep, met de zon warm in zijn nek, probeerde Hawkes er niet aan te denken dat hij zich weer in een gevangenis bevond, met een PIW'er die al zijn gangen naging. Met die Ciccone achter zich kreeg Hawkes bijna het gevoel dat hij weer een gevangene was, niet slechts een bezoeker. Alsof hij geen persoon meer was.
Dat vond hij echt vreselijk.
Na de lange wandeling over het grasveld kwamen ze bij het fitnesshok. Achter het hok stond een groepje bomen die schaduw boden aan een aantal picknicktafels. Achter het groepje tafels lag het basketbalveld.
Er was niemand te zien behalve een paar PIW'ers die om het hok heen stonden. Hawkes nam aan dat alle gedetineerden op dat moment in hun cel waren opgesloten.
Een Afro-Amerikaanse man met net zo'n sikje als Hawkes vroeger had gehad stond bij het hek. De PIW'er die Mac begeleidde, Flacks

vriend Sullivan, zei: 'Jay, dit zijn de mensen van de technische recherche. Oom Cal heeft gezegd dat ze in het hok kunnen doen wat ze willen.'

Jay knikte, haalde de sleutels van zijn riem en bekeek er verscheidene voordat hij bij de sleutel kwam voor het hangslot op de ketting waarmee het hek was afgesloten.

Hawkes nam de hele plaats delict met geoefende blik op toen het hek met wat gepiep van metalen scharnieren openging. In het hok bevonden zich verschillende bankjes, een stuk of zes barbells en een groot aantal ronde metalen gewichten van verschillende afmetingen met een gat erin.

Een van de lichamen lag op de grond bij het hek, met allemaal bloed eromheen, spetters en vegen.

Mac vroeg: 'Kan iemand precies beschrijven wat er gebeurd is?'

De man die Jay heette deed een stap naar voren, beschreef de gebeurtenissen van die morgen en vertelde dat ze alle gedetineerden in het hok gedwongen hadden op hun buik te gaan liggen. Er waren er vijfenveertig geweest – het maximale aantal, zoals Ursitti al had gezegd, en het was een beetje krap geweest met al die mannen languit op de grond.

Toen hij klaar was met zijn verslag, wees Jay naar het terrein buiten het hok. 'We hebben het mes gevonden. Niemand heeft het aangeraakt nadat ik het had gevonden, daar heb ik voor gezorgd.'

'Bedankt,' zei Mac, die naar de plek liep die Jay had aangewezen. Hij trok een latex handschoen uit zijn zak en hield hem tussen de vingers om het voorwerp ermee op te pakken. 'Een tandenborstel met een scheermes eraan vastgemaakt, bedekt met bloed.'

Sullivan zei: 'Ze krijgen hier geen punten voor originaliteit, rechercheur.'

'Dat is maar goed ook,' mompelde Mac. Hij haalde een envelop voor de dag en liet het provisorische wapen erin glijden. 'Het bloed is waarschijnlijk van ons slachtoffer en de vingerafdrukken van de moordenaar zullen erop staan.' Hij keek op. 'Danny, neem jij Barker. Sheldon, ga bij Washburne kijken.'

Hawkes knikte. Toen hij met Ciccone op zijn hielen het hok bin-

nenging, mopperde hij: 'Een reconstructie wordt moeilijk met deze puinhoop.'
'Waar zou je in godsnaam een reconstructie voor moeten doen?' vroeg Ciccone. 'Een van de skinheads heeft Barker vermoord.'
'Het was Mulroney,' voegde Sullivan eraan toe.
Hawkes draaide zich om. Mac en Danny keken ook naar de man. Mac vroeg: 'Hoe weet je dat?'
'Ik heb het hem zien doen. Ik heb al mondeling verslag uitgebracht bij de luitenant. Verdomme, de helft van de moslims hierbinnen heeft waarschijnlijk gezien wie het heeft gedaan, net als alle bendeleden die buiten rondhingen. De skinheads houden hun mond, maar dat maakt niet uit.'
'Wie is Mulroney?' vroeg Mac.
'Jack Mulroney,' zei Sullivan. 'Hij zit voor geweldpleging, een vechtpartij in een kroeg, hij tegen twee homoseksuelen.' Met een grijns voegde Sullivan eraan toe: 'Niet bepaald een eerlijk gevecht.'
Ciccone mompelde: 'Mietjes zijn toch boksballen.' Hawkes wierp hem een blik vol afkeer toe, die de PIW'er negeerde.
'Hoe dan ook, dit is voor hem een stapje hogerop,' zei Sullivan. 'Hij houdt van knokken, maar dit is de eerste keer dat hij echt iemand heeft vermoord.'
Hawkes knikte en liep naar de losse gewichten. Zijn gedachten waren al bij het raadsel dat hij moest oplossen: de dood van Malik Washburne.
Hij vroeg aan Ciccone: 'Heeft iemand gezien wat er met hem is gebeurd?'
De PIW'er haalde zijn schouders op.
Sullivan zei vanaf het hek: 'We stonden allemaal te kijken hoe Barker werd gekeeld. Toen we daarna alle gevangenen op hun buik op de grond hadden, riep Melendez dat er nog een lijk was.'
Hawkes knielde naast het lichaam. Hier was hij in zijn element. Hoe hij zich ook voelde, hij wist dat hij er goed in was om zijn medische kennis en zijn ervaring te gebruiken om antwoorden te krijgen van lijken, en daar kwam hij ook voor.
Net als alle anderen die geen PIW'er waren, droeg Washburne het

groene uniform van de gedetineerden, hoewel hij het overhemd had uitgetrokken en alleen een wit hemd droeg om in de warme zomerzon te gaan gewichtheffen. Hij had zijn haar blijkbaar laten groeien voor een jaren zeventig-afrokapsel, maar dat was niet genoeg om de enorme wond op zijn voorhoofd te verbergen.

Hawkes deed zijn latex handschoenen aan – en zuchtte omdat het onvermijdelijk was dat zijn handen de komende vierentwintig uur zouden ruiken naar bezweet latex, een geur die Hawkes nog afschuwelijker vond dan die van een lijk – en bekeek de hoofdwond. Die leek ongeveer de juiste grootte te hebben om veroorzaakt te kunnen zijn door een van de gewichten.

Hij kwam overeind, haalde zijn Nikon D200 voor de dag en begon het lichaam van alle kanten te fotograferen. Toen dat klaar was, pakte hij een meetlat en balanceerde die op Washburnes wang om de omvang van de hoofdwond vast te leggen.

Vlak bij het lichaam lag een van de losse gewichten, een ronde schijf van tien kilo, afgaand op het getal dat erin was gedrukt, met een gat erin. Er zat bloed op de rand.

Hawkes keek op en zag dat een halve meter van het lichaam en het gevallen gewicht een opdrukbankje stond. Aan één kant van de stang die erbij hing zaten drie gewichten.

Aan de andere kant zaten er slechts twee. Aan de kant met drie gewichten was het buitenste gewicht ook tien kilo.

Hawkes fotografeerde de bank uit elke hoek die hij kon verzinnen en deed hetzelfde met het losse gewicht, zowel met als zonder meetlat ernaast.

'Jezus christus,' mompelde Ciccone. 'Moet het soms voor je uitgetekend worden, dokter? Dat gewicht komt van die stang. Degene die Washburne heeft vermoord, heeft hem er waarschijnlijk mee op zijn kop geslagen. Verdomme, dat had een van de gedetineerden nog wel kunnen bedenken terwijl hij hier op zijn buik lag. Voor het geval het niet duidelijk is, snap je.'

'Het is wel duidelijk, maar we moeten het nog steeds vastleggen,' zei Hawkes, die weer naast het lijk knielde. 'De officier van justitie vindt het prettig als we grondig te werk gaan. Net als jury's.'

'Ik heb ook een keer in een jury gezeten. Het enige wat we belangrijk vonden, was om zo snel mogelijk weer naar huis te kunnen.'
Er had zich een plas bloed gevormd onder de wond, maar er was nog meer bloed op verschillende delen van Washburnes lichaam, allemaal bij het hoofd, op plekken waar de hoofdwond mogelijk druppels kon hebben achtergelaten. Uit hoofdwonden kwam tenslotte altijd een flinke hoeveelheid bloed. Maar in het hele hok lag zo veel bloed dat het het beste was om zo veel mogelijk monsters te nemen.
Hawkes haalde een aantal wattenstaafjes uit zijn koffertje en nam zorgvuldig bloed van de hoofdwond, van verschillende andere delen van het lichaam en ook van het gewicht. Elk wattenstaafje ging in een andere envelop, waarvan Hawkes het etiket beschreef. Hawkes merkte op dat een deel van het bloed aanzienlijk droger was dan de rest. Hij maakte een aantekening dat dat bloed het eerst getest moest worden. Zowel in de wiskunde als in de forensische wetenschap verschaften afwijkende dingen meestal de nuttigste informatie.
Terwijl hij hiermee bezig was, zag hij een draad op de schouder van het slachtoffer. Het zag eruit als een groene vezel en was waarschijnlijk afkomstig van Washburnes eigen gevangeniskleding. Toch pakte Hawkes een pincet, deed de vezel in een zakje en beschreef ook daarvan het etiket.
'Weet je, ik dacht dat de nachtdienst, als alle gedetineerden slapen, het saaiste op de wereld was,' zei Ciccone hoofdschuddend en met zijn armen over elkaar geslagen. 'Zo te zien had ik het mis, want dit is nog veel saaier. Ik snap niet hoe u het voor elkaar krijgt, dokter. Dit is zó saai.'
Hawkes gaf geen antwoord. Nu Ciccone had laten merken dat hij het werk van de dokter maar saai vond, had Hawkes er geen moeite mee de man links te laten liggen en zwijgend door te werken.

Danny Messer was verbaasd geweest toen Mac hem had aangewezen voor dit karwei, omdat Danny familieleden had die in de RHCF gevangenzaten. Veel leden van de familie Messer waren lid van de Tanglewood Boys. Danny had buiten dat moeras weten te blijven en was als een van de besten van zijn klas afgestudeerd aan de politieacademie, en daarna had Mac hem persoonlijk gevraagd voor zijn team.

Het laboratorium was voor hem de beste werkplek. Hoewel niemand iets negatiefs gezegd had – en verscheidene mensen, onder wie Don Flack, hadden juist beweerd dat het niet uitmaakte – dacht Danny niet dat hij helemaal vertrouwd werd op straat. In zijn jeugd werd zijn familie tenslotte in de gaten gehouden door de FBI.

Bovendien vond hij het fijn om in het lab te werken.

Toch probeerde hij de wijk op Staten Island waar hij was geboren en getogen zo veel mogelijk te mijden. Danny vond het akelig om thuis te komen, een gevoel dat hij leek te delen met de meeste mensen die op het eiland waren opgegroeid en het hadden verlaten.

Maar vandaag ging dat niet. Stella en Lindsay waren bezig in de Bronx, dus konden alleen Danny en Sheldon met Mac meegaan. Ze waren alle drie nodig. Er waren twee lijken in een zaak die van hogerhand naar hen was doorverwezen, van Albany naar inspecteur Gerrard, klootzak die hij was.

Hij kon tenminste moed putten uit het feit dat iedereen achter de tralies zat. Alle gedetineerden zaten in hun slaapvertrek. Ze noemden het tegenwoordig geen 'cel' meer in halfopen en open inrichtingen, hoewel Danny daar geen goede reden voor zag. Waarschijnlijk om dezelfde stomme reden dat ze gevangenbewaarders tegenwoordig 'penitentiair inrichtingswerkers' noemden, vuilnismannen 'afvalverwerkers' en stewardessen 'cabinepersoneel'. Hetzelfde gold voor 'forensische dienst' in plaats van 'technische recherche'. Danny vond het allemaal maar dom. Hij wist dat de term 'penitentiair inrichtingswerker' was bedacht om de bevoegde ordehandhavers te onderscheiden van de bewakers, kerels met het minimumloon en zonder enige bevoegdheid buiten de gevangenis, en dat cabinepersoneel een accuratere term was en bovendien onzijdig. Maar toch vond hij het maar stom.

Maar betogen over de degradatie van de taal kon hij beter in zijn eigen tijd houden. Op dit moment vertrouwde Mac op hem en hij zou zijn uiterste best doen. Danny had Mac niet altijd goede redenen gegeven om hem te vertrouwen, dus was hij blij als Mac dat wel deed.

Uiteraard gaf hij Sheldon het moeilijke geval. Niemand had gezien hoe Washburne werd vermoord. In het geval van Danny's lijk had iedereen gezien wat er gebeurd was.

Maar mensen logen wel eens. De bewijzen niet. Daarom had Danny het leven vol leugens van een Tanglewood Boy verworpen en was hij bij de technische recherche gegaan. Dus begon hij de plaats delict te onderzoeken.

Eerst nam hij foto's. Je moest de plaats delict vastleggen zoals hij was voordat je dingen ging aanraken.

Toen hij eenmaal een volledige fotoreportage had van Vance Barker, bekeek hij de wond nauwkeuriger. De dader had precies de halsslagader geraakt. Het was een bijna volmaakte snee; als die slagader werd opengesneden, was het slachtoffer binnen een paar seconden dood. Degene die dit gedaan had, was een vakman of had heel erg veel geluk.

Omdat de RHCF een halfopen inrichting was, was Danny geneigd aan het laatste te denken. Maar dat was op dit moment niet zijn probleem.

Toen hij het gezicht van het slachtoffer bekeek, zag hij dat Barker een kapotte lip had. Danny had het door al dat bloed bijna gemist. Hij keek op naar de PIW'er die hem vergezelde – Andros? – en vroeg: 'Wanneer heeft onze jongen gevochten?'

'Welke dag is het vandaag?' zei Andros snuivend. 'Ik ben hier pas een maand en die vent is al betrokken geweest bij twaalf vechtpartijen.'

'Dit is van recente datum.'

'O ja, bij de honkbalwedstrijd van gisteren. Het liep op vechten uit nadat Barker iemand neerhaalde met een sliding.'

'Het is hier ook altijd bal, hè?'

'Breek me de bek niet open.'

Danny schudde zijn hoofd en stond op. Hij keek om naar het hek en nam foto's van de bloedspetters op het metaal.

Aan de andere kant van het hek stond Mac de buitenkant te bekijken. 'Het ziet ernaar uit dat onze moordenaar hier doorheen is gegaan.' Hij wees met een vinger naar een van de gaten in het gaashek.

'Ja,' zei Danny, 'dat klopt met de spetters die ik hier heb.'

Mac zei: 'Er zit een bloedveeg aan de onderkant van dit gat. Het is naar buiten uitgesmeerd, en dat klopt met een hand die teruggetrokken wordt. Hij is waarschijnlijk met zijn pink langs het ijzerdraad gegaan.' Hij keek even naar Sullivan. 'Ik moet de verdachte zien. Jullie hebben hem zich toch niet laten omkleden?'

Sullivan schudde zijn hoofd. 'Nee, ze zitten allemaal veilig weggestopt.'

'Mooi. Kun je me naar hem toe brengen en naar de mensen die om hem heen hebben gestaan?'

'Ja hoor,' zei Sullivan. Ze zitten allemaal in blok A.'

'Prima.' Hij keek door het hek naar binnen. Danny vond dat Macs ultraserieuze gezicht er komisch uitzag met het gaashek ervoor. 'Danny, Sheldon, maken jullie het hier maar af. Als je alle monsters hebt verzegeld en van een etiket hebt voorzien, kom je naar het kantoor van de kapitein, zodat we regelingen kunnen treffen om de lijken naar het mortuarium te laten overbrengen.'

'Doen we, Mac,' zei Danny.

8

In de zomer vond Stella het heerlijk om naar het mortuarium te gaan.
Het was iets waar ze niet te lang bij stil probeerde te staan, zoals veel te veel dingen in haar leven. Toch had het wel een zekere logica. De zomer kon in New York enorm uitputtend zijn, met temperaturen van boven de 30° C en een hoge luchtvochtigheid. Het was er niet zo erg als in bijvoorbeeld Florida, maar het was beslist niet leuk. Vandaag was een van de akeliger dagen. Alleen al het wandelingetje van Belluso naar het huis van Morgenstern en terug had haar moe en bezweet gemaakt.
Dus bood het mortuarium niet zozeer frisse lucht, maar tenminste wel koele lucht. In de winter was het niet zo aangenaam, maar op dagen als deze ging Stella er graag heen. Ook al lagen er overal lijken.
Ze zag ook tot haar genoegen dat dokter Sid Hammerback de lijkschouwer was in de zaak-Campagna. Ze had beschermende gevoelens ten opzichte van Sid sinds ze hem een paar weken geleden een keer op de vloer van de snijkamer had aangetroffen. Hij was in een anafylactische shock geraakt door een broodje waarvan hij de ingrediënten niet goed genoeg had gecontroleerd (hij had sinds die dag geen voet meer in de betreffende zaak gezet), en Stella had hem gereanimeerd.
'Hoe gaat het met mijn toegewijde slaaf?' vroeg ze met een ondeugende grijns toen ze het lab binnenliep.
'Zoals altijd tot uw dienst,' zei Sid met gespeelde plechtigheid. Daarna verscheen zijn aanstekelijke lach.
Hij zette zijn bril af, die aan een ketting om zijn nek hing en bij de brug losgemaakt kon worden. Elke keer dat hij die bril uit elkaar trok, dacht Stella even dat hij hem kapot had gemaakt, ook al had Sid die bril al jaren.

Het lichaam van Maria Campagna lag op de tafel. Sid was al klaar met de sectie; het lichaam was naakt en vertoonde de inmiddels gehechte Y-vormige incisie waarmee de borstkas was geopend.
Sid overhandigde Stella zijn voorlopige rapport en zei: 'Doodsoorzaak was verwurging. Haar keel was verbrijzeld. Afgaand op de lichaamstemperatuur zou ik zeggen dat ze gisteravond laat is gestorven.'
Stella pakte het rapport aan en knikte. 'Dat klopt met de sluitingstijd van Belluso.'
'De lijkbleekheid klopte met de positie. Ze is waarschijnlijk gestorven op de plek waar jullie haar gevonden hebben.'
Stella stootte een kort lachje uit. 'Mooi, want de plaats delict was in dat opzicht niet bepaald een hulp. Haar lichaam lag op een vloer waar al jaren over gelopen wordt en waar constant dingen overheen worden gesleept.'
'Ik heb geen vingerafdrukken of indrukken van vingers op de hals gevonden.' Sid liep naar het grote scherm boven de tafel. Hij raakte het touchscreen aan om de röntgenfoto's van Maria's nek op te roepen. 'De voorkant van haar tongbeen was naar binnen toe versplinterd. Er is ook schade aan het strottenhoofd, de keelholte, de schildklier en twee van de bijschildklieren. Het patroon van de breuk in het tongbeen en de verdere schade is vermoedelijk ontstaan doordat er een arm om haar hals is geslagen, die toen strak is aangedrukt. Gebaseerd op de lengte van het slachtoffer en de kracht die nodig is om zoiets te doen, denk ik dat onze moordenaar een man is, langer dan zij en rechtshandig.'
Stella staarde naar het scherm, waarop de raakpunten in groen waren aangegeven, en zag dat de schade aan Maria's nek een licht neerwaarts patroon vertoonde als je van rechts naar links keek. Ze knikte. 'Het klopt. De dader heeft van achteren zijn arm om haar keel geslagen en letterlijk het leven uit haar geperst.'
'Ik heb geen sporen op de hals gevonden, behalve de vezel die jij hebt gemeld. De dader droeg waarschijnlijk iets met lange mouwen.'
'Ja. Het was gisteravond laat in ieder geval kil genoeg. Hoe zit het met de schaafwonden op haar knokkels?'

'Zo te zien zijn die van voor haar dood. We kunnen er veilig van uitgaan dat ze die heeft opgelopen toen ze zich verdedigde, maar dat blijft tussen jou en mij tot het lab het bloed heeft getest. Als het van haar is, kan ik niet met zekerheid zeggen dat de schaafplekken iets te maken hebben met de moordenaar. Als het van iemand anders is...'
'Dan hebben we iets om mee te werken.' Stella zuchtte. 'Verder nog iets?'
Sid zette zijn bril weer in elkaar, plaatste hem op zijn neus en wees naar de huid net boven de Y-vormige incisie. 'Lichte huidirritatie in het patroon van een ketting, wat klopt met de plek in haar nek. Ze heeft beslist een of andere ketting gedragen. Die kan bij de worsteling zijn losgeraakt.'
'Dus we kunnen ook te maken hebben met een beroving.' Stella zuchtte nogmaals. Nog steeds te veel vragen en niet genoeg antwoorden. Maar niet alle sporen waren al onderzocht. Ze hadden de schaafwonden op de knokkels en de vezel die ze hadden gevonden.
'Bedankt, Sid. En kijk uit wat je eet.'
Sid grinnikte: 'Altijd. Bedankt, Stell. O, hoor eens, ik organiseer zaterdagavond een barbecue. Ik ga op vrijdag de biefstuk al marineren.'
Het water liep Stella in de mond. Sid had een carrière als chef-kok opgegeven om lijkschouwer te worden, een keuze die Stella gezien zijn culinaire talent nooit goed had begrepen, en zijn biefstukmarinade was legendarisch. De enige ingrediënten waar Stella zeker van was waren worcestersaus, witte peper en olijfolie, en dat wist ze alleen omdat ze ernaar geraden had en Sid met tegenzin had toegegeven dat ze gelijk had. (Ze was vooral trots dat ze de witte peper geraden had.) Danny had gekscherend voorgesteld een monster mee te nemen naar het lab en was daar alleen van weerhouden doordat Sid had gedreigd al zijn secties onder aan de prioriteitenlijst te zetten. Mac had bezorgdheid voorgewend omdat Sid de integriteit van het lab in gevaar bracht, waarna Sids collega-lijkschouwer (en Macs vriendin) Peyton Driscoll hem een speelse stomp tegen zijn arm had verkocht. Sid en Danny hadden Mac verzekerd dat ze een grapje maakten.

'Peyton en Mac komen ook, en Sheldon. Maar Danny en Lindsay kunnen niet. En jij?'
'Voor jouw marinade doe ik een moord, Sid. Mij hou je niet weg.'
'Mooi,' zei Sid glimlachend.
Stella liep het lab uit met het sectierapport in haar hand.
Boven trof ze Lindsay, die stond te praten met Adam Ross. Ze droegen allebei een witte laborantenjas met NY:CRIME LAB op de borst.
'Alsjeblieft, ze weten hier niet eens wat winter ís,' zei Lindsay. 'Als we een paar centimeter sneeuw krijgen, verschanst iedereen zich in zijn appartement alsof de dag des oordeels is aangebroken. Bij ons in Bozeman moet er anderhalve meter liggen voor we in de gaten krijgen dat het sneeuwt.'
'Daarom zul je mij ook niet in Montana vinden,' zei Adam huiverend. 'De mens is er niet op gemaakt om in de kou te leven. Je weet toch wel dat de mens uit Afrika komt, waar het lekker warm is.' Hij glimlachte in zijn baard. 'Ik vind het heerlijk als ze zo lopen te klagen als het meer dan 35° C wordt. Dat is een koude periode in Arizona, waar ik vandaan kom.'
Terwijl ze het paar naderde, zei Stella: 'Ja, maar dat is droge hitte.'
'En zo hoort het ook,' reageerde Adam meteen. 'Vocht is de pest voor mijn haar.'
'Precies,' zei Lindsay, 'want haarverzorging is heel belangrijk voor jou.'
'Nou en of.' Adam kon zijn gezicht niet meer in de plooi houden. Af en toe dacht hij eraan om zijn wilde bos bruin haar te kammen, maar dat werd ongedaan gemaakt door zijn gewoonte om er steeds met zijn handen doorheen te gaan.
'Als een geboren en getogen New Yorker zich even mag mengen in deze discussie tussen mensen van buiten de stad, die maar lopen te zeuren dat wij altijd over het weer klagen…' zei Stella.
Adam ging rechtop staan en was meteen een en al zakelijkheid. Voor zover Adam zakelijk kon zijn, tenminste. Hij was het prototype van een laborant. Af en toe sleepte Mac of Stella hem wel eens mee naar een plaats delict, meestal onder luid protest. Hij had een

keer zijn hart uitgestort bij Stella over dat onderwerp. 'Veldwerk maakt het allemaal te echt, snap je?' had hij gezegd. 'Daarbuiten gaat het om mensen die vreselijke dingen overkomen. Hierbinnen is het een puzzel die opgelost moet worden. Ik kan me beter concentreren op puzzels.'
Nu zei Adam: 'Oké, ik heb goed nieuws en slecht nieuws.'
Stella zuchtte. 'Eerst het slechte nieuws maar.'
'Zoals gewoonlijk.' Hij hield een uitdraai omhoog. 'Ik heb die vezel bekeken en ik heb bijna meteen ontdekt wat het is.'
Stella trok een gezicht. Zo'n snelle determinatie betekende dat het een heel gewone vezel was. De gewone vezel, de standaard schoenafdruk en het modieuze sieraad waren de vloek van de rechercheur. De heilige graal bij de forensische dienst was iets wat uniek was voor het slachtoffer en/of de dader. Ze zei tegen Adam: 'Dat is nooit goed nieuws.'
'En vandaag is geen uitzondering. De vezel is een standaardmengsel van katoen en polyester. Er is niets unieks aan en er is geen spoor van iets anders. Alleen zwart katoen met polyester.'
Stella vloekte zachtjes. 'Dus onze dader droeg een zwarte sweater op een koele avond.'
'Ja. Ik heb de verdachtenlijst officieel ingekort tot driekwart van de bevolking van New York City.'
'Eerder zeven achtste,' zei Lindsay. 'Toen ik hier pas woonde, dacht ik dat iedereen de hele tijd depressief was.' Ze glimlachte bij de herinnering. 'Ze dragen niet zo veel zwart in Montana.'
'Maar toch,' zei Stella, die het rapport van Adam aannam, 'we weten in ieder geval dat onze moordenaar een zwarte sweater droeg. Als we een verdachte vinden die er een aanhad, geeft dat ons iets om mee te werken.' Ze keek naar Adam. 'Wat is het goede nieuws?'
Adam keek schaapachtig en zei: 'Nou eh... dat heb ik gelogen. Er is geen goed nieuws.'
'Fijn.'
Uit Stella's jaszak kwamen twaalf maten van een bluesnummer. Ze haalde haar Treo voor de dag; op het beeldscherm stonden de

woorden RECHERCHEUR JENNIFER ANGELL en Angells telefoonnummer. Ze raakte het scherm aan om het telefoontje te beantwoorden en bracht het toestel naar haar oor. 'Hoi, Jen.'
'Stell, luister. Ik heb goed nieuws en slecht nieuws.'
'Heb je echt goed nieuws of hebben jij en Adam dezelfde tekstschrijver?'
'Hè?'
'Laat maar. Wat is er aan de hand?'
'Nou, ik heb net tien minuten aan de telefoon gezeten met Courtney Bracey, de advocaat van Jack Morgenstern. Die tien minuten zullen me bijblijven tot op mijn sterfbed. Ik heb besloten iedereen voor te zijn en haar meteen maar te gaan haten. Ze komen vanmiddag naar het bureau en het belooft ongeveer net zo leuk te worden als een wortelkanaalbehandeling.'
'Klinkt heerlijk. Wat is het goede nieuws?'
'Ik heb een bericht ingesproken voor het vriendje van ons slachtoffer, Bobby DelVecchio. Hij belde terug terwijl ik het met Bracey aan de stok had. Hij komt vanmiddag ook en hij zegt dat hij weet wie de moordenaar is.'

9

Mac Taylor liep over het binnenplein van de gevangenis en dacht na over het leven van Malik Washburne. Hij was geboren als Gregory Washburne en had bij de geüniformeerde dienst gezeten op Bureau 108 in Long Island City, de wijk in Queens waar hij was opgegroeid. Mac had hem een paar keer ontmoet en had hem een goede, gewetensvolle agent gevonden. Hij zorgde er altijd voor dat de plaats delict goed werd veiliggesteld en maakte betere aantekeningen dan alle andere agenten met wie Mac ooit had gewerkt.

Mac wist ook dat hij net als veel te veel agenten vocht tegen een alcoholverslaving. Hij had een speldje van de AA op zijn uniform gedragen, wat tegen de regels was, maar zijn brigadier zei er niets van omdat hij zulk goed werk deed.

Vier jaar eerder was hij echter betrokken geweest bij het oprollen van een drugsbende die vanuit Robinsfield Houses werkte. De bende was geleid door een van Washburnes jeugdvrienden.

Mac wist hoe moeilijk dat kon zijn.

Toen het proces eenmaal voorbij was en Washburnes vriend was veroordeeld, had Washburne zijn penning en zijn wapen ingeleverd en was hij activist geworden. Hij had zich al bekeerd tot de islam, voornamelijk vanwege het verbod op het drinken van alcohol, en nadat hij was weggegaan bij de politie veranderde hij zijn voornaam in Malik. Hij had goed werk gedaan om Long Island City na het oprollen van de grootste drugsbende clean te houden. Het laatste wat Mac van hem had gehoord, was dat hij vrijwilligerswerk deed bij het Kinson Rehab Center op Queens Boulevard.

Mac wendde zich tot de PIW'er die hem vergezelde – Flacks vriend Sullivan – en vroeg: 'Hoe is Washburne hier terechtgekomen?'

Sullivan haalde zijn schouders op. 'Dat was een ongelukje. Hij vertelde zelf dat een van de kinderen met wie hij werkte in dat afkickcentrum in Queens een overdosis nam en toen is er iets bij hem geknapt. Hij ging naar een slijterij, kocht de eerste fles die hij van de plank kon trekken en begon te zuipen. Daarna stapte hij in de auto, reed door rood en doodde twee mensen.'

'Verdomde pech.' En Mac meende het. Washburne was een goede man en het deed hem pijn om zo iemand zo laag te zien zinken door zijn verslaving.

'Hij was wel een modelgevangene,' zei Sullivan. 'Hij heeft vaak bemiddeld tussen de moslims en de skinheads. Daar hadden we een stuk meer aan dan aan zo'n verdomde honkbalwedstrijd.'

Ze waren nu bijna over het hele binnenplein gelopen en kwamen bij het lange gebouw waarin Jack Mulroney gevangenzat.

'Zal ik u eens wat vertellen, rechercheur? Donnie en ik hadden het vandaag nog over u.'

'O ja?' Dat verbaasde Mac.

'Ja, we hebben samen ontbeten om een beetje bij te praten, begrijpt u. Hij vertelde dat u de bovenste beste was.'

'Dat was aardig van hem.' Mac wist dat het nogal stijfjes klonk, maar hij was er nooit goed in geweest om complimentjes te aanvaarden. En hij voelde zich de laatste tijd ook niet zo best. Maar hij wist niet of dat nu kwam omdat hij zijn beheersing was kwijtgeraakt met Clay Dobson of omdat zijn relatie met Peyton Driscoll zo haperend verliep.

'Hoor eens, Donnie geeft geen complimentjes als hij het niet meent. De oprechtheid druipt uit die blauwe ogen van hem. Dus als hij zegt dat u een prima vent bent, ben ik geneigd hem te geloven.' Hij aarzelde. 'En dat is maar goed ook, want Barker kan me niet veel schelen, maar Washburne was een goeie kerel.'

'We komen er wel achter wie hem vermoord heeft, Sullivan.' Die woorden klonken overtuigender. Het feit dat Barker was neergestoken had de aandacht van Washburne afgeleid, maar Mac wist dat de bewijzen de moordenaar zouden aanwijzen.

Net toen Sullivan de deur van blok A wilde opendoen, ging die van binnenuit open. Een andere PIW'er, een kleine, bleke man met

een grote arendsneus, bracht een gevangene naar buiten. Deze droeg enkelboeien. Mac was verbaasd dat er in een halfopen inrichting enkelboeien te vinden waren, want die werden over het algemeen alleen gebruikt in gesloten gevangenissen.
'Jezus, Grabowski, we kwamen die sukkel net opzoeken.'
'Is dit Mulroney?' vroeg Mac.
De andere PIW'er, Grabowski, zei: 'Ja. Ik moest hem naar de verhoorkamer brengen.'
'Precies op tijd,' zei Mac. Mulroneys rechterarm zat vol bloed.
'Hou hem even stil, alsjeblieft.' Hij bracht zijn camera omhoog en nam een paar foto's. 'Ik moet die kleren hebben. Dat regel ik wel met Flack,' voegde hij er snel aan toe toen Grabowski wilde protesteren. 'Breng ons ergens heen waar hij zich kan verkleden. Ik neem zijn kleren in beslag, hij kan schone aantrekken, en daarna praten we met hem.'
Grabowski haalde zijn schouders op. 'U zegt het maar.'
Mulroney zweeg gedurende deze conversatie. Hij glimlachte niet echt, maar hij fronste ook niet. Afgaand op wat Sullivan eerder had gezegd, was dit de eerste keer dat Mulroney iemand had vermoord. Mac herinnerde zich de eerste keer dat hij er verantwoordelijk voor was geweest dat iemand het leven verloor, toen hij als marinier in Beiroet had gezeten. Hij had niet gedacht dat het hem veel zou doen – ze hadden hem er tenslotte op getraind – maar het beeld van de kogels uit zijn M16A1 die in het lichaam van een vijandelijke soldaat waren geslagen, was hem altijd bijgebleven. Hij had daarna een paar nachten niet geslapen.
Je veranderde als je iemand gedood had. Jack Mulroney zou daar nu snel achter komen.
Maar terwijl Mac iemand had gedood in dienst van zijn land, had Mulroney dat om persoonlijke redenen gedaan. Hij zou gestraft worden. Daar zou Mac voor zorgen.
De procedure duurde een paar minuten: ze moesten Mulroney bevrijden van zijn zware enkelboeien, zijn kleren moesten worden uitgetrokken en in een zak voor bewijsstukken gedaan worden, Mulroney moest schone kleren aantrekken, en vervolgens moest

Grabowski de enkelboeien weer omdoen. Daarna begeleidden Sullivan en Grabowski hen naar de verhoorkamer, waar Flack en Ursitti zaten te wachten.
De verhoorkamer was een nietszeggend vertrek dat ze bereikten via een nietszeggende gang. De meeste overheidsgebouwen in New York City zagen er ongeveer hetzelfde uit: stenen muren in gebroken wit met bruin of groen lijstwerk (bruin, in dit geval) en smerige linoleumvloeren. De RHCF was geen uitzondering.
Sullivan en Grabowski brachten hen naar een houten deur die naar een kamertje leidde met een formicatafel, met één stoel aan de ene kant en twee stoelen aan de andere. Het zag eruit als bijna alle andere verhoorkamers in de wereld: geen klokken, geen ramen, geen enkel teken dat er buiten deze kamer nog een wereld bestond, op een kleine videocamera in de hoek na. (Dankzij de televisie wist iedereen dat er iemand zat toe te kijken aan de andere kant van de tweezijdige spiegel, dus was de spiegel in de meeste verhoorkamers vervangen door een camera om het verhoor op te nemen. Bovendien was het bij het proces gemakkelijker om een opname te hebben.)
Grabowski bracht Mulroney naar een stoel, maar liet de enkelboeien om. De verdachte werd met handboeien aan de tafel vastgemaakt, maar dat was eigenlijk niet nodig met die enkelboeien.
Ursitti stuurde de PIW'ers weg, zodat Mulroney alleen achterbleef met Flack, Ursitti en Mac. Flack ging tegenover Mulroney zitten en begon hem op zijn rechten te wijzen, maar Mulroney viel hem in de rede.
'Laten we dat gedoe maar overslaan. Ik heb die klootzak vermoord, goed?'
Flack keek op naar Mac. 'Shit, ik ben echt goed.'
'Heel leuk,' zei Mulroney, 'maar wat heeft het voor zin om het te ontkennen? El-Jabbar en de rest van die theedoekkoppen hebben gezien dat ik die lul heb neergestoken, en jullie kunnen waarschijnlijk wel achttien proeven doen met het mes om aan te tonen dat ik het heb vastgehouden.'
'Waarom heb je het gedaan?' vroeg Flack. 'Je bent maar een doodgewone potenrammer. Waarom ben je overgestapt op moord?'

Mulroney haalde zijn schouders op. 'Die schoft haalde me neer met een sliding.'
'Dat was bij de honkbalwedstrijd?' Flack maakte aantekeningen.
'Ja.' Mulroney keek op naar Ursitti. 'Een of ander genie dacht dat het zou helpen om "gemeenschapszin te kweken" als wij een vriendschappelijk partijtje honkbal speelden tegen de theedoekkoppen. De nationale sport en zo.' Hij snoof. 'Ik weet niet eens wat "gemeenschapszin kweken" betekent.'
'Wat is er gebeurd?' vroeg Flack.
Mulroney haalde nogmaals zijn schouders op. 'Het was het begin van de derde inning. De theedoekkoppen moesten slaan. Ik stond bij het tweede honk, Hunt was korte stop.'
'Brett Hunt,' vulde Ursitti aan. 'Hij zit ook wegens potenrammen.'
'Goeie vent,' zei Mulroney. 'We vormden een goed team.'
'Ja, ik weet zeker dat Derek Jeter en Robinson Canó ook graag samen homoseksuelen in elkaar slaan,' zei Flack sarcastisch. 'Ga verder.'
'Barker is aan de beurt en mag naar het eerste honk lopen. De volgende slagman was Yarnall.'
'Ryan Yarnall,' zei Ursitti. 'Hij zit wegens fraude met cheques.'
Mulroney lachte. 'Hij slaat ook als een accountant. Hij had drie keer slag. Zwaaide elke keer helemaal door, het was om te gillen. Toen kwam Yoba aan slag.'
'Greg Yoba, zit voor beroving.'
'Precies, en hij slaat een balletje over de grond naar Hunt. Ik ren naar het tweede honk, Hunt gooit de bal door naar mij en ik wil me omdraaien en hem naar het eerste honk gooien, als die schoft met zijn been omhoog naar het tweede honk glijdt. Mijn scheenbeen doet nog pijn.'
'En toen werd het knokken?'
'Ja. Dat had die klootzak niet mogen doen.'
'Dus heb je hem vermoord,' zei Flack.
Mulroney haalde zijn schouders op. 'Het was een vuile streek. En de PIW'ers maakten een eind aan de vechtpartij voordat ik wraak kon nemen.'

'In de eredivisie rijgen ze mensen die dat doen niet aan het mes,' zei Flack.
Mulroney zei met een glimlach: 'Nou, misschien zouden ze dat wel moeten doen.'
'Dit is niet iets om te lachen,' snauwde Mac. 'Er is een man dood. Je zou na een paar jaar vrijkomen. Maar nu mag je die groene gevangeniskleren je hele leven blijven dragen en niet in zo'n aangename inrichting als deze, aangenomen dat je niet de doodstraf krijgt.'
'Dat kan wel zijn,' zei Mulroney. 'Maar hij had het verdiend. Ik heb die klootzak tenminste laten zien wat ik ervan dacht. Alleen al dat maakte het de moeite waard.'
Flack had nog een paar oppervlakkige vragen voor Mulroney, maar in wezen was het verhoor afgelopen. De man had bekend. Mac zou uitzoeken of de bewijzen die bekentenis staafden, en als dat niet zo was, zou hij uitzoeken wat Mulroney te verbergen had. Maar de moord op Barker was hier niet het echte raadsel – dat was de moord op Washburne. Mac zei tegen Ursitti: 'Luitenant, ik zou graag een aantal van uw PIW'ers ondervragen.'
'Nou,' zei Flack, 'we willen in ieder geval één van hen spreken. Het is namelijk niet de bedoeling dat de gedetineerden zomaar messen op een tandenborstel kunnen bevestigen.'
Mac keek naar Ursitti. 'Hoe kan een gedetineerde een scheermes in handen krijgen?'
'Als ze zich scheren. Ze proberen het zo vaak en doen aluminiumfolie in de wegwerpmesjes, zodat het net lijkt of het mes er nog in zit.'
Mac fronste. 'Gebruiken ze geen magneten om dat te controleren?'
'In een gesloten inrichting wel, ja. Ik eh... Ik heb er zelf ook een weten te bemachtigen.' Ursitti had opeens belangstelling voor het patroon van het linoleum.
Mac keek naar de luitenant. 'U wordt niet geacht er een te hebben?'
'Het staat niet in het budget, en als het niet in het budget staat, hebben we het niet.' Ursitti sprak de woorden uit alsof het een mantra was dat hij steeds weer had gehoord, waarschijnlijk van

Russell. 'Maar... Nou, laten we maar zeggen dat ik via via een elektrische magneet heb weten te bemachtigen.'
'Wie heeft vanmorgen toezicht gehouden bij het scheren in Mulroneys blok?'
Flack zei: 'Volgens het dienstrooster was dat Ciccone.'
'Dat is de waakhond van Hawkes.'
Ursitti zei: 'Nou, die Hawkes krijgt een nieuwe waakhond, want Ciccone zit over een minuutje in deze stoel.'
En inderdaad kwam Ciccone een paar minuten later binnen, terwijl hij het zweet van zijn voorhoofd veegde. Hij was ongetwijfeld blij om in de airconditioned verhoorkamer te zijn nadat hij zo lang buiten was geweest. Hij zag eruit alsof hij acht was en bij de hoofdmeester was geroepen, en liet zich meer in de stoel vallen dan dat hij ging zitten.
Flack bladerde door wat papieren op een klembord, dat Ursitti hem had gegeven. 'Volgens deze papieren had jij vanmorgen scheerdienst in blok A.'
'Ja, dat klopt.' Ciccone keek naar de tafel en meed de ogen van Flack en de anderen.
'Je hebt iedereen een wegwerpmes gegeven.'
'Dat is de procedure, ja. Ze gaan naar binnen, doen wat ze moeten doen en dan geven ze de scheermessen terug.'
Mac zei: 'Is de procedure ook niet dat elk van die scheermessen moet worden gecontroleerd als ze worden teruggegeven, om er zeker van te zijn dat ze intact zijn?'
'Ja, maar er zitten daar wel zestig kerels en ze beginnen altijd te zeiken als je elk mes gaat controleren. Trouwens, de meesten doen al die moeite niet, dus controleer ik er af en toe eens een. Dat is hier de gewoonte.'
Flack legde het klembord op tafel. Hij deed het met slechts een zachte tik, maar Ciccone kromp ineen.
'Het is ook de gewoonte om een magneet te gebruiken om de scheermessen te controleren,' zei Mac. 'Volgens luitenant Ursitti hier heb je een elektrische magneet gekregen waar je elk scheermes op moet leggen om te controleren of het mes er nog in zit.'

Nu rolde Ciccone met zijn ogen en Mac moest wel zien hoe bloeddoorlopen die waren. Er stond vers zweet op zijn voorhoofd, ook al was het nog steeds lekker koel in de verhoorkamer.
'Ja hoor, gewoonte, dat had je gedacht. Ik heb helemaal niets gekregen en er is ook geen procedure voor. Ja, we hebben een magneet, maar die staat niet op de lijst van apparatuur waarover de gevangenis kan beschikken, nietwaar, luitenant?'
Ursitti was al die tijd kalm gebleven, maar zijn ogen flitsten toen hij zei: 'Je weet heel goed dat we die onderhands hebben aangeschaft, Ciccone. Dat doet niets af aan het feit dat ik je bevel heb gegeven om het ding te gebruiken.'
'Bevel? Hoe kunt u me bevel geven iets te gebruiken wat we niet eens horen te hebben?'
'Eerlijk waar, Ciccone, hier zal een intern onderzoek op volgen en…'
'Doe je best, luitenant.' Ciccone keek Ursitti nu recht aan. 'Maar ik heb niets verkeerd gedaan door die magneet niet te gebruiken.'
Mac zei: 'Hoe dan ook, Ciccone, Jack Mulroney was dankzij jouw onachtzaamheid in staat een wapen te maken dat gebruikt is om een moord te plegen. Ook al heb je de magneet niet gebruikt, je hebt ook niet Mulroneys scheermes gecontroleerd.'
'Ik zei toch dat ik er af en toe een…'
'Het kwam niet bij je op om het scheermes te controleren van iemand die de voorgaande dag betrokken was bij een vechtpartij?' Daar had Ciccone niets op te zeggen, wat Mac niet verbaasde. Dus ging hij verder: 'Het feit dat je de magneet niet hebt gebruikt had zeker niets te maken met je enorme kater?'
Ciccone verstijfde. Net als Ursitti, hoewel dat eerder uit woede was dan uit nervositeit. De PIW'er zei: 'Ik weet niet wat…'
'Je transpireert, je ogen zijn bloeddoorlopen, je bent gevoelig voor geluid. De magneet is elektrisch, dus hij zoemt. Daar was je waarschijnlijk gek van geworden.' Mac boog voorover, met zijn hand plat op de tafel, en keek Ciccone recht aan. 'Er is een man dood door jouw onachtzaamheid, Ciccone. Misschien kunnen we je niet pakken op het feit dat je de magneet niet hebt gebruikt, maar

ik ga ervoor zorgen dat je boet voor de rol die je hierbij gespeeld hebt.'
'Prima,' zei Ciccone. 'Dan zeg ik niets meer tot ik een advocaat heb.'
'In dat geval zijn we hier klaar,' zei Flack. Hij keek naar Ursitti, die Ciccone zei te wachten in het kantoor van de kapitein.
Ze spraken met nog een paar PIW'ers, van wie Sullivan er een was. Ze herhaalden allemaal min of meer hetzelfde verhaal, dat de bewijzen leek te ondersteunen.
In ieder geval zolang het om de moord op Barker ging. De details van de moord op Washburne bleven onbekend.
'Ik heb helemaal niets gezien,' zei Sullivan. 'En ik wil jullie best vertellen dat ik er behoorlijk nijdig over ben. Washburne was vroeger een goede politieman en je zou hem een modelgevangene kunnen noemen. Ik bedoel, de meesten van die kerels proberen wel beleefd te zijn, als het tenminste geen keiharde klootzakken zijn. Ze denken dat ze dan eerder voorwaardelijk vrij kunnen komen en zo. Maar Washburne was echt. Hij had... hoe zeg je dat... berouw, dat is het.'
Mac glimlachte. 'Daar is de gevangenis ook eigenlijk voor bedoeld. Om te zorgen dat de misdadiger berouw krijgt.'
'Dat kan wel zijn, maar de meesten van die kerels doen daar niet aan.' Sullivan snoof. '"Berouw" komt niet voor in hun woordenboek.'
Toen ze klaar waren met Sullivan, kwam de laatste PIW'er binnen: Randy Andros.
Flack keek dit keer op een ander klembord. 'Je werkt hier pas een maand?'
Andros knikte. 'Ik heb de laatste paar jaar in Sing Sing gewerkt. Mijn vrouw heeft een baan gekregen in New Jersey, dus zijn we naar Elizabeth verhuisd, maar het is geen doen om van daaruit naar Ossining heen en weer te reizen.' Hij schudde zijn hoofd. 'Maar deze overstap is ook niets.'
Ursitti zei: 'Ze komen er wel overheen.'
'Waar overheen?' vroeg Mac fronsend.

'De PIW'ers,' zei Ursitti. 'Die denken altijd dat elke nieuweling een verklikker is.'
Mac begreep wat hij bedoelde: elke nieuwe PIW'er werd ervan verdacht voor Interne Zaken te werken. Omdat hijzelf onlangs onderworpen was geweest aan de grillen van de afdeling Interne Zaken van de politie, kon hij zich de minachting ten opzichte van de nieuweling wel voorstellen.
'Dus kijken ze me met de nek aan. Dat valt nogal tegen nadat je voortdurend werd uitgenodigd voor het wekelijkse spelletje poker en etentjes en zo.'
Mac voelde met hem mee, maar hij had eigenlijk geen belangstelling voor de persoonlijke problemen van de man. En Flack ook niet, want die begon meteen vragen te stellen over Mulroney, Barker en Washburne.
Andros had niets nieuws te zeggen over de eerste twee, maar over de laatste had hij een heel andere mening: 'Hij was niet beter dan de rest van die schoften. Hij zal wel iemand kwaad hebben gemaakt en toen heeft die iemand hem een klap voor zijn kop verkocht.'
'Mocht je hem niet?' vroeg Mac.
'We hoeven de gedetineerden niet te mogen, rechercheur, we moeten ze bewaken. Ik snap niet waarom die vent een andere behandeling moest krijgen, alleen maar omdat hij vroeger bij de politie was. Hij is net als de rest.' Andros stootte een bitter lachje uit. 'Hij probeerde zelfs dat ouwe trucje met zijn medicijnen.'
'Hoe bedoel je?' vroeg Flack.
'De meesten van die kerels slikken medicijnen. En sommigen proberen van alles om hun pillen niet te hoeven innemen. Ik moest vanmorgen toezicht houden op de uitgifte van medicijnen in blok C en Washburne probeerde zijn Klonopin in zijn hand te spugen.'
'Dat is een medicijn tegen angstaanvallen,' zei Mac. 'Niet gek voor een gewetensvol man die twee mensen dood heeft gereden.'
'Gewetensvol, ja ja,' zei Andros schouderophalend. 'Als hij zo gewetensvol was, waarom is hij dan weer gaan drinken? En begin

nou niet met dat gelul dat alcoholisme een ziekte is. Als je ziek wordt, heb je geen keus, maar je kiest er zelf voor om een bar in te lopen en een biertje te bestellen, snap je wat ik bedoel?'
Mac kreeg het vermoeden dat Andros niet alleen problemen had met de anderen omdat die dachten dat hij een verklikker was, maar hij zei niets.
Toen ze klaar waren met Andros, waren Danny en Sheldon ook naar de verhoorkamer gekomen. Danny zei: 'Ik hoop dat die helikopter wat bagage aankan, want we hebben het halve binnenplein meegenomen.'
'Plus twee lijken,' zei Sheldon. 'Ik zal daar een reçu voor uitschrijven.'
Mac knikte. De RHCF moest een reçu hebben voor de lichamen van Washburne en Barker. Normaal gesproken werd dat afgegeven door de lijkschouwer, maar omdat Sheldon ook lijkschouwer was geweest, mocht hij het afgeven als er niemand anders aanwezig was die daartoe bevoegd was.
Flack leunde achterover op zijn stoel. 'Ik moet nog zo'n acht miljoen mensen verhoren.'
'Ik blijf wel hier om te helpen.' Mac wendde zich tot zijn ondergeschikten. 'Jullie twee, ga terug naar het lab en begin alles te verwerken. En zeg tegen Peyton, of welke lijkschouwer er ook maar dienst heeft, dat Washburne voorrang heeft.'
Sheldon knikte. 'Doen we, Mac.'
Ze liepen naar de deur. Mac liep achter hen aan de gang in. 'Sheldon, heb je al enig idee wat er met Washburne gebeurd is?'
'Het ziet ernaar uit dat iemand hem met een gewicht op zijn hoofd heeft geslagen. Maar verder...' Sheldon haalde zijn schouders op. 'Met een beetje geluk vinden we iets op het gewicht, maar er waren vijfenveertig mensen in dat hok en het is een openbare plek. Het wordt moeilijk om sporen te vinden waar we iets aan hebben, vooral omdat het moordwapen door zo veel mensen is aangeraakt.'
'Nou, Flack en ik praten met alle drieënveertig verdachten. Kijk wat je kunt vinden.'
'We gaan ermee bezig, Mac.'

Daarmee vertrokken de twee door de gang, gevolgd door twee PIW'ers.

Mac wist dat veroordelingen meestal bereikt werden via een combinatie van ooggetuigen en forensische bewijzen. Met het een of het ander kwam je een eind, maar allebei was beter. Met dat in gedachten liet hij het aan Sheldon en Danny over de forensische bewijzen te vinden, terwijl hij achterbleef om Flack met de ooggetuigen te helpen.

10

Stella had vanaf het allereerste ogenblik iets tegen Jack Morgenstern en ze merkte dat ze dat gevoel ook meteen bij zijn advocaat had.

Courtney Bracey was een heel aantrekkelijke vrouw: bleke huid, kort, donker haar, volmaakte tanden, een kuiltje in haar kin en doordringende bruine ogen. Ze droeg een pakje van Armani dat duidelijk te kennen gaf hoe duur ze was.

Morgenstern had juist niet de moeite genomen iets fatsoenlijks aan te trekken. Hij had een rood T-shirt aan met een zwarte print op de borst, zo te zien een ontwerp van indianen uit het Zuidwesten, een zwarte spijkerbroek en zwarte Rockports. Zijn lange bruine haar zat in een paardenstaart.

'Mijn cliënt,' zei Bracey zodra de twee rechercheurs de verhoorkamer binnenkwamen, 'is bereid tot op zekere hoogte met jullie mee te werken. Als het ernaar uit begint te zien dat hij beschuldigd wordt van een misdrijf, beëindig ik dit verhoor tot het moment waarop u mijn cliënt arresteert.'

'Trouwens,' zei Morgenstern, 'aardig gebaar om twintig minuten na de afgesproken tijd binnen te komen. Courtney wilde dat ik na vijf minuten weg zou gaan, maar ik ben vandaag in een goede bui.'

'Het oponthoud was niet te vermijden,' zei Angell toen ze ging zitten. 'We...'

Morgenstern stak een hand op. 'Laat maar. Ik ken alle technieken. Jullie laten de verdachte een tijdje in zijn eigen sop gaarkoken voordat jullie met hem gaan praten, hopend dat hij uit verveling gaat praten. Bravo, je hebt verhoortechniek nummer één onder de knie. Laten we nou maar opschieten, oké?'

Stella keek even naar Angell, alsof ze wilde zeggen: dit wordt leuk.

'Bent u op de hoogte van het feit dat Maria Campagna dood is?'

Morgenstern zei met een verbaasde blik: 'Nee, maar dat komt vooral omdat ik geen idee heb wie Maria Campagna is.'
'Ze was een van de jonge vrouwen die bij Belluso's Bakery werkte.' Nu zette hij grote ogen op. Zijn verbazing leek echt. De meeste moordenaars waren zo stom als het achtereind van een varken en slechte acteurs, maar Stella had er ook een heleboel meegemaakt die bijzonder goed konden doen alsof.
'Jezus, Maria? Is ze dood?'
'Ja.'
'O, mijn god. Ik... ik wist haar achternaam niet, maar...'
Angell haalde een paar foto's voor de dag die Lindsay had gemaakt van de plaats delict. Uiteraard had ze de gruwelijkste uitgezocht. 'Iemand heeft haar gewurgd. Iemand met een zwarte sweater aan. Iemand die net voor sluitingstijd Belluso is binnengegaan.'
Morgenstern weigerde naar de foto's te kijken. 'Dat hoef ik echt niet te zien, en ik heb ook iets tegen verhoortechniek nummer twee.' Hij leek over zijn verbazing heen. 'O, en als jullie het willen weten, ja, ik droeg gisteravond een zwarte sweater. Net als de helft van New York.'
'Dus u kende het slachtoffer?' vroeg Angell.
'Ja. Maria was een vriendin van mij.'
'Zo'n goede vriendin dat u haar achternaam niet wist?' zei Stella.
'Jullie kunnen geloven wat jullie willen. Ik kwam vaak bij Belluso, maar we spraken elkaar altijd bij de voornaam aan. Ik geloof niet dat iemand daar mijn achternaam weet.'
Dat klopte zowaar. O'Malley had zijn achternaam alleen geweten omdat hij een visitekaartje van Morgenstern had, maar Stella zag geen reden om dat aan hem te vertellen.
Angell zei: 'Getuigen zagen u vlak voor sluitingstijd de zaak binnengaan.'
'Met 'getuigen' bedoel je zeker Annie, want zij en Maria zijn de enige mensen die me daar gezien hebben.'
'Beantwoord de vraag,' zei Angell streng.
Bracey kon net zo streng zijn. 'U hebt er geen gesteld, rechercheur,

u hebt alleen iets verteld. Als u een vraag stelt, zal mijn cliënt daar met alle plezier op antwoorden.'
'Goed dan, hoeveel betaalt hij u om de boel hier te verzieken?' Met een blik op Angells T-shirt en spijkerbroek zei Bracey: 'Meer dan u zich kunt veroorloven, denk ik.'
'Schoteltje melk, tafel één,' mompelde Stella.
'Neem me niet kwalijk, rechercheur?' zei Bracey.
'Laat maar.'
Stella zag dat Morgenstern glimlachend achteroverleunde op zijn stoel, maar toen een pijnlijk gezicht trok. Ze herinnerde zich hoe stijf hij had gelopen toen zij en Angell eerder bij hem thuis waren geweest.
'Meneer Morgenstern,' zei ze, 'waarom was u nog zo laat bij Belluso?'
'Ik was net klaar met sporten. Ik heb karateles bij een dojo net om de hoek, de Riverdale Pinan Karate.' Hij glimlachte. '*Pinan* is trouwens Japans voor "vrede en harmonie".'
'Dus is het logisch dat u daar karatelessen neemt,' zei Stella.
'Stoom afblazen is een prima manier om vrede en harmonie te bereiken, rechercheur.'
Daar kon Stella niets tegen inbrengen; ze had zelf vaak genoeg een boksbal onder handen genomen na een zware dag.
Morgenstern ging verder: 'Ik heb meestal enorme dorst na de les en in de dojo verkopen ze alleen Gatorade, wat ik afschuwelijk vind. Dus ga ik altijd naar Belluso om een flesje water te kopen. Ik zag Annie weggaan en Maria stond achter de toonbank. Ik vroeg om water, zij gaf het, ik betaalde en ik vertrok.'
'Mocht u Maria graag, meneer Morgenstern?'
'Ja, hoor. Ik mag alle meiden die daar werken. Ik flirt voortdurend met ze. Dat is leuk. Het hoort bij het sfeertje.'
'U weet toch wel dat ze bijna allemaal minderjarig zijn?'
Bracey tikte met een vinger op de tafel. 'Waag het niet, rechercheur. De politie heeft al eens geprobeerd mijn cliënt te beschuldigen van verkrachting. Als u daar nu pedofilie van maakt, kan hij de volgende keer een veel groter huis kopen. Houd u bij wat er gebeurd is op de avond waarop juffrouw Campagna is vermoord.'

'Prima,' zei Stella. 'Hebt u gisteravond ook met Maria geflirt?'
'Waarschijnlijk wel.' Morgenstern haalde zijn schouders op. 'Ik weet het echt niet meer. Ik was uitgeput.'
'Dus u kunt zich geen handgemeen herinneren? Of dat ze u geslagen heeft?'
'Wat?'
Bracey ging rechtop zitten. 'Rechercheur...'
Maar Stella ging verder. 'Hoe hebt u die gekneusde ribben opgelopen?'
'Senpai John heeft me in mijn ribben geschopt. Hij is zeventien en kent zijn eigen kracht niet, en ik blokkeerde zijn zijwaartse schop niet op tijd.'
Angell glimlachte. 'U hebt een pak rammel gehad van een tiener?'
'Een tiener met een zwarte band, rechercheur, daarom noem ik hem "senpai John". Het woord *senpai* is Japans voor "gevorderde leerling". Hij doet al aan karate sinds zijn vierde. Ik ben ermee begonnen op mijn vijfendertigste en ik heb nog maar een groene band. Hij is er gewoon iets beter in dan ik, voorlopig tenminste.'
Stella haalde haar Nikon uit haar tas. 'Ik moet foto's hebben van die gekneusde ribben. Als u hier moeilijk over wilt doen, haal ik een gerechtelijk bevel. We zijn al bezig met een huiszoekingsbevel, dus...'
Morgenstern en Bracey keken elkaar aan. Bracey zei: 'Ik vind het geen goed idee.'
'Ze krijgen toch wel een bevel,' zei Morgenstern schouderophalend. 'Ze heeft de camera al meegebracht.' Hij tilde zijn shirt op. Op Morgensterns borstbeen begonnen zich blauwe plekken af te tekenen. Er was geen duidelijke indruk van een vuist, maar de resolutie van de Nikon was beter dan Stella's ogen. Ze zouden de foto's in het lab nader bekijken.
Terwijl ze foto's nam, vroeg Stella: 'Draagt u beschermende kleding tijdens de lessen?'
'Ja. Bokshandschoenen over polsbandages, een helm, voetbescherming en een toque. Ik draag meestal ook nog scheenbeschermers, en sommige vrouwen hebben borstbescherming.'

Toen ze klaar was met de foto's en Morgenstern zijn shirt liet zakken, zei Stella: 'We hebben ook de kleren nodig die u gisteravond hebt gedragen.'
'Je mag ze hebben, maar ik heb ze al gewassen. En voordat je met het vingertje begint te wijzen, ik had gisteravond gezweet als een otter. Zodra ik thuiskwam, heb ik mijn kleren en mijn gi in de wasmachine gegooid.'
'Gi?' vroeg Stella.
Angell gaf antwoord. 'Zijn karatepak.'
'Had u nog iets anders, rechercheurs?' vroeg Bracey.
'Nog niet,' zei Angell. 'Maar misschien hebben we nog vragen als we het huis hebben doorzocht.'
'Aangenomen dat u een huiszoekingsbevel krijgt,' zei Bracey. 'Dat is prima.'
'Dat krijgen ze wel,' zei Morgenstern gelaten. 'Er zijn honderden rechters in de stad. Er is er minstens één bij die deze twee iets verschuldigd is. Bovendien zijn hun gronden helemaal niet zo slecht.'
'Goh, dank u,' zei Stella.
'Ik ben erbij als u met het huiszoekingsbevel komt,' zei Bracey terwijl zij en Morgenstern overeind kwamen.
'Bedankt voor de waarschuwing,' zei Angell met een vriendelijke glimlach.
Toen ze weg waren, keek Angell Stella aan. 'Wat vind je ervan, Stell?'
'Ik denk dat we terug moeten naar Riverdale en moeten gaan praten met de mensen van de Riverdale Pinan Karate om te zien of we zo'n ding om je voeten te beschermen kunnen krijgen. Ik wil iets hebben om die blauwe plekken mee te vergelijken.'
'Ja, en ik wil met die senpai John praten.'
'Om zijn verhaal te verifiëren?'
Angell knikte. 'En om hem de hand te drukken als hij die ezel werkelijk in de ribben heeft geschopt.'
'O ja,' zei Stella.
'Die vent begint me steeds meer aan te staan als mogelijke moordenaar,' ging Angell verder. 'Hij heeft de kleren gewassen, en hij

kent onze procedures goed genoeg om te weten dat dat verdacht is, maar het is ook een redelijk iets om te doen na het sporten.' Ze glimlachte. 'Ik hou van zulke daders. Ze vinden zichzelf slimmer dan ze werkelijk zijn. Dat maakt het des te leuker om ze te pakken.'
'Aangenomen dat hij het is,' zei Stella. 'Het enige spoor dat we tot nu toe hebben gevonden is de meest voorkomende vezel op de wereld.'
'Nou, we zien wel wat er gebeurt als we zijn huis overhoophalen. En als jullie hebben uitgedokterd waar die blauwe plekken vandaan komen.'
Een geüniformeerde agent stak zijn hoofd naar binnen. 'Rechercheurs, ik heb hier iemand die zegt dat hij een afspraak heeft, Robert DelVecchio.'
'Ja.' Het gezicht van Angell klaarde op. 'Laat hem maar binnen.'
DelVecchio was een lange vent zonder zichtbare nek en een borstkas die indrukwekkender was geweest zonder de bierbuik in wording. Stella schatte hem begin twintig, maar zijn bruine haar vertoonde al tekenen van naderende kaalheid. Hij droeg een T-shirt met de woorden MT. ST. VINCENT FOOTBALL op de voorkant en een witte broek tot aan zijn knieën, waar benen als boomstammen onderuit staken. Stella kende het type: de sportieve scholier wiens gloriedagen al ver achter hem lagen.
'Meneer DelVecchio? Ik ben rechercheur Angell en dit is rechercheur Bonasera.'
'Aangenaam kennis te maken.' DelVecchio had een stapel papieren in zijn handen, die hij op de tafel neerlegde voordat hij ging zitten. 'Hier is jullie moordenaar. Zoek deze man en jullie vinden degene die Maria heeft vermoord.'
Stella pakte de papieren op. Het waren allemaal brieven aan Maria, maar niet ondertekend. Ze waren geprint op een laser- of inkjetprinter. 'Wie heeft haar die brieven gestuurd?'
'Geen flauw idee. Daarom heb ik ze voor jullie meegebracht.'
Angell mompelde: 'Ik wist dat het te mooi was om waar te zijn.'
'Hoor eens, het enige wat ik weet, is dat het iemand van Belluso was.'

'Hoe weet u dat?' vroeg Stella.
'Omdat Maria me dat verteld heeft. Ze zei dat het niet veel voorstelde, maar ik wist dat die kerel niet goed bij zijn hoofd was, weet je wel?' Hij sloeg met een vlezige hand op tafel. 'Ik heb haar keer op keer gezegd dat ze daar weg moest gaan, maar luisteren, ho maar. Dat meisje had een eigen willetje, begrijpt u?'
'Ja, verschrikkelijk is dat,' zei Angell droog. 'Wanneer heeft ze die brieven gekregen?'
'Dat weet ik niet zeker. Ik kwam pas een paar weken geleden achter het bestaan van die dingen, en ze wilde me niet vertellen wanneer het was begonnen, maar ik denk minstens een halfjaar geleden. Ze werkt nu acht maanden bij Belluso's, dus langer kan het niet zijn.'
Stella begon een van de brieven hardop voor te lezen. '"Lieve Maria. *How do I love thee? Let me count the ways that I could love you. Number one...*"'
'Moet u dat hardop voorlezen?' vroeg DelVecchio klagend.
Stella bladerde naar de volgende en zei: 'Hier citeert hij Elizabeth Barrett Browning ook verkeerd.' Ze bekeek de andere brieven. 'Ooo, hier doet hij een haiku, en de volgende is een gedetailleerde beschrijving van wat hij met haar wil doen in de toiletten van de bakkerij.'
'Walgelijk!' riep DelVecchio.
'Mogen we ze houden?' vroeg Stella.
DelVecchio deinsde terug. 'Ik wil ze in ieder geval niet hebben.'
'Hebt u enig idee wie het kan zijn?'
'Hoe moet ik dat weten? Ik wil maar zeggen, er kwamen daar een heleboel mannen, en Maria was een stuk, begrijpt u? Als ze niet mijn vriendinnetje was geweest, had ik haar ook willen versieren. Maar ik kende die kerels niet. Ik hou niet van dat soort restaurants. Veel te truttig. Geef mij maar een Starbucks.'
'Genoteerd. Nu u toch hier bent, meneer DelVecchio,' zei Stella. 'We hebben wat bloed en DNA van u nodig, als u het niet erg vindt.'
DelVecchio haalde zijn schouders op. 'Waarom zou ik het erg vin-

den? Als u dat heeft, kunt u me uitsluiten als verdachte, nietwaar?'
Stella haalde opgelucht haar spullen voor de dag. DelVecchio leek haar het type dat alleen al uit principe zou protesteren. 'Precies.'
'Als het u gemakkelijker maakt om de moordenaar van Maria te vinden, geef ik u mijn linkerarm.'
Angell stelde DelVecchio nog een paar algemene vragen terwijl Stella bloed afnam en met een wattenstaafje door zijn mond ging. Toen vertrok hij.
Toen hij weg was, tikte Stella de brieven tot een net stapeltje en zei: 'Ik neem deze brieven mee naar het lab om te kijken of we kunnen achterhalen op welke printer ze zijn afgedrukt.'
'Succes.'
Ze snoof. 'Ik zal het nodig hebben. Bij een handschrift kun je achterhalen wie het geschreven heeft. Zelfs typemachines hadden soms eigenaardigheden, vooral de oude handmatige modellen, die al vreemd deden als je er schuin naar keek. Maar printers? Dat zijn massaproducten. Maar op de nieuwere kan DNA te vinden zijn.'
'Laten we het hopen.'

11

In de negentiende eeuw werd voor het eerst gebruikgemaakt van vingerafdrukken om iemand te identificeren in een strafrechtelijk onderzoek. De eerste keer dat er over vingerafdrukken werd geschreven, was in een anatomieboek dat in 1823 in Breslau werd uitgegeven. Pas in het laatste deel van de eeuw begonnen de mensen die wetenschap toe te passen op strafzaken, hoewel het idee aanvankelijk niet erg aansloeg. Sheldon Hawkes wist nog hoe verbaasd hij was geweest toen hij had gelezen dat dokter Henry Faulds, die in 1880 een artikel geschreven had over afdrukken in *Nature*, de politie van Londen had aangeboden vingerafdrukken te gebruiken om misdadigers te identificeren. De politie had geweigerd, omdat ze het hele idee te vergezocht vond.

Hawkes vroeg zich vaak af of de mensen die het idee hadden afgewezen hadden beseft dat ze een grote fout hadden gemaakt. Het was net als die persoon die in het eerste deel van de twintigste eeuw het Amerikaanse bureau voor de aanvraag van patenten wilde sluiten omdat hij dacht dat alles wat uitgevonden kon worden al uitgevonden was, of de mensen die in 1940 de televisie een kortstondige modegril noemden, of de mensen die zich in de jaren zeventig niet konden voorstellen wat mensen ooit met een computer in hun huis zouden moeten.

Het belangrijkste werk over het onderwerp was *Finger Prints*, een boek dat in 1892 was gepubliceerd door Sir Francis Galton, en waarin al Galtons eigen vingerafdrukken als illustratie op de titelpagina te zien waren.

Hawkes had een jaar eerder een in leer gebonden exemplaar van het boek gevonden op de Strand en het gekocht voor Mac, deels als kerstgeschenk en deels om hem te bedanken omdat hij Hawkes had overgeplaatst naar het veldwerk. Dat was twee jaar geleden

en Hawkes had er totaal geen spijt van dat hij het mortuarium had verlaten. Bovendien wist hij dat de zaken daar veilig in handen waren van Peyton Driscoll.
Ten eerste betekende het dat hij met vingerafdrukken mocht spelen. Hoewel Hawkes als jongetje al dokter had willen worden, had hij altijd belangstelling gehad voor de forensische wetenschap, vanaf het moment dat hij *Pudd'nhead Wilson* van Mark Twain had gelezen, een van de eerste romans waarin gebruik werd gemaakt van de opkomende wetenschap van de dactyloscopie.
Vanuit forensisch oogpunt was het mooie aan vingerafdrukken dat ze overal te vinden waren. In de eerste artikelen uit de negentiende eeuw waarin werd geschreven over de unieke kenmerken van vingerafdrukken, werd tevens gewezen op het feit dat ook afdrukken van handpalmen, tenen en zolen uniek waren. Al die ledematen scheidden olie af uit de exocriene klieren, die vaak achterbleef op dingen die door dat lichaamsdeel werden aangeraakt en waarin het patroon van de huidpapillen te zien was, waaruit de afdruk bestond.
Maar mensen raakten veel vaker dingen aan met hun vingers dan met hun hele handpalm of enig deel van hun voeten, dus kwam het accent te liggen op vingerafdrukken.
Het nadeel van vingerafdrukken was dat ze wel overal op zaten, maar dat ze vaak incompleet waren. Misdadigers waren niet altijd zo behulpzaam dat ze volmaakte afdrukken van hun hele vinger achterlieten als ze iets aanraakten op een plaats delict.
En soms raakten ze dingen aan die al herhaaldelijk door anderen waren aangeraakt. Bijvoorbeeld de gewichten op de binnenplaats van de RHCF.
De gebruikte methode om latente afdrukken zichtbaar te maken, was niet veel veranderd sinds de tijd van Galton: je gebruikte er een of ander poeder voor. Vroeger bedekte je het oppervlak met het poeder en blies het dan zachtjes weg. Het overblijvende poeder had zich aan de olie uit de exocriene klieren gehecht, die was achtergebleven in het patroon van de vingerafdruk.
In theorie, tenminste. Soms waren de afdrukken half weggeveegd,

vooral als verschillende mensen na elkaar het betreffende voorwerp hadden aangeraakt en er veel zweet op hadden achtergelaten. Dat zweet zorgde er ook voor dat gewoon poeder ging klonteren, zodat de latente afdruk niet goed naar voren kwam. Om die reden nam Hawkes contrastpoeder, dat hij voorzichtig aanbracht met een magnetisch penseel. Een van de voordelen van zijn jaren als chirurg was dat hij er geen moeite mee had zijn hand stil te houden als hij het magnetische poeder aanbracht. Danny had zich flink geërgerd toen Hawkes het na slechts een paar uur doorhad – het had Danny maanden gekost om het trucje onder de knie te krijgen.
Hawkes had het gewicht meegenomen dat gebruikt leek te zijn om Malik Washburne te vermoorden, samen met de stang en de andere gewichten die erop zaten. De laatste waren eigenlijk alleen om te kunnen vergelijken, om te zien of hij erachter kon komen wie de gewichten had gebruikt, behalve het slachtoffer.
Nadat hij foto's had gemaakt van de bepoederde gewichten, plakte Hawkes er acetaatstickers op om alles wat op een vingerafdruk leek eraf te halen. Het metaal van de gewichten was zo poreus dat de stickers misschien niet zouden werken, maar in dat geval kon hij terugvallen op de foto's. Iedere sticker die een vingerafdruk bevatte, legde hij op zijn 1000-DPI flatbed scanner. Hoewel de scanner heel traag was, werd dat goedgemaakt door het kleine formaat van het te scannen beeld, dus kostte het Hawkes slechts een uur om alles wat ook maar enigszins op een afdruk leek op de computer van het lab te krijgen.
Helaas waren sommige van de afdrukken wel heel vaag. Het grootste deel was te erg weggeveegd en/of incompleet om genoeg van een boog, lus of spiraal te krijgen om ze ook maar ergens mee te kunnen vergelijken.
De enige plek waar hij een goede afdruk vond, was op de stang zelf, wat niet erg verrassend was, omdat die stevig moest worden vastgehouden om hem naar behoren te kunnen gebruiken.
Ursitti had hem een lijst verschaft met de vijfenveertig gedetineerden die zich ten tijde van de moord op Washburne in het fitness-

hok hadden opgehouden, en omdat ze uiteraard allemaal een strafblad hadden, stonden hun vingerafdrukken geregistreerd. Een ander probleem met vingerafdrukken was de enorme hoeveelheid afdrukken waarmee je ze kon vergelijken, een aantal dat elke dag groter werd, vooral in de beveiligingsgerichte wereld van na 11 september. Hoe meer mensen er geregistreerd stonden, hoe groter de kans de vingerafdrukken terug te vinden, maar ook hoe langer het duurde om scans te vergelijken.

Gelukkig had Hawkes een goed beginpunt. Als de afdrukken niet die van een van de vijfenveertig gedetineerden bleken te zijn, zou hij de zoektocht uitbreiden tot de andere gedetineerden en de personeelsleden van de RHCF. En als hij de vingerafdrukken dan nog niet had thuisgebracht, nou, dan hadden ze te maken met een echt mysterie en ging hij gewoon verder zoeken.

Terwijl hij wachtte tot de scans waren vergeleken, riep hij de digitale foto's van de plaats delict op en koos daaruit de opnamen die hij had gemaakt van Washburnes hoofdwond met de meetlat ernaast. Hij controleerde de omvang van het gewicht, haalde de foto van het gewicht naar voren en bracht de afbeelding in proportie met die van de foto's van Washburne. Met de muis haalde hij het gewicht uit de ene foto en sleepte het naar de wond.

Het gewicht paste precies in de wond. (Hij bleef het gewicht instinctief beschouwen als het moordwapen, maar zijn jaren als lijkschouwer hadden hem geleerd nooit iets aan te nemen tot de doodsoorzaak was vastgesteld, en dokter Driscoll had nog geen sectie verricht.)

Hij had de afbeeldingen van verschillende stadia van het onderzoek bewaard en deed die nu allemaal als bijlage bij zijn rapport, waarna hij snel de resultaten intikte.

Dat had hij nog maar net gedaan, toen de computer klaar was met het vergelijken van de vingerafdrukken. Hawkes had zeven behoorlijke afdrukken van de stang gehaald en nog een van het gewicht. Twee van de afdrukken op de stang waren die van Malik Washburne.

De ene op het gewicht en de andere vijf op de stang waren van

Jorge Melendez. Hawkes opende een ander venster en riep Melendez' strafblad op uit de database. Hij zat voor het bezit van drugs met de bedoeling ze te verkopen.

Hawkes haalde zijn Treo uit zijn zak, zette zijn plastic bril af en belde Mac.

Toen de telefoon één keer was overgegaan, hing hij op, omdat hij eraan dacht dat Macs telefoon nog in het arsenaal van de RHCF zou liggen.

Hij zette zijn bril weer op, zocht een internetbrowser op de computer en vond daar de telefoongids van de politie van New York. Het duurde niet lang voor hij het nummer van de RHCF te pakken had. Hij toetste het in en vroeg naar kapitein Russell.

'Kapitein Russell is op dit moment niet beschikbaar,' werd hem verteld.

'U spreekt met dokter Sheldon Hawkes van de technische recherche. Ik moet eigenlijk rechercheur Mac Taylor of rechercheur Don Flack spreken. Ze zijn allebei bezig getuigen te verhoren over het incident dat vandaag bij jullie is voorgevallen.'

'Mag ik alstublieft het nummer van uw penning?'

Hawkes gaf het.

'Een moment, alstublieft.'

Adam stak zijn hoofd om de deur en zag dat Hawkes zat te telefoneren. 'Ik kom zo wel terug,' fluisterde hij.

Hawkes haalde de Treo weg van zijn oor, zette de luidspreker aan en legde hem op tafel. 'Nee, kom maar. Ik sta in de wacht. Wat is er?'

'Ik heb eerst dat opgedroogde bloed getest, zoals je had gevraagd,' zei Adam. 'Het was niet van Washburne en ook niet van Barker.'

Hawkes knikte bevestigend. Het was logisch om eerst te kijken of het bloed van een van die twee was, vooral omdat er zo veel van Barkers bloed over het binnenplein was gelopen.

'Het is AB-negatief.' Adam stak hem een vel papier toe. 'Ik heb het naar het DNA-lab gestuurd, maar intussen heb ik al gekeken welke bloedgroep de andere drieënveertig mensen in het hok hadden, en er waren er maar drie met AB-negatief.'

Hawkes nam het papier van Adam aan en zag de drie namen op de lijst: HAKIM EL-JABBAR, JORGE MELENDEZ, TYRONE STANLEY.
'Sheldon?' Dat was Macs stem over de luidspreker.
'Ja, Mac, met mij. Hoor eens, hebben jullie al gesproken met een gedetineerde die Jorge Melendez heet?'
'Nog niet, maar hij staat op de lijst. Hoezo?'
'De vingerafdrukken van Melendez staan samen met die van Washburne op de stang die Washburne gebruikte, en de enige bruikbare afdruk op het gewicht waar Washburne die hoofdwond van heeft, was ook die van Melendez.'
'Goed, bedankt. En schrijf dit nummer op.' Mac las een telefoonnummer op met 718 als kengetal. 'Ik heb het ook aan Danny gegeven toen hij belde. Je kunt dat nummer bellen als je mij of Flack moet spreken.'
Hawkes schreef het nummer op. 'Ik heb het. Wat had Danny te vertellen?'
'Een heleboel duidelijke vingerafdrukken op de tandenborstel, en allemaal van Jack Mulroney.'
'Dus hebben we één dader te pakken.' Dit was het soort zaak die de politie het liefst had, waarin de dader bekende, het bewijs allemaal klopte met de bekentenis en de zaak met zo min mogelijk inspanning kon worden afgesloten.
'Ja,' zei Mac. 'Laat me weten wat je verder nog ontdekt.'
Toen Mac had opgehangen, pakte Hawkes de Treo op om het nieuwe nummer op zijn contactenlijst te zetten. Toen keek hij op naar Adam en zei: 'Laat het me weten als die DNA-test binnenkomt.'
'Doe ik. O ja, ik heb ook die vezel geïdentificeerd die je op de schouder van het slachtoffer hebt gevonden.'
Hawkes lachte. 'Laat me raden. Afkomstig van een gevangenispak, nietwaar?'
'Ja, maar dat is niet het enige. Zie je, ik ben slimmer dan de gemiddelde beer en ik heb vastgesteld dat de draad die je hebt gevonden, gebruikt wordt om de zomen van de broeken voor gedetineerden vast te naaien. Ze gebruiken ander draad voor de shirts.'

Hawkes fronste. 'Hoe is een draad uit een broek op de schouder van ons slachtoffer terechtgekomen?'
Adam glimlachte in zijn baard en zei: 'Dat, beste vriend, is jouw probleem.'
'Een probleem voor later. Op dit moment ga ik Peyton pesten.'
'Dat zal ze zeker geweldig vinden,' zei Adam droog.
Hawkes zette met een grijns zijn bril af, liet hem in de zak van zijn witte laborantenjas vallen en ging naar beneden, waar het mortuarium was.
Hawkes had Peyton Driscoll opgevolgd als eerste lijkschouwer toen zij les was gaan geven op de Columbia University. In het gesprek dat ze met Hawkes had gehad voordat hij het van haar overnam, had ze met die afgemeten Britse stem van haar gezegd dat ze behoefte had aan 'gewone dingen'. Toen Peyton eindelijk was teruggekeerd, een jaar nadat Hawkes veldwerk was gaan doen, beweerde Peyton dat ze tot de conclusie was gekomen dat lesgeven te veel een routine was. Hawkes had haar gevraagd wat er was gebeurd met de behoefte aan 'gewone dingen', en Peyton had geantwoord: 'Die heb ik met wat zeep weggewassen en ik zit weer in het zadel.'
Toen hij het mortuarium naderde, zag Hawkes het volmaakt gekapte zilveren haar van inspecteur Gerrard door een deur naar binnen gaan.
Met een gevoel van verwachting en angst liep Hawkes hem achterna. 'Inspecteur.'
Gerrard draaide zich om en zei: 'Dokter Hawkes. Ik denk dat we voor hetzelfde komen.'
Gerrard was degene die deze zaak had aangebracht en nu kwam hij persoonlijk bij de lijkschouwer kijken. Dat kon volgens Hawkes nooit goed zijn. Hij rechtte zijn schouders en liep achter Gerrard aan het mortuarium in.
'Dokter Driscoll,' zei Gerrard op wat hij waarschijnlijk een vriendelijke toon vond. 'Wat kunt u me vertellen over Malik Washburne?'
Peyton keek op en trok een zuur gezicht. 'Inspecteur. Op het moment niet veel, want ik ben nog niet met de sectie begonnen.'

'Nou, wat u ook aan sporen vindt, maak er uit mijn naam haast mee. Deze zaak krijgt voorrang boven al het andere.'
'O ja?'
Gerrard wierp Hawkes een doordringende blik toe. 'Ja, dokter. Daar kunt u toch zeker geen bezwaar tegen hebben?'
Gerrards verdedigende houding was misschien begrijpelijk in het licht van zijn laatste aanvaring met Mac, maar dat betekende niet dat Hawkes het leuk moest vinden. 'Ik was alleen maar verbaasd, meer niet. Ik had niet gedacht dat twee moorden in een gevangenis zo veel belangstelling zouden wekken.'
'Nou, dat is toch zo, en wel om twee redenen. Ten eerste is Washburne een oud-politieman. Hij heeft verkeerde dingen gedaan, maar hij diende zijn tijd uit als een goede soldaat en hij had beter verdiend.'
Daar kon Hawkes niets tegen inbrengen.
'En dan heb ik het nog niet eens over het feit dat ze bij de RHCF in geen twintig jaar een moord hebben gehad, en nu twee op één dag. Albany maakt zich zorgen.'
Peyton glimlachte een beetje vals. 'En het wordt tijd voor de nieuwe budgetten, dus wilt u natuurlijk bij Albany in een goed blaadje blijven staan.'
'Zo komt u aan uw mooie speeltjes, dokter, door bij Albany in een goed blaadje te blijven staan,' zei Gerrard. 'En nu we het daar toch over hebben, wat zeggen die speeltjes over Washburne?'
'Nog niet zo veel,' zei Peyton. 'Nogmaals, ik ben nog niet aan de sectie begonnen. Maar ik kan dit wel zeggen: het grootste deel van het bloed dat we op zijn lichaam hebben aangetroffen, was niet van hem. Ik heb het naar het DNA-lab gestuurd voor een analyse.'
'Heb je de bloedgroep bepaald?' vroeg Hawkes.
Peyton knikte. '0-positief.'
Hawkes wreef met zijn rechterhand over zijn kin. 'Dat is Barkers bloedgroep, dus het is waarschijnlijk van hem afkomstig. Ik zal het patroon van die bloedvlekken afzetten tegen zijn positie en die van Barker.'

Gerrard sloeg zijn armen over elkaar, over zijn das met koffievlekken heen. 'Hoeveel bloed was er van Washburne zelf?'
'Alleen wat ik vlak bij de hoofdwond heb gevonden.'
'Dat slaat nergens op,' zei Gerrard. 'Hoofdwonden bloeden altijd verschrikkelijk.'
Hawkes keek naar Gerrard. 'O, ja.'
'Kijk niet zo, Hawkes. Ik ben al heel wat jaartjes bij de politie. Ik heb heus wel een paar dingen opgepikt.'
'Nou, ik heb het bloed naar het lab gestuurd voor giftesten,' zei Peyton, 'en ik zal ook de maaginhoud en de rest controleren. Zodra ik iets heb, laat ik het jullie weten. Maar ik heb er geen behoefte aan dat jullie me op de vingers komen kijken.'
Hawkes had er altijd een hekel aan gehad als mensen zich bemoeiden met zijn eigen secties, en hij stak beide handen op en liep weg van de tafel. 'Sorry. Ik ben al weg.'
'Ik ga ook naar het lab,' zei Gerrard, die achter Hawkes aan naar de deur liep. 'Om die resultaten te bekijken.'
'Dank u, inspecteur,' zei Peyton, en ze pakte haar scalpel.
Toen hij met Gerrard vertrok, zei Hawkes nog: 'Bedankt voor de hulp.'
'Volgens mij hebben jullie alle hulp nodig die jullie kunnen krijgen,' zei Gerrard met een onhebbelijke glimlach. 'Sinclair wil ook dat er spoed achter deze zaak wordt gezet. Hij en Washburne hebben vroeger samen in een patrouillewagen gereden.'
Brigham Sinclair was het hoofd van de recherche en de andere persoon die het Mac moeilijk had gemaakt over die hele toestand met Dobson. Hij vond het waarschijnlijk verschrikkelijk dat hij afhankelijk was van Mac bij het oplossen van deze zaak. Maar Hawkes wist dat hij niets moest zeggen. Zijn vaste oplossing voor politieke problemen was om zich gedeisd te houden en te bukken voor overvliegende scherven.
Gerrard vroeg: 'Hebben we ook maar iets wat op een verdachte lijkt?'
'Misschien wel,' zei Hawkes. 'Op het gewicht waarmee de hoofdwond is toegebracht, zaten een heleboel half uitgeveegde afdruk-

ken, maar ook een hele duidelijke van ene Jorge Melendez. Flack ondervraagt hem.' Hawkes vond het verstandiger alleen Flack te noemen, die onder Gerrard had gediend, in plaats van de naam van Mac te laten vallen. 'Hij was op dat moment in het hok en hij was waarschijnlijk de laatste persoon die het gewicht heeft aangeraakt waarmee Washburnes hoofd is ingeslagen. Maar dat kunnen we nog lang niet bewijzen,' voegde hij er snel aan toe, om geen valse hoop bij Gerrard te wekken.

Maar Gerrard was al een tijdje bij de politie, zoals hij zo bijdehand had opgemerkt. Hij knikte toen ze de liften naderden. 'Mooi. Hou me op de hoogte, Hawkes. Ik wil deze zaak niet verpesten.'

'We doen ons best.'

'Daar maak ik me juist zorgen over,' mompelde Gerrard.

Hawkes hield zich in. Hij wist dat hij het best wraak kon nemen door de zaak op te lossen, en snel ook.

Jorge Melendez had echt geen idee gehad dat die vent een politieman was.

Hij dacht dat hij een goede radar had voor agenten. Tweemaal had hij een junk niet helemaal vertrouwd, en hij had beide keren gelijk gekregen. Twee van zijn *hermanos*, Pablo en Jimmy, waren gepakt toen ze wilden verkopen aan dezelfde vent waar Jorge met een boog omheen was gelopen.

Jorge was volkomen onafhankelijk. Hij wilde niet betrokken raken bij gangsteroorlogen. Hij had een leverancier die hem behoorlijk spul verkocht voor een fatsoenlijke prijs. Hij deed geen grote zaken, hij was niet bezig een imperium voor zichzelf op te bouwen, maar hij kon ervan leven; wat kon je in deze wereld nog meer verlangen?

Hij verkocht het meest aan scholieren. Hij vermoedde dat hij alleen met wat hij in de repetitieweken verkocht een halfjaar de huur zou kunnen betalen. Het mooiste van de handel aan scholieren was dat het verloop zo groot was. Dat betekende dat de politie geen patronen kon vinden, in ieder geval niet zonder er echt hard naar te zoeken. Bovendien hield die zich alleen maar bezig met de bendes. Een kleine dealer als Jorge werd meestal met rust gelaten.

Maar toen was hij erachter gekomen dat de politie alles van hem wist, maar dat het hun niet veel kon schelen – wat hij prima vond – tot ze iemand nodig had die ene Ray-Ray kon verklikken. Jorge had gehoord dat Ray-Ray heroïne verkocht vanuit Alphabet City, maar veel meer wist hij niet van hem af. Maar de politie had bedacht dat Jorge wel over Ray-Ray zou gaan praten als ze hem zouden oppakken. Maar Jorge wist niets wat hij kón verraden.

Niets maakte de agenten zo kwaad als wanneer dingen niet volgens plan verliepen. Toen bleek dat ze Jorge niet konden gebruiken om Ray-Ray te pakken, namen ze hem maar te grazen. Hij kon zich geen goede advocaat veroorloven, dus moest hij het doen met een blanke meid die van toeten noch blazen wist, zodat Jorge in de RHCF belandde.

Zijn enige hoop was een voorwaardelijke invrijheidstelling. Dan kwam hij de straat weer op voordat zijn haar grijs was. Hij had bedacht dat hij dat het beste kon bereiken door Malcolm X na te doen en moslim te worden. Toen hij merkte dat een van de andere gedetineerden, een vent die Malik Washburne heette, Koranlessen gaf, vond hij dat een goed begin.

Maar net zoals bij die undercoveragent had Jorge ook deze man helemaal verkeerd beoordeeld.

Nadat zowel Washburne als Vance om zeep waren gebracht in het fitnesshok was iedereen in zijn eigen cel opgesloten. Daar zat hij dus, en op de tv was maar één programma te zien. Jorge vond het verschrikkelijk. Het enige waar hij vroeger ooit naar keek op tv was porno, en dat mochten ze in de gevangenis niet kijken, dus keek Jorge bijna helemaal niet meer.

Toen haalde een van de PIW'ers – Jorge wist zijn naam niet en dat was opzettelijk; die schoften verdienden geen naam, het waren gewoon bullebakken met knuppels – hem op om met een rechercheur te gaan praten.

Eigenlijk zaten er twee rechercheurs op hem te wachten. Ze hadden allebei donker haar. Die in het pak, die op een stoel zat, had blauwe ogen en grijnsde veel. De andere bleef staan en droeg alleen een colbertje en een overhemd zonder das, en hij had een gezicht alsof hij altijd boos keek. Ze stelden zich voor als rechercheur Flack en Mac Taylor.

'Flack en Mac,' zei Jorge. 'Klinkt goed. Jullie zouden moeten optreden of zo.'

'Blij dat we je goedkeuring kunnen wegdragen,' zei Flack. 'Zeg eens, Jorge, wat deed jij gisteren in het fitnesshok?'

Als de vragen allemaal zo stom waren, kon dit nog leuk worden. Er was ook een PIW'er in de kamer, maar die negeerde Jorge, zoals hij meestal deed.

'Gewichtheffen.'

'Verder niets?'

'Niet totdat een van die skinheads Vance slachtte.'

'En Malik Washburne?'

'Wat is er met hem?'

'Heb je hem zien sterven?'

'Ik heb hem op de grond zien liggen. Verdomme, ik was degene die tegen de PIW'ers zei dat hij dood was.'

Flack – of was het Mac? Jorge wist het nu al niet meer – glimlachte. 'En dat was heel vriendelijk van je. Had je daarvoor nog met hem te maken gehad?'

'Ja, ik heb vóór hem die bank gebruikt.' Jorge was blij dat ze het alleen over het fitnesshok hadden. Zolang ze niet begonnen over die verdomde Koranlessen, was er niets aan de hand.

'Voor hem, hm?' zei Flack. 'Dacht je soms dat je weer naar zijn Koranles zou mogen als je de bank voor hem vrijmaakte?'

Verdomme. 'Ik weet niet wat je bedoelt.'

'O, jawel. Je tekende in voor Washburnes Koranlessen. Je dacht waarschijnlijk dat de beoordelingscommissie je wel vervroegd zou vrijlaten als je een tuniek aantrok en een paar keer voor Allah boog.'

Jorge snauwde: 'Ik heb vrijheid van godsdienst, hoor!'

Nu deed Mac voor het eerst zijn mond open. 'Naar welke kant moet je knielen als je tot Allah bidt?'

Plotseling werd Jorge zenuwachtig. Hij wist vrij zeker dat hij het antwoord op die vraag wist. Het had iets te maken met de zon, dacht hij. 'Naar het oosten, waar de zon opkomt.'
'In werkelijkheid,' glimlachte Mac, 'is het naar Mekka. Maar toch leuk geprobeerd.'
Flack had een map in zijn hand en daar bladerde hij in. 'Ik heb hier een rapport van Sullivan. Hij zegt dat Malik Washburne je gisteren tijdens zijn Koranles verteld heeft dat het, ik citeer, "een belediging van Allah" is om te doen alsof je bekeerd bent om meer kans te hebben op vervroegde vrijlating.'
'En toen heb je hem geslagen,' zei Mac.
Dat kon hij niet ontkennen, dus zei Jorge: 'Ja, ik heb naar hem uitgehaald, maar ik heb hem niet geraakt of zo. Hij mij wel. Die *pendejo* sloeg me vol op mijn neus!'
'Volgens het rapport van de ziekenboeg was die niet gebroken, maar hij bloedde wel enorm,' zei Mac. 'Iets van dat bloed is op Washburne terechtgekomen en we hebben het op zijn lichaam gevonden.'
'Nou ja, dus we hebben gevochten, en wat dan nog? Dat betekent niet dat ik hem heb vermoord.'
'En toch,' zei Flack, 'had je de drie benodigde dingen: middelen, motief en gelegenheid. Jouw vingerafdrukken zitten op het gewicht waarmee hij is vermoord.'
'Ik zei toch dat ik die gewichten vlak voor hem gebruikt had! En inderdaad, ik dacht dat ik wel weer in zijn Koranklas zou mogen als ik een beetje slijmde bij die klootzak. Er is nu niets meer in mijn leven dan Allah.'
Flack keek op naar Mac. 'Je kunt de vroomheid gewoon voelen, nietwaar?'
'Die druipt uit al zijn poriën,' zei Mac. Toen boog hij voorover en keek Jorge met zijn angstaanjagende ogen aan. 'De bewijzen hopen zich tegen je op, Jorge. Malik Washburne had hier een heleboel vrienden. Het zou gemakkelijker zijn als je nu meteen bekent.'
Jorge was niet achterlijk. Dat zei de politie alleen als ze geen be-

wijs had. Als die twee zeker waren van hun zaak, zouden ze hem arresteren. Niet dat het veel uitmaakte. Hij ging de komende twee jaar toch nergens heen, en dan nog alleen als hij vervroegd werd vrijgelaten. Maar hij was niet van plan het gemakkelijk voor hen te maken. 'Loop naar de hel, agent. Ik heb Washburne niet vermoord. Ik ben geen moordenaar.'

'Ja, nou,' zei Flack, 'dat was Jack Mulroney ook niet.'

'Nee, maar blanken zijn nou eenmaal gek. Ik ben gewoon een zakenman die zijn tijd uitzit om Allah te dienen.'

Flack en Mac keken elkaar aan, en toen zei Mac: 'We zijn hier klaar. Voorlopig, tenminste.'

Toen de PIW'er Jorge mee terug nam naar zijn cel vroeg hij zich af wat er nu zou gebeuren. Hij was maar een gelegenheidsmoslim en el-Jabbar had hem daar al over onderhouden. Het hielp ook niet dat hij met Washburne had gevochten. Als bekend werd dat hij verdachte nummer één was, was hij ernstig de lul.

Gelukkig waren politiemensen niet het soort dat ging lopen roddelen. Jorge vermoedde dat hij veilig was zolang de agenten niets zeiden, en dat deden ze pas als ze echt iets hadden. Als dat gebeurde, zouden ze degene tegen wie ze bewijs hadden arresteren, en dan was hij weer veilig.

Tenminste, Jorge hoopte dat het zo zou uitpakken.

Toen Melendez was afgevoerd, vroeg Mac wie de volgende op de lijst was.

Ursitti keek op zijn klembord. 'Karl Fischer. Hij zit…'

'Ik weet waar hij voor zit.' Mac schudde zijn hoofd. Fischer had drie jongemannen neergeschoten in de metro. Een ervan was dood, de tweede lag in coma en de derde was blijvend verlamd. Het waren alle drie Afro-Amerikanen. 'Wat doet hij in godsnaam hier?'

Ursitti stak een hand op en zei: 'Ik weet het, rechercheur, ik weet het, maar zijn advocaat heeft beroep aangetekend en dat is door de rechter toegestaan. Zolang het beroep loopt, verblijft hij in een halfopen inrichting. En hij heeft hier veel invloed.'

'Hij gebuikt het systeem voor zijn eigen doeleinden,' zei Mac vol afkeer. Mac had natuurlijk zelf ook zoiets gedaan om te zorgen dat Gerrard en Sinclair hem met rust lieten, maar dat was alleen omdat hij met zijn rug tegen de muur had gestaan.
Bovendien was het Macs goed recht geweest. Toen Clay Dobson was gearresteerd, was men vergeten hem zijn riem af te nemen. Dobson had geprobeerd zich met die riem te verhangen. Gerrard had destijds zowel het feit dat men de riem vergeten was als de poging tot zelfmoord in de doofpot gestopt. Mac had dat niet tegen Gerrard en Sinclair (die ten tijde van Dobsons arrestatie de leiding had in het betreffende bureau) willen gebruiken, maar hij had weinig keus gehad. Hoewel het openbaar ministerie tot de conclusie was gekomen dat Mac niets te verwijten viel, had Sinclair een intern onderzoek in gang gezet om de media aan zijn kant te krijgen en zich te profileren, ongetwijfeld in een poging om zijn kandidatuur voor de positie van commissaris meer kans te geven.
Mac had het een dwaas idee van hem gevonden. Gerrard was vroeger tenminste nog een goede politieman geweest. Maar Sinclair was een politicus met grootheidswaanzin en zonder enig besef van geschiedenis. De meeste commissarissen van de New Yorkse politie kwamen van buitenaf en het was een baan die hen volledig leegzoog. Theodore Roosevelt had een van de meest eerbiedwaardige carrières gehad in de Amerikaanse geschiedenis; hij was een succesvol soldaat, een goed bekendstaande gouverneur van de staat New York en een populaire vicepresident en president. De enige mislukking in die hele carrière was zijn rampzalige optreden als commissaris van de New Yorkse politie.
Sinclair was geen Teddy Roosevelt. De gedachte daaraan hield Mac 's nachts warm.
En mannen als Karl Fischer hielden hem 's nachts wakker. Een PIW'er die Mac niet eerder had gezien, bracht Fischer naar binnen. Hij was kleiner dan Mac had verwacht en had een rand haar als van een monnik, deels blond en deels zilvergrijs, een haviksneus en grote, doordringende blauwe ogen. Ze hadden dezelfde kleur als die van Flack.

De meeste gedetineerden die deze kamer in waren gebracht, waren uitdagend geweest of juist al te behulpzaam. De eersten waren de meer geharde misdadigers die nergens iets om gaven, terwijl de laatsten zich zo veel mogelijk gedroegen als modelgevangenen om vervroegd vrij te kunnen komen.
Fischer hoorde bij geen van beide groepen. Hij had een meerderwaardigheidscomplex, iets wat Mac nog bij geen andere gedetineerde had kunnen ontdekken. 'Rechercheur Flack, rechercheur Taylor,' zei hij met een fluweelzachte stem, met iets van een zuidelijk accent erin. 'Wat kan ik voor u doen?'
Terwijl anderen dit gevraagd hadden om behulpzaam te willen lijken, deed Fischer alsof hij ze een gunst bewees. Geen van beide rechercheurs had zich voorgesteld; Fischer moest hun namen hebben gehoord van een van de andere gedetineerden, wat niet gemakkelijk moest zijn nu iedereen in zijn eigen cel zat. Hij wilde duidelijk laten zien hoe goed zijn informatienetwerk was.
Mac kon het niet laten. 'Hoe hebt u het voor elkaar gekregen om hierheen gestuurd te worden? U bent onder andere veroordeeld voor moord met voorbedachten rade.'
'Dat staat nog te bezien, rechercheur Taylor. Zie je, volgens de wet heb ik recht op een jury die bestaat uit mijn gelijken. Die juryleden waren zo'n beetje allemaal minder waard dan ik.' Hij glimlachte. 'Jammer dat die nuance niet erg meetelt bij de rechters van New York, maar ik heb nog andere dingen om mijn beroep op te baseren. Ten eerste deugde er niet veel van de bewijsvoering. Het is duidelijk, rechercheur Taylor, dat u die zaak niet in handen hebt gehad. Ik kan me niet voorstellen dat u me had laten arresteren met het magere bewijs dat ze tegen me hadden. Als u wel de leiding had gehad, zou dit ongetwijfeld veel beter zijn geëindigd voor alle betrokkenen.'
'Dat waag ik te betwijfelen,' zei Mac strak.
'U moet zichzelf niet tekortdoen, rechercheur. Ik heb gehoord over uw problemen met die Dobson. Dat is nou eens een echte klootzak, met de verontschuldigingen voor mijn taalgebruik. Het is een bespotting van onze rechtstaat dat een man als hij

vrijuit gaat terwijl een onschuldig man als ikzelf wegrot in de gevangenis.'

Flack bracht het verhoor weer op het juiste spoor, waar Mac dankbaar voor was. 'Wat kunt u ons vertellen over de twee moorden die vanmorgen zijn gepleegd?'

'Helemaal niets. Het spijt me dat ik het moet zeggen, rechercheur. Ze hebben allebei plaatsgevonden in het fitnesshok terwijl ik daar niet aanwezig was.'

'Dus u wist niet dat Jack Mulroney Vance Barker had vermoord.'

'Ik was diep in gesprek met meneer William Cox. We hadden het over het evangelie volgens Johannes en de verschillen daarvan met de andere drie evangeliën, wat ik wijt aan het feit dat Johannes er zelf bij is geweest.'

Mac trok een wenkbrauw op. 'Echt waar? De meeste godgeleerden zijn van mening dat Johannes juist het verst van het leven van Jezus Christus af stond en dat Marcus de meest waarschijnlijke ooggetuige is geweest. Dat is een heel ouderwets standpunt dat u daar inneemt, Fischer.'

'Nou, ik ben een ouderwetse man. Het verbaast me dat een wetshandhaver iets weet over de Schrift, vooral vanuit wetenschappelijk oogpunt.' Hij glimlachte, een glimlach waarin geen enkele warmte lag. 'Maar u bent marinier geweest, nietwaar, rechercheur? Dus het zal wel waar zijn dat er geen atheïsten zijn in de loopgraven.'

Mac vervloekte zichzelf omdat hij Fischer weer toestond de leiding te nemen, en hij bespaarde Flack de moeite om weer ter zake te komen. 'Wat hebt u gezien?'

'Ik ben bang dat ik zo opging in mijn godsdienstige gesprek met William dat ik niet veel heb gezien. Ik merkte pas dat er iets aan de hand was toen de eh... heren in het fitnesshok obscene taal begonnen uit te slaan. Ik merkte dat er een aanzienlijke hoeveelheid bloed op het hek zat, maar verder heb ik geen bijzonderheden opgemerkt, vrees ik.'

Ursitti deed nu voor het eerst zijn mond open. 'Dus Mulroney is niet naar je toe gekomen? Om toestemming te vragen?'

'Ik ben bang dat ik geen idee heb waar u het over heeft, luitenant. Niemand in deze gevangenis heeft mijn toestemming nodig voor wat dan ook. Ik ben hier ook maar een gedetineerde.'
'Hou op met dat gelul, Fischer,' zei Ursitti. 'Iedereen weet dat jij de baas bent over de blanken hier.'
'Dat is een ongegronde beschuldiging, luitenant. En ik zou zeggen dat het ook nog smaad is. Binnen de beperkingen van de regels van deze inrichting staat het Jack Mulroney vrij om te doen wat hij wil, met of zonder mijn toestemming.'
'Dus het feit dat hij meteen nadat hij het scheermes had gestolen met je heeft zitten praten in de eetzaal is slechts toeval.'
Fischer keek gemaakt bedachtzaam. Mac werd er opeens misselijk van.
'Ik herinner me wel dat Jack en ik een gesprek hadden bij het ontbijt,' zei Fischer eindelijk. 'Ik geloof dat het erover ging hoe onsportief de sliding van meneer Vance Barker was tijdens de honkbalwedstrijd van gisteren.'
Flack vroeg: 'Wilde Mulroney wraak nemen?'
'Inderdaad, maar ik heb gezegd dat hij dat beter niet kon doen. Een dergelijke wraak, zoals u het noemt, loopt zelden op iets goeds uit. Het lijkt erop dat hij mijn advies niet heeft opgevolgd, aangenomen dat hij degene is die meneer Barker heeft neergestoken. Zoals ik al zei, heb ik dat niet gezien.'
Zo kwamen ze nergens. Bovendien had Mulroney al bekend en hadden ze bewijzen die zijn bekentenis ondersteunden. Hoewel Mac het fijn had gevonden om Fischer te kunnen pakken op aanzetten tot moord, betwijfelde hij of iemand die het voor elkaar had gekregen om te worden overgeplaatst naar een halfopen inrichting terwijl hij in beroep ging tegen een aanklacht voor moord moeite zou hebben om onder andere aanklachten uit te komen. Dus ging Mac over op de andere zaak. 'En Malik Washburne?'
'Wat is er met hem?'
'Hebt u gezien wie hem heeft vermoord?'
'Nogmaals, rechercheur, hij bevond zich in het fitnesshok. Ik niet. En ik let nooit zo erg op wat de heidenen allemaal doen. Ze krij-

gen allemaal hun verdiende loon als het Koninkrijk der Hemelen aanbreekt, maakt u zich daar maar geen zorgen om.'
'Ik maak me geen zorgen,' zei Mac.
Flack vroeg: 'Wist u of er misschien onenigheid bestond tussen Washburne en andere gedetineerden?'
'Voor zover ik wist, leek iedereen hem wel te mogen. Ik ook, als ik eerlijk ben. Hij was een fatsoenlijke kerel, voor een heiden in ieder geval. Wie hem ook heeft vermoord, hij zal beslist branden in de hel voor zijn zonde.' Weer die glimlach. 'Niet dat de meeste mensen die hier zitten dat lot zullen ontlopen.'
'Behalve u, uiteraard,' zei Mac. 'Omdat u onschuldig bent en zo.'
'Volmaaktheid is iets wat alleen aan God is voorbehouden, rechercheur Taylor. Wij sterfelijke mensen kunnen het slechts nastreven, en dat betekent dat er soms fouten worden gemaakt, zoals mijn opsluiting. Maar het is een fout die rechtgezet zal worden, weest u maar niet bezorgd.'
'Ik ben nog steeds niet bezorgd.' Mac keek naar Flack. 'We zijn hier klaar.'
'Absoluut.'
Fischer stond op. 'Het spijt me dat ik u niet beter heb kunnen helpen, heren. Ik hoop dat u beide moordenaars in ons midden vindt.'
Toen Fischer weg was, keek Flack naar de vloer aan weerskanten van de tafel.
'Wat zoek je, Don?'
Flack keek op naar Mac. 'Met al die bullshit die hier in het rond vloog, dacht ik dat er elk moment een roos uit de grond kon komen groeien.'
Mac grinnikte. Ursitti niet. De luitenant zei: 'Fischer is niet iemand om wie u kunt lachen, rechercheur. Ik hoop echt dat zijn beroep snel wordt afgehandeld, want hoe sneller hij hier weg is, hoe soepeler alles zal gaan.' Hij zuchtte. 'Het is geen toeval dat onze eerste moord in twintig jaar plaatsvindt terwijl die schoft hier verblijft. El-Jabbar is erg genoeg, maar hij houdt de boel tenminste bij elkaar, begrijpt u? Fischer is gewoon een rotzak. Over het

algemeen houden de blanken hier zich gedeisd, maar hij heeft ze helemaal opgefokt. En ik zal u nog iets vertellen: het bestaat niet dat Mulroney er ook maar over heeft gedacht om dit te doen zonder er eerst met Fischer over te spreken.'
'Helaas,' zei Mac met een zucht, 'wijst alles erop dat Mulroney alleen heeft gehandeld.'
'Ja.' Ursitti schudde zijn hoofd en keek op zijn klembord om te zien wie er vervolgens verhoord zou worden.

12

Het was lang niet zo erg om huiszoeking te doen bij Jack Morgenstern als Stella had gevreesd.
Bracey was aanwezig, zoals beloofd. Morgenstern niet, en dat was nogal een opluchting. Maar Stella wist hoe ingrijpend een huiszoeking kon zijn en dat gold waarschijnlijk ook voor Morgenstern, omdat die eerder met de politie te maken had gehad. Ze kon het hem niet kwalijk nemen dat hij er niet bij wilde zijn.
Stella had een lijst gemaakt van wat ze uit het huis mee wilden nemen; de kleren van de avond tevoren en Maria's ketting, als die daar was. De mannen van Bureau 50 waren goed in hun werk, dus ze zouden waarschijnlijk alles meenemen wat ze verdacht vonden. Een heleboel van hen waren vaste klanten van Belluso en kenden Maria, dus waren ze extra gemotiveerd om de moordenaar te vinden. Zoals Angell onderweg ernaartoe al had gezegd, moest je niets uithalen op de plek waar de politie zijn cafeïne haalde. Ze zouden grondig te werk gaan.
Dus toen Bracey het huiszoekingsbevel eenmaal woord voor woord had doorgelezen en hen in het huis op Cambridge Avenue had gelaten, lieten Stella en Angell de rest aan de geüniformeerde agenten over en liepen ze zelf naar Riverdale Pinan Karate, dat in een bescheiden winkelpand op Fieldston Road gevestigd was, een zijstraat van Riverdale Avenue.
Onder het lopen vroeg Angell: 'Hebben die liefdesbrieven nog iets opgeleverd?'
Stella zuchtte. 'Geen huidschilfers, en de enige bruikbare vingerafdrukken waren die van DelVecchio en het slachtoffer, van wie we weten dat ze de brieven hebben aangeraakt. Het papier zelf was Georgia-Pacific-printerpapier van A4-formaat, dat bij elke gewone kantoorboekhandel te vinden is. De printer lijkt een LaserJet van

Hewlett-Packard, en dat is zo'n beetje de meest verkochte printer op de markt.' Ze schudde haar hoofd. 'We gebruiken er zelf een, verdomme. Voor zover wij weten, kan Danny die brieven wel geschreven hebben.'

Angell glimlachte. 'Op de een of andere manier lijkt Messer me niet het type om een haiku te schrijven. Vieze rijmpjes, misschien.'

Stella grinnikte. 'Het punt is gewoon dat we niets hebben. We zouden de afdrukken in verband kunnen brengen met een specifieke printer, maar dat is helemaal niet zeker. We kunnen ze het best gebruiken als munitie bij de verhoren; we leggen ze voor aan de dader en hopen dat hij niet beseft hoe zwak het bewijs is.'

'Dat zie ik bij Morgenstern niet gebeuren zolang hij bijgestaan wordt door mevrouw Haaibaai.'

Ze liepen over Fieldston Road en de namiddagzon brandde op Stella's rug. De dojo ging net open toen ze arriveerden. Volgens de brochure die Stella onderweg naar binnen meepakte, werd er alleen in de namiddag en de avond lesgegeven. De meeste dojo's in Manhattan die Stella kende, hadden ook lessen op de vroege ochtend, maar dit rooster klopte beter bij Riverdale, dat meer een woonwijk was. Stella wilde wedden dat het grootste deel van de leerlingen bestond uit kinderen die na school kwamen.

Eenmaal binnen zag Stella een kleine receptiebalie, verschillende stoelen voor een tot haar middel reikende afzetting en een bank. Achter de afzetting bevond zich de gewreven houten vloer van de dojo, die zich een aanzienlijk eind naar achteren uitstrekte. De spiegel die de hele noordmuur bedekte, maakte de ruimte groter dan ze werkelijk was. Aan de zuidmuur hing zowel een Amerikaanse als een Japanse vlag.

Achter de balie hing een aantal in plastic verpakte karatepakken, T-shirts en uitrustingstukken die waarschijnlijk te koop waren.

Er was een jonge vrouw aanwezig die Donna Farr heette, een studente die parttime werkte als receptioniste van de dojo. Ze bevestigde dat Jack Morgenstern de vorige avond de kumiteles had gevolgd en dat hij om ongeveer tien voor elf was vertrokken. Dat

klopte met alles wat ze gehoord hadden. Donna kreeg zelfs bevestigd dat Morgenstern een zwarte trui had gedragen.
Niet lang daarna kwam er een heel lange man binnen met een donkere huid. Terwijl hij door de deur kwam, bracht hij zijn vuisten voor zijn borst en boog vanaf zijn middel, terwijl hij '*Osu*' zei. Daarna kwam hij verder naar binnen.
'Sensei,' zei Donna. 'Deze mensen zijn van de politie.'
Angell haalde haar penning tevoorschijn, net als Stella. 'Ik ben rechercheur Angell en dit is rechercheur Bonasera. We willen met u praten over Jack Morgenstern.'
'Ik ben Allen Portman. Dit is mijn dojo. Waarmee kan ik u van dienst zijn?'
Stella zei: 'We moeten alleen verifiëren dat meneer Morgenstern hier gisteravond les heeft gevolgd en dat hij daarbij op een gegeven moment een schop tegen zijn ribben heeft opgelopen.'
'Mag ik vragen waar het precies om gaat?'
Angell zei snel: 'Een lopend onderzoek waar we niet in detail op in kunnen gaan.'
'Jack is een van mijn betere leerlingen. Als er een onderzoek naar hem wordt ingesteld...'
'We kunnen er echt niet over praten,' zei Stella vriendelijk.
Angell voegde eraan toe: 'Het spijt me, maar we moeten deze vragen stellen.'
Portman sloeg zijn armen over zijn goed gespierde borstkas. 'Goed dan. In een van de laatste ronden van de les vocht Jack met senpai John.'
'Hoeveel ronden zijn er meestal?' vroeg Angell.
'Vijftien. Veertien van twee minuten en een van drie minuten. Dit moet in ronde dertien of veertien zijn gebeurd – we waren nog steeds bezig met schoppen en stompen. De laatste ronde is altijd alleen stompen. Jack miste met een *mawashi giri*, dat is een wijd uithalende schop, en zo werd hij kwetsbaar voor een *yoko giri*, een zijwaartse schop. Hij werd in zijn ribben geraakt. Ik zei dat hij na die ronde even kon uitrusten, maar hij wilde per se doorgaan.'
Portman glimlachte licht. 'Jack kan erg koppig zijn.'

Op de een of andere manier wist Stella een bijdehante opmerking binnen te houden. In plaats daarvan vroeg ze: 'Worden er altijd schoenen gedragen tijdens de lessen?'
'Natuurlijk.'
'Draagt iedereen dezelfde schoenen?'
'Over het algemeen wel. We verkopen sportkleding en -schoenen en de meeste leerlingen kopen bij ons.'
'Hoort senpai John ook bij de meeste leerlingen?'
Portman knikte. 'Hij draagt de standaard schoenen, ja.'
Stella knikte terug. 'We zullen een paar moeten hebben om te kunnen vergelijken, meneer Portman.'
'Natuurlijk.' Portman klonk niet erg verheugd, maar hij was duidelijk nog steeds bereid mee te werken. Stella kon zich echter niet voorstellen dat hij er blij mee was dat een van zijn leerlingen verdacht werd van een misdaad. 'Donna, kun je de rechercheurs alsjeblieft een paar schoenen geven? De grootste maat, alsjeblieft.'
'Osu, sensei.' Donna, die aan de computer zat, sloeg nog een paar toetsen aan voordat ze opstond en een paar schoenen van de planken achter haar haalde.
'Rechercheurs,' zei Portman, 'ik wil dat u weet dat ik Jack al drie jaar ken. Hij is een goede vent en een goede leerling. Ik weet van de problemen die hij met de politie heeft gehad en ik zou u willen vragen die niet mee te wegen. Hij kan agressief overkomen, dat is waar, maar ik geloof niet dat hij het in zich heeft om een moord te plegen.'
Stella nam de schoenen van Donna aan. 'Dank je.' Toen wendde ze zich tot Portman. 'Waarom denkt u dat het om een moord gaat?'
'Deductie, rechercheur Bonasera,' zei Portman met een glimlachje. 'Ik ken alle rechercheurs van de dagdienst van Bureau 50, en daar hoort u niet bij. Ik ben actief binnen de gemeenschap en heb dus contact met het plaatselijke politiebureau,' legde hij uit. 'Ik weet ook dat er vanmorgen een jonge vrouw vermoord is aangetroffen in Belluso's Bakery. Het is niet zo moeilijk om één en één bij elkaar op te tellen. U denkt dat Jack Maria heeft vermoord.'
Hoewel Riverdale een grote wijk was, bevonden de bedrijven zich

allemaal dicht bij elkaar. Stella kon er dus niet verbaasd over zijn dat de eigenaar van de ene zaak wist wat er in die om de hoek gebeurde. New Yorkers bemoeien zich met hun eigen zaken, maar moord was slecht voor die zaken.
Angell had nog een paar vragen over de dojo – Stella kwam er al snel achter dat ze goed geraden had en dat tachtig procent van de leerlingen van Riverdale Pinan Karate kinderen waren tussen de vier en de achttien – en toen maakten ze zich op om te vertrekken. Stella en Angell lieten allebei hun kaartje achter bij Donna.
'Als ik nog iets anders kan doen om te helpen,' zei Portman, 'belt u dan gerust. Ons nummer staat op de brochure.'
Angell en Stella spraken hun dank uit en verlieten de dojo.
Ze bleven even staan bij de SUV van de technische recherche om de schoenen in de kofferbak te leggen en liepen toen verder naar het huis van Morgenstern.
O'Malley stond in de hal met twee grote plastic zakken barstensvol kleren. 'We denken dat dit de kleren zijn die de verdachte gisteravond gedragen heeft.'
'Denken jullie dat, Deej?' vroeg Angell met een geïrriteerde klank in haar stem.
'Ze zaten nog in de wasdroger, samen met een karatepak. Ik denk dat hij ze gisteravond voordat hij naar bed ging in de droger heeft gestopt en ze daar heeft laten zitten.' Hij haalde zijn schouders op. 'Dat doe ik ook altijd.'
Stella keek even naar Angell. 'Wat is dat toch met mannen, dat ze hun was niet kunnen opvouwen als het niet absoluut noodzakelijk is?'
'Hé, begin nou niet over het verschil tussen mannen en vrouwen, rechercheur. Mijn vrouw denkt er de helft van de tijd niet eens aan om de was te doen, oké? Nou, willen jullie die spullen hebben of niet?'
'Jawel.' Stella stak haar hand uit. 'En het karatepak?'
'Dat heeft Bats.'
'Enig teken van de ketting?' vroeg Stella.
O'Malley schudde zijn hoofd en zei: 'Nada.'

'Waar staat de wasdroger?'
O'Malley nam haar mee door een gang en een keuken naar een kleine ruimte daarachter. Angell ging naar boven om te kijken hoe het in de slaapkamer gesteld was.
Stella haalde haar zaklamp uit haar jaszak. Ze had eens voor de grap tegen Mac gezegd dat ze hun zaklampen hanteerden als wapens, en Danny had gezegd dat Mac onthoudingsverschijnselen zou krijgen als hij die van hem ooit zou verliezen.
Maar ze waren wel nuttig, zeker als je in de binnenkant van een droger wilde zoeken naar een vermiste paarse vingernagel.
Ze vond een heleboel stof, maar helaas geen vingernagels. Ook niet in de wasmachine. Misschien zat hij nog aan de kleren – dat zou ze controleren zodra ze ermee in het lab kwam – maar het was waarschijnlijker dat hij er in de was uit was gegaan.
'Hé, Stell!' Dat was Angell, die haar van boven riep.
Stella stak haar hoofd uit het washok. 'Ja, Jen?'
'Kom eens hier.'
Ze deed de zaklamp in haar zak en liep de trap op, waarbij haar hakken op het kale hout klosten. Het verbaasde haar dat hij geen loper had neergelegd om het lawaai te dempen.
Op de overloop ging ze linksaf en ze zag dat een van de drie slaapkamers gebruikt werd als kantoor. Op een groot houten bureau stonden een Dell-computer en een printer, en er lag een mousepad met het logo van de New York Yankees.
De printer was een Hewlett-Packard LaserJet. Hij werd losgekoppeld door twee van de agenten.
Angell liep naar het bureau en deed een la open. 'En kijk eens hier.'
Stella liep achter haar aan en keek in de la, waarin een heleboel spullen lagen: enveloppen met rekeningen, een paar folders, een paspoort, een paar meetlatten, verschillende kantoorbenodigdheden als paperclips en nietjes en ook een pak papier van Georgia-Pacific.
Stella hield haar hoofd scheef. 'Nou, dat bewijst niet echt iets, maar wel dat we hem niet kunnen uitsluiten.'
'Ik vind het heel wat,' zei Angell.

Stella ging met een zucht weer naar beneden. De aanwijzingen ondersteunden het idee dat Morgenstern Maria had vermoord, maar ze bewezen het niet echt.
Nog niet, tenminste.
Stella haatte dit deel van een onderzoek. Hoewel het bewijs nooit loog, vertelde het ook niet altijd de waarheid.
Soms tergde het je alleen en vertelde het in wezen helemaal niets.
'Jen,' riep ze naar boven, 'ik ga terug. Ik moet hiermee aan de slag.'
Angell stak haar hoofd over het traphek. 'Oké. Ik stuur de rest wel na.'
Bracey verscheen uit het niets en zei: 'Ik moet een gedetailleerd reçu hebben, rechercheur.'
Stella legde een hand tegen haar borst en probeerde haar ademhaling onder controle te krijgen terwijl ze zei: 'U liet me schrikken.'
'Ik zei dat ik...'
'... een gedetailleerd reçu moet hebben. Ik heb u de eerste keer wel gehoord, juffrouw Bracey. Maakt u geen zorgen, u krijgt het heus wel. Neem me niet kwalijk.'
Daarmee liep ze het huis van Morgenstern uit. Ze moest terug naar het lab om voor eens en altijd uit te zoeken of de eigenaar van het huis een moordenaar was of niet.

13

Het lijkt een routinecontrole van de plaats delict. Jij en Mac volgen een bloedspoor dat bij het lijk begint en dat naar boven leidt, naar een gang in het kantoorgebouw.
Waar het spoor eindigt, ligt een ladder op de vloer en zien jullie een los paneel in het plafond. Met een latex handschoen in zijn hand zet Mac de ladder rechtop en dan klimt hij omhoog om te zien wat zich daarboven bevindt.
Terwijl Mac dat doet, met de zaklantaarn die hij altijd vastheeft alsof het een speer is of zoiets, dwalen jouw gedachten af. Je moet over een week getuigen in de zaak-Howard en die middag neem je met assistent-openbaar aanklager Maria Cabrera je getuigenis door. Hoewel de bewijzen tegen Howards partner in de kliniek voor plastische chirurgie overweldigend zijn, heeft die zak verklaard dat hij niet schuldig is en een dure advocaat ingehuurd.
Erger nog is dat de openbaar aanklager de zaak aan Cabrera heeft gegeven, de meest verwaande persoon binnen het openbaar ministerie. Ze koestert nog een wrok tegen je vanwege de zaak-Balidemaj, en dat betekent dat deze bespreking ongeveer net zo leuk wordt als je laatste bezoek aan de tandarts, maar dan zonder Abby, de leuke mondhygiëniste. Als de mensen van het openbaar ministerie meer als Abby waren en minder als Cabrera, zou je het leuker vinden om te getuigen. Je zou haar eigenlijk...
Opeens springt Mac van de ladder. 'We moeten het gebouw controleren. Als hier nog iemand is, moet hij zo snel mogelijk naar buiten.' Je vraagt je af waar hij het over heeft, maar dan zegt hij vier noodlottige woorden: 'Er ligt een bom.'
Alle gedachten aan het zandloperfiguurtje van Abby en de zaak-Howard en de irritante Cabrera verdwijnen uit je hoofd als je die woorden hoort.

In plaats daarvan denk je eraan dat deze stad het absoluut niet kan gebruiken dat er nog een gebouw de lucht in vliegt.
'Zet het alarm aan!' schreeuwt Mac, en je steekt een arm uit en geeft een ruk aan de witte hendel van het brandalarm.
Daarna wordt het een gekkenhuis en het alarm gilt in je oren. *'Bel de centrale,'* schreeuwt Mac boven het alarm uit, *'geen radio!'* Maar je hebt je mobiele telefoon al opengeklapt in je hand.
'Een verdacht pakketje,' schreeuw je terwijl je naar boven rent. *'Greenwich 621. Een bom.'*
De centrale wordt zoals gewoonlijk bemand door idioten. *'Zei u een bom?'* zegt die vent. Je weet vrij zeker dat het Soohoo is. Hij slaapt waarschijnlijk half, zoals gewoonlijk.
'Já, een bom!'
Jij en Mac komen op de volgende verdieping, en ja hoor, ondanks het feit dat het zondag is, zitten er nog workaholics in het gebouw die gewoon niet tot maandag kunnen wachten om te doen wat ze moeten doen. Jij werkt natuurlijk ook op zondag, maar dat is wat anders.
Vroeger was het evacueren van een gebouw net zoiets als het trekken van tanden, alleen zonder de sexy mondhygiëniste. Maar sinds de herfst van 2001 hoef je maar het woord *'bom'* te laten vallen en iedere New Yorker weet precies wat hij moet doen.
Je weet niet zeker of dat nu een goede zaak is of niet.
Mac belt Monroe, die naar buiten is gegaan om meer speeltjes van de technische recherche uit de SUV te halen, en zegt dat ze het gebied moet ontruimen.
Eindelijk ben je bij de laatste deur en heb je je ervan verzekerd dat het gebouw helemaal leeg is. Zo te zien zijn alleen jij en Mac er nog.
'Goed,' zegt Mac. *'Kom op, we gaan.'*
Jullie draaien je allebei om en lopen naar de trap.
'Hé, wat is er aan de hand?'
Jullie draaien je om en daar staat een of andere sukkel met een verward gezicht en een koptelefoon op die elk geluid buitensluit. Je loopt naar hem toe.
'Hé, maak dat je hier wegkomt!'
En dan ontploft de wereld en ontstaat er een vuurzee. Je oren ploppen

van de oorverdovende knal waarmee de bom afgaat en je voelt scherven door je borst snijden.
Daarna herinner je je niets meer...

Flack schoot overeind, met bezwete blote borst. 'Godverdomme.' Hoewel de droom voorbij was, gold dat niet voor de pijn in zijn borst.
Het duurde een paar seconden voor Flack zich had bevrijd van de lakens, die om zijn benen gewikkeld zaten.
Het was al een tijdje geleden dat hij de droom had gehad.
Hij wist niet goed waarom hij hem deze keer had gekregen. Meestal werd het ergens door veroorzaakt, maar hij had de hele dag in Richmond Hill norse veroordeelden en hersendode PIW'ers zitten verhoren. Dat was natuurlijk niet voor honderd procent juist. De meeste PIW'ers waren prima kerels, vooral Terry, en een verrassend groot aantal van de veroordeelden was heel beleefd, maar Flack herinnerde zich de fatsoenlijke mensen lang niet zo goed als de klootzakken.
Flack vond Melendez een zeer geschikte kandidaat. Mac zou zeggen dat dat door de vingerafdrukken op het moordwapen kwam, maar Flack hechtte meer waarde aan het handgemeen in de Koranles. Mensen als Melendez waren altijd op zoek naar een manier om vervroegd vrij te komen, en daar had Washburne een stokje voor gestoken. En het incident in het fitnesshok had hem een ideale gelegenheid geboden: iedereen keek naar Barker. Melendez had wraak kunnen nemen zonder dat iemand het zag. Hij had de anderen zelfs opmerkzaam gemaakt op het lijk om de verdenking van zich af te wenden. De klassieke redeneertrant van een dom iemand: *als ik het lijk ontdek, kan ik de moord niet gepleegd hebben.*
Hij keek naar de klokradio naast zijn bed. 3.52 uur.
Daarna keek hij naar de wirwar van littekens op de linkerkant van zijn borst.
Hij wist dat hij niet meer zou kunnen slapen en hij had trouwens toch geen zin om die droom nog een keer te krijgen, dus stond Flack maar op.

Dat bleek een vergissing, want de pijnscheuten in zijn borst werden withete, martelende messen. Hij liet zich weer op zijn rug vallen, staarde naar het plafond en probeerde zijn ademhaling onder controle te krijgen.

Na een eeuwigheid begon de pijn weg te trekken. Langzaam, heel langzaam kwam Flack uit bed. Hij liep voorzichtig naar de kast, waar zijn colbertje hing. De kastdeur opendoen bleek nog pijnlijker dan opstaan en hij zakte bijna in elkaar.

Hij nam even de tijd om de pijn te laten zakken, ging rechtop staan en stak zijn hand in de binnenzak van het jasje dat hij de dag ervoor had gedragen.

Hij hoorde een pilletje tegen het plastic ratelen toen hij het potje Percocet tevoorschijn haalde.

Hij hoorde ook de stem van Terry Sullivan: 'Wil je in godsnaam die pil innemen?'

Hij liep naar de keuken en trok de koelkastdeur open. Zijn geheugen had hem niet in de steek gelaten: er stond een aangebroken fles Chianti Classico waar de kurk losjes in was gedrukt.

Onder normale omstandigheden had Flack een wijnglas uit de kast gehaald, maar – met alle respect voor een uitstekende Toscaanse rode wijn – hij had dit nu meteen nodig. Bovendien bleek het openen en sluiten van kasten een hoogst pijnlijke aangelegenheid. Hij kon ook gewoon een melkglas uit het droogrek naast de gootsteen pakken zonder iets te hoeven openen of sluiten.

Hij schonk de overgebleven Chianti in het glas, stak de pil in zijn mond en nam een slok wijn.

Peyton Driscoll kwam meestal al vroeg naar het werk. Ze had hem die morgen een volledig sectierapport over Malik Washburne beloofd. Voor zover Flack wist, had ze de nacht tevoren al een voorlopig rapport klaar gehad, maar na een volle dag in de RHCF was hij rechtstreeks naar huis gegaan. Als er iets belangrijks in stond, had Mac of iemand anders hem wel gebeld. Of niet – degenen die bij de zaak betrokken waren, gingen nergens heen en Mac had tegen Flack gezegd dat hij eruitzag alsof hij wel een goede nachtrust kon gebruiken.

Jammer dat hij die niet gekregen had.
Flack wist dat de apotheek om acht uur openging. Dan wilde hij ook voor de deur staan.
Dan maar zwak. Soms was zwakte juist goed.

Ze ziet de video op het internet, ziet zichzelf vrijen met een man die ze dacht te kennen.
'Dus heb ik het ter plekke uitgemaakt met Frankie. Ik heb hem gezegd dat ik hem nooit meer wilde zien.'
Op de parkeerplaats staat hij plotseling achter haar en vraagt waarom ze hem niet terugbelt, alsof hij dat niet weet.
'Dacht je soms dat dat leuk was? Dacht je dat ik er geil van zou worden?'
Ze loopt haar appartement in en daar staat hij kaarsen aan te steken alsof dat de gewoonste zaak ter wereld is.
'Het is een van mijn vaste regels: geen mannen in mijn huis. Als er dan iets misgaat, heb ik altijd een veilige plek om me terug te trekken.'
Ze rent naar de telefoon om het alarmnummer te bellen – of Flack of de huisbaas, wie dan ook – maar hij trekt de stekker eruit en smijt het toestel kletterend door de kamer. Plotseling is alles anders: een schijnbaar rustige man die geen nee wil horen is opeens gevaarlijk geworden.
'Oké, nu is het genoeg. Ik ga bellen.'
Ze voelt het telefoonsnoer in haar polsen snijden als hij haar handen op haar rug bindt en nijdig vraagt hoe ze hem kan behandelen als een van de verdachten die ze op het werk tegenkomt, ook al gedraagt hij zich ernaar.
'Ik vond je beeldje prachtig – ontzettend mooi. En ik heb genoten van al die berichtjes met "ik hou van je". En ik was echt van plan je te bellen, echt.'
Ze zit in het bad, haar vingers glibberig van haar eigen bloed terwijl ze wanhopig probeert het mes vast te houden dat ze uit haar scheermes heeft weten te prutsen, zodat ze het telefoonsnoer kan doorsnijden en vrij is.
'Ik weet nog dat de bel ging, maar ik weet niet waarom.'

Ze zoekt met bebloede vingers in haar handtas en probeert haastig haar Glock te vinden en vast te pakken, als hij over de afscheiding heen springt en haar met een harde klap tegen de vloer slaat.
'Je hebt me overvallen. Dat kun je me toch niet kwalijk nemen?'
Hij grijpt de Glock en probeert haar neer te schieten, maar hij weet niet hoe hij met een pistool moet omgaan en haalt de veiligheidspal niet over. Ze doet haar voordeel met zijn verwarring en grist het wapen uit zijn hand.
'Dat is het nummer van mijn advocaat, Courtney Bracey. Als je met me wil praten, regel je het maar met haar.'

Stella schoot overeind.
Het was niet de eerste keer dat ze droomde over die verschrikkelijke nacht waarin Frankie Mala zich toegang had verschaft tot haar appartement en haar gevangen had gehouden. Over het algemeen reageerde ze steeds zo wanneer ze iets hoorde over een verkrachting of ontvoering of aanranding.
Maar dit keer had Jack Morgenstern Frankies plaats ingenomen in de droom. Morgenstern had haar vastgebonden, Morgenstern had geprobeerd haar neer te schieten, en ze had op het punt gestaan Morgenstern drie keer in de borst te schieten.
Ze wreef in haar ogen, zittend op hetzelfde bed als waarop Frankie haar had vastgebonden, en keek naar de klokradio op het nachtkastje, die haar vertelde dat het iets voor vijven was.
Ze moest over een paar uur toch op. Ze had die morgen een bespreking met de assistent-officier van justitie om haar getuigenis van volgende week in de zaak-Osborne door te nemen en daarna moest ze verder met de moord op Maria Campagna, die haar duidelijk behoorlijk dwarszat als de voornaamste verdachte opdook in haar dromen.
Toen ze naar de keuken liep – dezelfde keuken waar ze Frankie had aangetroffen terwijl hij opgewekt de tafel dekte – bedacht ze gefrustreerd hoe weinig bruikbaar bewijs ze hadden. Er was geen spoor van Maria's vingernagel op Morgensterns kleren aangetroffen, en ook nergens in zijn huis. De blauwe plek op Morgensterns

borst was zo onduidelijk dat hij zowel door de beschermde voet van een tiener als door de vuist van een vrouw veroorzaakt kon zijn, of door allebei.

Alles in het lab werd ingezet voor Macs gevangeniszaak, dus had Stella nog geen informatie over de sporen op Maria's knokkels. Ze moest maar hopen dat die een duidelijke aanwijzing zouden opleveren.

Ze hadden ook Maria's ketting niet gevonden in het huis van Morgenstern. Angell had nog eens navraag gedaan bij de moeder van Maria, en die had gezegd dat Maria de ketting inderdaad had gedragen toen ze de vorige dag naar haar werk ging.

Een fatsoenlijke advocaat zou geen spaan heel laten van de bewijsvoering, en Bracey – hoe irritant ze ook mocht zijn – was een meer dan fatsoenlijke advocaat.

Ze moesten onweerlegbaar bewijs zien te vinden.

Stella vond het fijner als de misdadigers stom waren. Dan lieten ze zich gemakkelijker intimideren met indirecte bewijzen. Maar Morgenstern zou niet gemakkelijk te intimideren zijn, vooral niet na wat hij had doorgemaakt met die verkrachtingszaak.

Ze had de dossiers er eens op nagelezen. De eigenlijke verkrachter leek helemaal niet op Morgenstern, maar hij voldeed wel aan de algemene persoonsbeschrijving. Het slachtoffer had haar belager niet goed kunnen zien, dus had ze hem niet met zekerheid kunnen identificeren, maar Morgenstern had geen ander alibi gehad voor het tijdstip van de verkrachting dan dat hij zich alleen in zijn appartement in Belmont had bevonden, en dat had hem niet geholpen.

In alle eerlijkheid kon Stella wel begrijpen dat hij de politie niet meer vertrouwde nadat hij zo door de mangel was gehaald. Maar hij was nog steeds de meest waarschijnlijke verdachte die ze hadden. Ze moesten alleen bewijzen vinden.

Zij moest bewijzen vinden.

Ze liep naar het aanrecht en schakelde het koffiezetapparaat in. Het had geen zin om weer naar bed te gaan. Ze zou zorgen dat ze wat cafeïne binnenkreeg, gaan douchen en misschien naar de sportschool gaan. Ze had er opeens behoefte aan om haar frustraties te botvieren op een onschuldige boksbal.

Ik ben aan het joggen, zoals ik elke avond doe.
De nachtwind blaast in mijn gezicht.
De auto neemt de plaats in van de wind en verblindt me met zijn koplampen.
Ik weet hoe het gaat. Ik laat me geduldig fouilleren.
Ik vind het idioot, maar ik weet dat ik niet moet gaan tegenstribbelen.
Dat hebben ze me geleerd: je doet wat de politie je opdraagt.
Ik weet niet waar het geld in mijn zak vandaan komt. Ik weet niet waarom ze me in de handboeien slaan.
Ik weet alleen wat voor gevoel het me geeft. Ik ben hulpeloos. Ik kan niets doen. Net zoals op de afdeling Spoedeisende Hulp, als een patiënt niet meer tot leven wil komen, wat ik ook doe.
Ik kan niets doen.
Een man zegt dat ik iemand heb neergeschoten. Ik weet niet waar hij het over heeft.
Een advocaat zegt dat hij aan mijn kant staat, ook al ondervraagt hij me op de manier waarop een verdachte wordt verhoord.
Ik word naar de gevangenis gebracht en moet een gevangenispak dragen in plaats van mijn eigen kleren.
Ik word geboeid als ik naar een plek buiten de gevangenis word gebracht.
En dan komt hij me opzoeken.
Shane Casey.
Hij heeft me dit aangedaan.
Hij heeft me het heft uit handen genomen. En niemand gelooft me.

Hawkes werd wakker toen zijn wekker afging. Hij droomde er nog steeds over.
Een stemmetje in zijn achterhoofd zei dat hij met de politiepsychiater moest gaan praten. Mac had het hem aanbevolen nadat hij was vrijgelaten, maar het was niet vereist. Misschien moest hij Stella eens vragen of zij er iets aan had gehad nadat Frankie haar had mishandeld.

Of misschien ging hij gewoon met Stella praten. Zij was ook vastgebonden en bedreigd. Haar polsen waren aan elkaar gebonden, net als met handboeien gebeurde. Ze wist hoe het was om hulpeloos te zijn.
Om niets meer te kunnen doen.
Nu hij in zijn donkere appartement zat en de lichten van de stad die nooit sliep vreemde schaduwen in zijn slaapkamer wierpen, wilde Sheldon Hawkes wel toegeven dat hij nergens zo bang voor was als om de controle kwijt te raken. Hij was dokter geworden om macht te hebben over leven en dood, maar was erachter gekomen dat leven en dood lang niet zo gemakkelijk in de hand te houden waren als hij zichzelf had aangepraat.
Het was hem te veel geworden, dus had hij het ziekenhuis ingeruild voor het mortuarium. Daar waren zijn patiënten al dood, dus kon hij ze niet vermoorden. Hij had het heft weer in handen. En toen had Shane Casey het hem weer uit handen genomen. Alleen om de naam van zijn broer te zuiveren, die echter precies zo schuldig bleek als de jury hem had bevonden.
Het was allemaal voor niets.
Soms dacht Hawkes dat dat nog het ergste was. Caseys trouw aan zijn broer mocht dan roerend zijn, hij was ook misplaatst.
En het kostte alleen maar een klein stukje van de ziel van Sheldon Hawkes.
Hij had sinds die avond niet meer hardgelopen. Niet dat hij bang was; hij wilde gewoon niet het risico nemen om alles opnieuw te beleven.
Maar dat was toch ook een soort angst?
Misschien had hij toch wel iets te bepraten met de zielenknijper.
Maar dat kon wachten tot deze zaak was opgelost. Toen hij de vorige dag naar huis was gegaan, had Peyton gezegd dat ze nog een paar dingen moest controleren in Washburnes medische dossier van de RHCF voordat ze het sectieverslag kon afgeven. Ze vertrouwde haar bevindingen niet en had niet eens een voorlopig rapport ingediend. Ze had gezegd dat ze dat niet deed omdat ze geen overhaaste conclusies wilde trekken nu Gerrard in haar nek

liep te hijgen, en dat excuus had geloofwaardig genoeg geklonken. Maar Hawkes was te lang lijkschouwer geweest om de tekenen niet te herkennen. Peyton had iets gevonden wat niet leek te kloppen en ze wilde er niemand iets over zeggen tot ze een verklaring had of voor zichzelf had bewezen dat die verklaring niet bestond. Hij hoopte op het eerste.
Hawkes voerde zijn ochtendritueel uit en sprong op de trein om te gaan werken.
Stella stond voor de liften toen hij arriveerde. 'Goedemorgen, Stella.'
'Hé, Sheldon. Hoe is het met jullie gevangenisrel?'
'De ene zaak is al opgelost. De dader heeft bekend en de bewijzen kloppen. Helaas zitten we nog met Washburne. We hebben een verdachte, maar ik wacht op het rapport van Peyton.'
Ze glimlachte. 'Ik ben jaloers op je. Ik heb ook een verdachte en Sid heeft zijn rapport al uitgebracht, maar het is allemaal veel te vaag.'
Het moest Hawkes wel opvallen dat Stella zijn blik meed, dus bekeek hij haar eens goed en vroeg: 'Alles oké met jou?'
Eindelijk keek ze hem aan.
Hawkes herkende de opgejaagde blik in haar ogen. Het was dezelfde blik die hij in de spiegel zag nadat hij die verdomde droom had gehad.
'Akelig gedroomd?' vroeg hij.
'Hoe weet je dat?' Ze klonk niet echt verbaasd.
'Ervaring. Zullen we na het werk wat gaan drinken en onze nachtmerries vergelijken?'
Ze glimlachte. 'Doen we, dokter.'
De lift arriveerde met een duidelijk getingel. Ze gingen allebei naar binnen, werden naar hun verdieping gebracht en stapten weer uit.
Zodra ze uit de lift kwamen, ging Stella's Treo over. Ze keek op het schermpje, zei 'Angell', en hield de telefoon tegen haar oor. 'Wat is er, Jen? Echt? Oké. Ik heb een vergadering, maar ik stuur Lindsay naar je toe.'

'Wat is er?' vroeg Hawkes.
Ze lachte tegen hem. 'De spreekwoordelijke doorbraak. Er was een ketting weg van ons slachtoffer en Angell zegt dat die net weer boven water is gekomen. Ik moet Lindsay gaan zoeken. Tot straks, Sheldon.'
Stella liep weg om Lindsay op te sporen. Hawkes begaf zich naar de kantine om koffie te halen, waar Peyton Driscoll al op hem stond te wachten. Ze hield iets in haar hand wat eruitzag als een sectierapport.
'Ik vrees dat ik verontrustend nieuws heb,' luidde haar begroeting.
'Ik had al zo'n voorgevoel.'
Ze fronste. 'Word je soms helderziend, Sheldon?'
'Nee, maar als je geen voorlopig rapport indient, weet ik dat er iets aan de hand is,' zei Hawkes. 'Zeg het maar, dokter. Ik kan er wel tegen.'
'Ik heb een doodsoorzaak van Malik Washburne, geboren Gregory Washburne, en het is beslist geen klap op het hoofd. Eerder verstikking doordat zijn keel dicht kwam te zitten door een allergische reactie.'
Met grote ogen nam Hawkes het rapport van Peyton aan en begon hij erin te bladeren. 'Waar was hij dan allergisch voor?'
'Dat,' zei ze met een zucht, 'is de vraag. Ik heb geen flauw idee.'
Hij keek haar aan en ging haar toen voor naar Macs kantoor. 'Kom mee, we moeten met Mac gaan praten. En als we pech hebben, ook nog met Gerrard.'

14

Tayvon Olivera verheugde zich er echt op om Jorge Melendez de les te lezen.
Eigenlijk zou hij Jack Mulroney ook wel willen aanpakken. Maar Mulroney had de helft van de PIW'ers in de RHCF over zich heen gekregen en hij zou waarschijnlijk binnenkort gearresteerd worden voor het neersteken van Vance Barker. Die klootzak zou de buitenwereld net lang genoeg zien om weer kennis te maken met het politiebureau. En daarna ging hij naar een gesloten inrichting als Sing Sing.
Dat was een hard wereldje. Mulroney kreeg daar wel wat hem toekwam, daar was Tayvon zeker van. Hij hield het er nog geen drie seconden uit.
Tayvon wilde alleen dat hij degene kon zijn die hem te grazen nam. Intussen kreeg hij een kans bij die schoft van een Melendez.
Goedbeschouwd was Tayvon door Malik Washburne in de RHCF beland. Maar hij was van mening dat hij dankzij hem ook nog leefde. Vroeger was Tayvon aan de drugs en vocht hij voortdurend. Hij was gaan boksen, maar was de straat op gegooid na de eerste keer dat hij in een bekertje moest plassen.
Het was zo erg geworden dat Tayvon geen geld meer had voor zijn dosis coke en was gaan stelen. Toen hij gepakt werd, moest hij op bevel van de rechter naar het Kinson Rehab Center.
Daar had Tayvon Malik Washburne ontmoet. Aanvankelijk had Tayvon niets te maken willen hebben met een politieman, ook al was hij niet meer bij de politie. Maar Malik had volgehouden, had hem helpen afkicken en was 's nachts bij hem gebleven toen hij afkickverschijnselen had.
Tayvon had niet echt iets op met enig geloof – het was niet zijn ding – maar nadat hij zo veel tijd met Malik had doorgebracht,

had hij wel respect voor de islam gekregen. Vooral voor wat die gedaan had voor de zwarte mens. Hij geloofde er niet echt in, maar hij had diep respect voor mensen als Malik en Hakim el-Jabbar en anderen die het Woord verkondigden. Ook al betekende dat woord niet echt iets voor Tayvon, het betekende wel iets voor anderen.

Zwarte mensen die naar mensen als Hakim en Malik luisterden, kregen een beter gevoel over zichzelf. Ze schaamden zich niet langer voor hun huidskleur. Dat vond Tayvon een goede zaak.

Net als Malik respecteerde Hakim Tayvons ongelovigheid, omdat Tayvon er niet omheen draaide. Hij deed niet alsof hij gelovig was omdat dat misschien gunstig voor hem zou kunnen zijn. Nee, Tayvon had zich met zijn eigen zaken bemoeid en was gepakt. Hij was wel niet meer aan de coke, maar hij was nog steeds een grote vent met prima vuisten. Dus was hij gaan werken voor de mensen van wie hij vroeger drugs kocht en had hij bovendien legitieme baantjes gehad als uitsmijter en bodyguard. Op een keer had hij iemand in elkaar geslagen die een aanklacht indiende en zo was Tayvon voor de tweede keer met de politie in aanraking gekomen. Geen afkickcentrum – dit keer moest hij zitten, maar dat was niet erg. Als hij hier klaar was, stond hij weer op straat en begon alles weer van voren af aan.

Tot die tijd vond hij het prima om een idioot in elkaar te slaan die dat verdiend had.

En Melendez had het verdiend. Die stomme sukkel geloofde evenmin in Allah of Mohammed of al die andere dingen als Tayvon, maar Melendez probeerde te doen alsof dat wel zo was. Hij was zelfs naar Maliks Koranles gegaan.

Daarom verbaasde het Tayvon niets toen hij van Hakim hoorde dat Melendez Malik had vermoord. Nou, goed, hij was wel een beetje verbaasd dat een gozer als Melendez het lef had om het te doen. Maar na de ruzie in Maliks klas was Melendez misschien kwaad genoeg geweest om Malik om zeep te helpen. Bovendien had hij het gedaan terwijl iedereen stond te kijken hoe Mulroney Vance afmaakte.

En dat was zwak. Vance had niets verkeerd gedaan. Goed, hij had een harde sliding uitgevoerd, maar wat dan nog? Tayvon had iemand dat vorige week nog bij Derek Jeter zien doen en Jeter had die vent ook niet neergestoken met een scheermes.

Tayvon had geen idee hoe Hakim wist dat Melendez verantwoordelijk was voor de dood van Malik, maar Hakim wist altijd dingen die hij niet behoorde te weten. Zijn woord was goed genoeg voor Tayvon.

Het zou die ochtend in de douche moeten gebeuren. Hij zou niet lang de tijd hebben, maar de douches boden de beste gelegenheid, vooral omdat hij al het bloed weg kon wassen. Bovendien had Tayvon zich twintig jaar lang op zijn knokkels opgedrukt. Zolang hij Melendez raakte met de eerste twee knokkels, zou niemand kunnen zien dat hij iemand geslagen had.

Bolton was de PIW'er die de douches in de gaten hield, maar hij bleef op afstand. Er waren nog twee andere PIW'ers aanwezig, wat vreemd was, maar Tayvon dacht dat iedereen waarschijnlijk een beetje schichtig was na wat er op de binnenplaats was gebeurd.

Tayvon pakte de zeep en zeepte zich in. Het was een lange nacht geweest in de cellen, waar geen airconditioning was, en de PIW'ers hadden besloten zich als klootzakken te gedragen en hadden de ventilators ook uitgeschakeld. Tayvon had de hele nacht liggen zweten als een otter.

Natuurlijk was het water ijskoud en was er haast geen druk. Tayvon vermoedde dat ook dat opzettelijk was gedaan. Die verdomde schoften, ze moesten hen altijd hebben.

'Hé, Bolton,' riep iemand, 'wat is er verdomme met het water?'
'Is het nat?' vroeg Bolton.
'Nou, ja, maar...'
'Hou dan je kop.'

Zelfs een mager straaltje koud water voelde goed nadat hij de hele nacht in een oven had geslapen, dus genoot Tayvon ervan terwijl hij op het juiste moment wachtte.

Nadat hij de klager op zijn nummer had gezet, draaide Bolton zich met een geërgerd hoofdschudden om.

Tayvon benutte deze gelegenheid om dicht bij Melendez te gaan staan. Het was niet moeilijk – sinds de ruzie tussen hem en Malik was niemand erg dol op Melendez. Hakim had hem ervan beschuldigd een gelegenheidsmoslim te zijn. Tayvon wist niet wat hij daarmee bedoelde, maar het klonk niet erg goed.

Daarna keek Tayvon rond tot hij de blik van Hakim ving. Bij zijn knikje kwamen verschillende andere mensen in beweging, zodat ze tussen hen en Bolton in kwamen te staan. Zelfs als Bolton zich zou omdraaien, zou hij alleen maar een stuk of tien natte lijven zien, niet Tayvon die Jorge Melendez op zijn donder gaf.

Tayvon deed even zijn ogen dicht en vertraagde zijn ademhaling. Dat hadden ze hem geleerd op de sportschool toen hij nog klein was, in de tijd dat hij was begonnen zich op zijn knokkels op te drukken. Het deed verdomde zeer, maar het was het waard. Soms dacht Tayvon dat hij zich bij de vechtsporten had moeten houden, maar in die tijd had hij cocaïne lekkerder gevonden.

Toen zijn ademhaling mooi regelmatig was, legde hij een van zijn enorme handen op het hoofd van Melendez. Tayvon was bijna een kop groter dan Melendez, dus het was alsof hij een golfbal op een tee pakte en omdraaide.

Hij bracht zijn andere hand naar achteren en stompte Melendez in zijn maag.

Hoewel Tayvon zich maar weinig herinnerde van wat hij in de sportschool had geleerd, wist hij nog wel een paar dingen. Een ervan was hoe nuttig het was om je op te drukken op je knokkels om je vuisten harder te maken en de slagen effectiever. In de tijd dat hij mensen in elkaar sloeg als uitsmijter van bars en stripclubs en ook nog voor dealers werkte, was die les hem goed bijgebleven. Het andere was een Japans woord. Hij had Shotokan beoefend en had allerlei Japanse woorden moeten leren, maar het enige dat hij zich nog echt herinnerde was *suigetsu*. Het betekende 'zonnevlecht', maar dat was niet de reden waarom het Tayvon was bijgebleven. De letterlijke vertaling van het woord was 'maan op het water'. Volgens de oude man die de sportschool runde, was er een oud verhaal over een aap die de weerspiegeling van de maan zag in

het water en de maan probeerde te pakken. Maar dat kon niet omdat het maar een weerspiegeling was en apen waren stom. De zonnevlecht werd suigetsu genoemd omdat proberen lucht binnen te krijgen nadat je daar een klap op had gekregen net zoiets was als die aap die probeerde de maan te grijpen.
In Tayvons werk was het goed om met je eerste klap te voorkomen dat de vent die je in elkaar sloeg nog geluid kon maken. Dat was vooral handig in de weergalmende doucheruimte van de gevangenis. Zelfs met al dat stromende water – en dat was niet zo nuttig om geluiden te maskeren, omdat er die dag geen druk was – zou het meteen voorbij zijn als Melendez begon te gillen.
In plaats daarvan zakte Melendez naar adem happend op zijn knieën op de natte vloer van de doucheruimte, net als die stomme aap in het verhaal, terwijl het koude water over zijn gezicht met de wijd opengesperde ogen en mond stroomde.
Vervolgens greep Tayvon nog eens zijn hoofd en trok het aan het haar omhoog, waarna hij zijn knie omhoogbracht naar Melendez' kaak.
Bot op bot was altijd riskant, maar het zou Melendez veel meer pijn doen dan Tayvon, en daar ging het om. Bovendien kon Melendez niet meer praten als hij zijn kaak brak.
Een paar mensen van Hakim begonnen heen en weer te lopen en de kring te sluiten, zodat niemand daarbuiten kon zien wat er gebeurde.
Tayvon diende nog een paar slagen toe, waaronder een tegen de ribben die minstens een paar gebroken botten opleverde.
Toen hoorde hij de stem van Bolton. 'Hé!'
Zodra hij dat hoorde, verdween Tayvon in de menigte. Een paar mensen gingen opzij om hem door te laten.
Bolton beende de doucheruimte in en brulde: 'Zet dat water uit!'
Zodra hij bij Melendez was, die inmiddels in foetushouding op de vloer lag en uit zijn mond en zijn neus bloedde, zei Bolton: 'Ach, verdomme!' Hij haalde zijn radio voor de dag en riep een verpleger op.
Tayvon glimlachte. Hij had de sukkel die Malik had vermoord

mogen aanpakken. En Hakim had gezegd dat Tayvon zich geen zorgen hoefde te maken over eventuele gevolgen.

Na meer dan een jaar in de gevangenis had Tayvon eindelijk weer eens iemand in elkaar kunnen slaan. Hij was vergeten hoe leuk dat was.

Hij was hier beland omdat hij mensen in elkaar sloeg, maar ach. Er was niets beters op de wereld dan een stommeling die het verdiende een lesje te leren.

15

Mac Taylor had de nacht alleen doorgebracht.
Er was een tijd geweest waarin dat niet ongebruikelijk was. Sinds september 2001, na het verlies van zijn vrouw Claire en zo veel anderen, had hij eraan moeten wennen om alleen te slapen bij de zeldzame gelegenheden dat hij kón slapen.
Maar na vijf jaar was hij eindelijk in staat met iemand anders naar bed te gaan. Peyton Driscoll was een vrouw die hij altijd graag had gemogen en zeer had bewonderd toen ze nog lijkschouwer was geweest, en toen ze een jaar geleden teruggekeerd was naar haar vroegere baan, had Mac gemerkt dat hij haar nog meer mocht en nog meer bewonderde. Vervolgens was hij erachter gekomen dat het gevoel wederzijds was.
Het was een moeilijke weg geweest voor Mac – en voor Peyton, die de relatie was begonnen in de wetenschap dat ze moest wedijveren met een geest. Bovendien leek Mac in die dagen alleen negatieve gevoelens te hebben: woede, frustratie, wraakzucht. Andere gevoelens – humor, tederheid, toegenegenheid, en ja, liefde – waren moeilijker te bereiken.
Toen Stella was aangevallen door haar ex-vriend en hem had moeten neerschieten, had Mac zijn best gedaan er voor haar te zijn. Hij had de plaats delict onderzocht en haar mee naar huis genomen. Maar hij had in emotioneel opzicht niets voor haar kunnen betekenen – die rol was aan Flack toegevallen. Mac kon niet eens omgaan met zijn eigen gevoelens, dus hoe had hij Stella kunnen helpen? Het antwoord was: door zijn werk te doen en Flack, die beter in staat was emotionele uitbarstingen op te vangen, de schouder te laten zijn waarop ze kon uithuilen.
Peyton leerde hem langzaam weer hoe hij dat moest doen. Dat

betekende niet dat hij zich niet af en toe omdraaide in de verwachting Claire te zien, het betekende niet dat hij alle spulletjes had weggedaan die hij van haar had bewaard (waaronder een strandbal die zij had opgeblazen, omdat die haar adem bevatte), en het betekende ook niet dat hij over Manhattan kon vliegen (zoals gisteren, onderweg naar Staten Island) zonder dat er een koude, ijzige leegte ontstond in zijn buik.
Maar hij vorderde.
Gisteravond had Peyton hun afspraak echter afgezegd omdat ze er zeker van wilde zijn dat de sectie op Barker goed gebeurde. Ze had verwacht dat ze uitgeput zou zijn als ze klaar was, dus was ze naar huis gegaan en had ze Mac alleen laten slapen.
Of in ieder geval alleen wakker laten liggen.

Als hij op kanaal 5 het bericht ziet dat er een vliegtuig tegen een van de WTC-gebouwen is gevlogen, voelt hij allereerst angst. Claire werkt daar en na een afschuwelijk ongeluk als dat, kan het moeilijk zijn de mensen te evacueren. Maar na de bom van 1993 is iedereen in de Twin Towers op de hoogte van de evacuatieplannen. Mac probeert Claire te bellen, maar hij krijgt haar kantoor niet te pakken. De telefoonlijnen zijn waarschijnlijk overbelast. Bovendien is het maar een ongeluk, niets om je zorgen over te maken.
Die gedachte blijft hem bij tot het tweede vliegtuig een toren in vliegt. Tot dan is dit een tragedie, een afschuwelijk ongeluk waarbij een vliegtuig op fatale wijze uit de koers is geraakt.
Als het tweede vliegtuig inslaat, is alles opeens anders.
Het is alsof er een schakelaar is overgehaald. Dit is geen ongeluk meer, het is een aanval.
Mac Taylor voelt de verandering in zijn onderbuik, het instinct van een rechercheur, het instinct van een marinier. Maar in zijn hart bestaat nog steeds maar één gedachte: Claire.
Hij zal die hele afschuwelijke dinsdag bezig blijven om erachter te komen of ze het overleefd heeft.
Hij zal nooit meer iets van haar horen.

De herinneringen waren er altijd, maar gisteren – toen de helikopter naar en van Staten Island over Ground Zero vloog – waren ze bijzonder intens geweest.
Bijna zes hele jaren later was Ground Zero nog steeds een gat in de grond. Ze hadden nog steeds niet alle menselijke overblijfselen gevonden en de resten die wel gevonden waren, waren nog niet allemaal geïdentificeerd. Mac had geen idee of het verschil voor hem zou maken als Claires genetische materiaal op die plek gevonden werd. Hield iets in hem vast aan de mogelijkheid dat ze nog leefde? Het was natuurlijk belachelijk. Mac was een door en door rationeel mens en het bestond gewoonweg niet dat Claire al die tijd weg was gebleven als ze het had overleefd, wat ze ook doorgemaakt mocht hebben. Ze was beslist doodgegaan toen de torens in elkaar zakten.
Maar waarom bleef er toch nog een zekere hoop bestaan? Dat was moeilijk te zeggen. Mac deed nu al jaren moordzaken en als hij in al die tijd één ding geleerd had, was het wel dat iedereen anders reageerde op de dood van een geliefde.
Toen hij alleen het lab in kwam, met een kop koffie in de hand, stond Peyton hem al op te wachten, samen met Sheldon en inspecteur Gerrard.
Hij deed de glazen deur van zijn kantoor open en zei meteen: 'Ik ga een gokje wagen en zeggen dat dit over de zaak-Barker gaat.'
'Ik ben bang van wel,' zei Peyton. Haar verontschuldigende toon maakte Mac duidelijk dat er iets mis was, in ieder geval een beetje.
Peyton overhandigde hem het sectierapport.
Mac bladerde het door en keek haar toen aan. 'Een anafylactische shock?'
'Dat is mijn medische diagnose, ja. De hoofdwond is van na zijn overlijden, daarom heeft hij haast niet gebloed.'
'Hoe is het dan gebeurd?'
Sheldon deed een stap naar voren. 'Daar heb ik een theorie over, Mac. Ik heb het nog niet kunnen nagaan, maar...'
'Dan is het een hypothese,' zei Mac, die het rapport op zijn bureau legde. Hij liep eromheen, keek heel even door zijn grote raam

naar Broadway en ging in zijn leren stoel zitten. 'Als je eenmaal met succes tests hebt gedaan, wordt het een theorie.'

Gerrard zei, met zijn handen in zijn zij: 'Kunnen we de grammaticales een andere keer doen, alsjeblieft?'

Mac wierp een geërgerde blik op Gerrard en zei: 'Ga je gang, Sheldon.'

'We hebben een draad gevonden op Washburnes schouder, en Adam heeft vastgesteld dat die afkomstig is van gevangeniskleding van de RHCF. Niet van het overhemd, maar van de broek.'

'Hoe is die op zijn schouder terechtgekomen?'

'Ik denk dat iemand tegen hem aan is gelopen toen Barker werd neergestoken,' zei Sheldon. 'Laten we veronderstellen dat hij op het bankje lag toen hij in een anafylactische shock kwam te verkeren. Dan kan hij daar ter plekke zijn gestorven zonder dat iemand het in de gaten had.'

'Denk je dat ze dat gemist zouden hebben?' vroeg Gerrard.

'Het is mogelijk,' zei Peyton. 'Hij hield op met ademhalen toen zijn keel dicht kwam te zitten. Hij kan dan alleen nog wat onsamenhangende, zachte grommetjes hebben uitgestoten.'

Mac knikte. 'En die lijken veel op het geluid dat mensen maken als ze gewichtheffen.'

Sheldon ging verder: 'Bovendien moet hij een paar minuten dood zijn geweest voordat hij die klap tegen zijn hoofd kreeg, anders had de wond meer gebloed. Het was een chaos daarbinnen toen Barker werd neergestoken. Misschien is iemand tegen Washburnes lichaam aan gelopen en heeft hij hem van het bankje gestoten, waarbij hij hard genoeg met zijn hoofd tegen het gewicht is gekomen om de wond te veroorzaken en het gewicht op de grond te laten belanden.'

Gerrard sloeg zijn armen over elkaar. 'Het is ook mogelijk dat Melendez het gewicht van de stang heeft gehaald en Washburne ermee op zijn hoofd heeft geslagen zonder te beseffen dat hij al dood was.'

'Ik heb de man ontmoet,' zei Mac, 'en ik kan naar alle eerlijkheid niet zeggen dat hij niet zo stom zou zijn.'

'Ik zal wat simulaties op touw zetten,' zei Sheldon. 'Kijken welk scenario bij de bewijzen past.'
'Goed,' zei Gerrard, 'maar waar heeft Washburne dan op gereageerd?'
'Dat is het probleem,' zei Peyton. 'Ik heb geen flauw idee. Zijn maaginhoud was allang verteerd, dus het kan niet iets geweest zijn wat hij had gegeten. De giftesten tonen alleen Klonopin aan. Volgens zijn gevangenisdossier slikt hij al Klonopin sinds het proces, dus dat kan het niet geweest zijn.'
'Mensen ontwikkelen soms allergieën als ze ouder worden,' zei Gerrard. 'Toen ik veertig werd, werd ik opeens allergisch voor waspoeder.'
Peyton schudde haar hoofd. 'Dat is mogelijk, maar dat had ergens aan te merken moeten zijn. Malik Washburne slikte bijna een jaar lang 100 milligram Klonopin per dag. Een zo heftige allergie ontstaat niet van de ene dag op de andere.'
Macs Treo ging over in zijn zak. Hij haalde hem voor de dag en zag dat het Flack was. Hij zette hem op de luidspreker en zei: 'Don, met Mac. Ik heb je op de luidspreker staan voor Peyton, Sheldon en inspecteur Gerrard.'
Flacks blikkerige stem zei: 'Ik ben net gebeld door Ursitti. Iemand heeft Jorge Melendez in elkaar geslagen.'
'Wat? Waarom?'
'Ursitti zegt dat het een wraakneming is voor de dood van Washburne.'
Gerrard zei: 'Hoe wist iemand daar in godsnaam dat Melendez verdacht werd?'
'Dat is de grote vraag, inspecteur. Ik ga er nu heen,' zei Flack.
'Ik zie je daar,' zei Mac tegen hem.
'Ik sta in de file op de Brooklyn-Queens Expressway, dus je bent er waarschijnlijk eerder dan ik.'
Mac keek even naar Gerrard, die zei: 'Je moet... Gebruik de helikopter maar.'
'Bedankt.' Hij keek naar de telefoon. 'Ik zie je daar, Don.'
Toen hij had opgehangen, keek hij naar Sheldon. 'Jij en Danny kunnen een simulatie doen om te zien of je precies kunt bepalen

hoe Washburne zijn wond heeft opgelopen en hoe hij op de grond is terechtgekomen.'
'Doen we,' zei Sheldon, en hij vertrok.
Voordat Mac nog iets kon zeggen, zei Peyton: 'Ik zal nog wat bloedproeven doen om te kijken of we iets zeldzaams kunnen vinden wat een standaard giftest niet opmerkt.' Hij knikte dankbaar en Peyton nam ook afscheid.
Dus bleven Mac en Gerrard samen achter, wat voor geen van beide mannen een bijzonder comfortabele situatie was. Hoewel het Mac eigenlijk niets kon schelen wat comfortabel was voor de inspecteur.
'Kan ik je nog ergens mee helpen, Stan?'
'"Inspecteur Gerrard" voor jou, rechercheur Taylor. Je hebt het recht om me bij mijn voornaam te noemen verspeeld toen je me in de rug stak.'
'Ik heb jou in de rug gestoken?' vroeg Mac ongelovig. 'Ik was niet degene die Interne Zaken op me afstuurde nadat de officier van justitie me al had vrijgesproken!'
'Nee, maar ik ook niet. Dat was Sinclair. Ik was degene die de beleefdheid had je uit te nodigen voor een onderhoud en je op de hoogte te stellen van het onderzoek. Sinclair wilde zelfs dat niet doen. Hij had het je met alle liefde via de media laten horen, gelijk met de rest van de stad, maar ik vond dat je een gesprek onder vier ogen verdiende. Je reageerde op deze beleefdheid door me te beledigen en toen je het gevoel kreeg dat het onderzoek slecht voor je ging aflopen, besloot je met modder te gaan gooien.' Gerrard deed een stap naar voren en zette zijn handpalmen plat op het houten oppervlak van Macs bureau. 'Als je ook maar een seconde denkt dat ik zal vergeten wat je hebt gedaan, rechercheur, heb je het wel heel erg mis. Vanaf nu zit ik je voortdurend op de huid, en jij hebt maar te zorgen dat je geen misstappen begaat. Hetzelfde geldt voor die vaste groep idioten hier. Als Messer weer eens door het lint gaat, als Monroe wegloopt van een plaats delict – ja, dat weet ik ook – of als jij weer besluit het recht in eigen hand te nemen, sta ik klaar met een enorme hamer, waarmee ik je aan het kruis spijker.'

Dat leek Gerrard blijkbaar een goede laatste zin, want hij koos dat moment om naar de deur te lopen. Daar stopte hij nog even en draaide zich om. 'Washburne was een van ons, Mac. Zorg dat hij gerechtigheid krijgt.'
'Dat is altijd mijn bedoeling geweest,' zei Mac strak. 'Is er iets in mijn carrière wat erop wijst dat ik iets anders zou doen?'
'Zes maanden geleden zou ik hebben gezegd van niet, maar nu? Nu loop je het hoofd van de recherche te bedreigen. Dat is bijzonder dom, Mac. Ik wil niet dat je dit verpest, maar als je dat doet, zul je ervoor boeten. O, en nog één ding; je zei dat je gevoel kreeg voor politiek, maar politiek is net als poker. Je laat je hand pas zien als iedereen is uitgegokt.'
'Iedereen was uitgegokt, inspecteur,' zei Mac boos. 'U en Sinclair wilden me opzijzetten.'
'Hoe weet je dat? Het onderzoek was nog niet afgerond. Hoe wist je dat je niet dezelfde vrijspraak zou krijgen als je van de officier van justitie had gekregen?'
Daar trapte Mac niet in, en hij zei: 'Was dat waarschijnlijk?'
Gerrard glimlachte. 'O, dat zou ik je wel kunnen vertellen, Mac, maar dan zou ik je een dienst bewijzen. Ik bewijs geen diensten aan rechercheurs die me chanteren. Dus laat ik je in je eigen vet gaar sudderen en herinner ik je eraan dat ik nu weet welke kaarten je in de hand hebt.'
Toen ging Gerrard eindelijk weg.
Mac draaide zijn stoel om en keek uit het raam. Hij zag de auto's langzaam over Broadway rijden. Het was een heel eind van Macs kantoor naar de straat.
Nog langer dan de val van Dobson.
Zijn gedachten gingen onwillekeurig terug naar Dobsons grijns toen hij van het dak sprong en de dood verkoos boven een volgende gevangenisstraf. Hij had al een keer geprobeerd zelfmoord te plegen om niet naar de gevangenis te hoeven, een feit dat Gerrard zelf in de doofpot had gestopt.
Mac zou die grijns zijn hele leven niet vergeten.
In één ding had Gerrard gelijk: Mac was niet zo goed in politieke

spelletjes. Hij gaf de voorkeur aan de eenvoud van het lab: je kwam erachter wat er gebeurd was via de bewijzen, via feiten. Bij politiek draaide alles om het zaaien van verwarring.

Hij had geluk gehad dat hij iets belastends wist over Gerrard. Mac had geen vertrouwen in de goede afloop van een politiek gemotiveerde heksenjacht, wat Gerrard hem nu ook probeerde wijs te maken.

Hoofdschuddend draaide hij zich weer om naar zijn bureau. Gerrard was niet belangrijk. Natuurlijk, hij zou hem op de huid zitten, zoals hij zo onomwonden had gezegd, maar dat deed hij al sinds hij tot inspecteur was bevorderd en had besloten zich te doen gelden bij de zaak van die tolk van de Verenigde Naties. Dat Gerrard een irriterende factor was, was een gegeven, dus daar ging Mac zich niet mee bezighouden.

Zijn werk was om duidelijkheid te verschaffen.

Hij stond op van zijn bureau, belde naar de helihaven en vroeg om een lift naar Staten Island.

16

Lindsay had veel liever gehad dat Stella dit had gedaan. Angell had Stella gebeld en gevraagd of iemand van de technische recherche naar het appartement van Rosengaus op West 247th Street kon komen, iets verder Riverdale in dan Belluso. Maar omdat Stella een bespreking had met Cabrera, had ze het karwei overgedaan aan Lindsay, die zich er niet op verheugde om de weg te zoeken over de steile heuvels en bochtige weggetjes die karakteristiek waren voor Riverdale.

En ja hoor, nadat ze bij 246th Street de Henry Hudson Parkway had verlaten (ondanks de tol – Stella's precieze instructies hadden geluid: 'Ze kunnen de pot op met hun memo, zorg dat je komt waar je wezen moet.'), ging ze een aantal maal de verkeerde kant uit. De nummering van de straten leek hier helemaal verkeerd; ze draaiden alle kanten uit en ze merkte niet voor het eerst dat ze heimwee had naar de rechte wegen van Bozeman.

Uiteindelijk vond ze het adres. Het was een huis van drie verdiepingen met een dubbele garage, een type dat ze vaak had gezien in de buitenwijken. Haaks op de garage stond een hordeur die toegang gaf tot een appartement op de begane grond. De deur bevond zich onder een trap die naar een veranda boven de garage leidde, waar nog eens twee deuren waren. Een daarvan was van het appartement op de eerste verdieping, en de andere kwam uit op nog een trap, naar de tweede verdieping.

Voor de garage stonden twee auto's, zodat Lindsay daar niet kon parkeren. Uiteindelijk vond ze een plekje halverwege het blok en aan de overkant van de straat, tussen twee inritten, zodat ze niet hoefde te fileparkeren. Fileparkeren was een kunst die ze zich nooit eigen had kunnen maken – het was het enige deel van het rijexamen waar ze voor gezakt was – en ze hoefde het zelden te

doen. Ze reed alleen als ze aan het werk was, en dan kon ze meestal parkeren waar ze maar wilde.
Ze had de auto natuurlijk op de oprit kunnen zetten, maar dat leek haar misbruik van haar privileges. Als ze haar identiteitskaart van de politie op het dashboard legde, zou niemand haar lastigvallen, maar het leek Lindsay niet juist. Als Danny erbij was geweest, had hij haar waarschijnlijk geplaagd met haar plattelandsmanieren, maar er zat meer achter. Na wat Mac had doorgemaakt met Sinclair had Lindsay het gevoel dat zelfs het idee dat ze iets verkeerds deed de technische recherche schade kon berokkenen, en dat soort dingen stond het werk maar in de weg. Hoewel ze al meer dan een jaar bij de technische recherche werkte, was ze nog steeds de nieuweling, en zij wilde niet degene zijn die Mac in de problemen bracht.
Het adres dat Stella haar had gegeven, was dat van appartement nummer 3. Nadat ze haar koffertje uit de kofferbak had gepakt, stak ze de straat over en liep naar de buitentrap van het huis. Haar schoenen tikten op de stenen treden. Ze nam aan dat de linkerdeur voor boven was en belde daar aan. Even later hoorde ze het gedempte geluid van voeten die een trap af kwamen, en toen ging de deur krakend open.
Een oudere vrouw, gekleed in een zijden blouse en broek en met een elegant opgemaakt gezicht, deed de deur open. Lindsay zag meteen de gelijkenis tussen haar en Dina Rosengaus.
Ze hield haar penning omhoog en vertelde wie ze was.
'Komt u alstublieft binnen,' zei de vrouw.
Lindsay liep achter haar aan de houten trap op, naar een deur die toegang gaf tot een gang die recht vooruit liep, met rechts een andere deur naar een eetkamer.
Daar zaten een zware man met een grote neus, die alleen een wit hemd en een onderbroek droeg, Dina Rosengaus, wier wangen nat en opgezwollen waren van het huilen, en Angell.
Midden op de eettafel lag een gouden ketting op een wit tafellaken.
Angell zei: 'Kijk wat we gevonden hebben. Niemand is eraan ge-

weest sinds Dina ermee voor de dag kwam. We hebben op jou gewacht.'

Lindsay haalde meteen een latex handschoen uit haar achterzak – daar bewaarde ze er altijd verscheidene – en zette haar koffertje op de eettafel. Ze klikte het open, haalde er een kleine envelop uit, schreef er iets op met een rode pen en deed met een petsend geluid haar handschoen aan. Ze pakte de ketting op en keek er even naar. Het was best een mooie ketting. Ze had gisteren bij Belluso al gehoord dat hij van achttien-karaats goud was, dus deed ze erg voorzichtig, want hoe hoger het karaat, hoe zachter en kneedbaarder het goud was. De ketting was 45 centimeter lang, de standaardmaat, en bestond uit gevlochten strengen met de prachtige, botergele kleur die kenmerkend was voor achttien-karaats sieraden van Italiaanse makelij. De uiteinden waren met elkaar verbonden door een karabijnsluiting. Op het eerste gezicht leek die sluiting te passen bij de schaafplek in Maria's nek.

Toen ze er beter naar keek, zag ze een lichte verkleuring aan een van de schakels. Ze bad dat het opgedroogd bloed was, liet de ketting in de envelop vallen en verzegelde die.

De oudere man zei iets in het Russisch. Dina mompelde iets terug. Angell zei: 'Zo, Dina. Wil je misschien uitleggen hoe jij aan Maria's ketting komt?'

'Ik heb haar niet vermoord,' zei Dina, en haar stem brak. 'Ik heb alleen...' Ze slikte. 'Jeanie belde het alarmnummer. Terwijl ze dat deed, stak ik mijn hand uit en... en ik pakte de ketting.'

'Waarom?' Lindsay was ontzet.

'Ik... ik heb Maria nooit erg gemogen. Ik weet, het is niet goed, maar het is waar.' Dina's Engels was minder vloeiend dan de vorige keer dat ze haar hadden gesproken, merkte Lindsay op, maar dat was een normaal teken van spanning. 'Ze had het er altijd over hoe fantastisch haar vriend was. Ik heb geen vriend gehad sinds ik in dit land ben. Toen ik een vriend had, kon Sasha nooit zoiets moois als dit voor me kopen. En de ketting, altijd die ketting. Maria liet geen gelegenheid voorbijgaan om ons eraan te herinneren dat Bobby hem voor haar had gekocht.'

Angell schudde haar hoofd. 'Dus heb je hem weggenomen.'
De man zei weer iets in het Russisch. De vrouw legde met een enkel woord een hand op zijn schouder.
'Het was stom, ik weet het, en het spijt me.'
'Ja, nou,' zei Angell met een verwijtend gezicht, 'daar komen we er niet mee. Je hebt jezelf blootgesteld aan strafrechtelijke vervolging.'
'Wat bedoelt u daarmee?' vroeg de man, die voor het eerst iets in het Engels zei. In die taal was zijn stem niet zo diep.
'Ik bedoel dat ze verwikkeld is geraakt in een moordonderzoek. En rechercheur Monroe hier neemt die ketting mee naar haar lab en gaat kijken of er iets op te vinden is wat bewijst dat uw dochter de moord heeft begaan. En zelfs als ze dat niet vindt, kan ik haar nu meteen arresteren wegens lijkschennis en belemmering van de rechtsgang.'
De tranen liepen inmiddels over Dina's wangen. 'Het... het spijt me. Ik wilde niet...'
Dina's vader stond op. 'Bedreigt u mijn dochter, rechercheur?'
'Alec, hou je alsjeblieft rustig,' zei de moeder, die bleef zitten en hem met een smekende blik aankeek.
'Nee, Raya, ik hou me niet rustig. Mijn dochter is zelf hiermee naar jullie toe gekomen!'
'Ze heeft ook de ketting weggenomen,' zei Lindsay mild, in de hoop dat ze als vredestichter kon fungeren. Angell zag eruit alsof ze met liefde op de vuist ging met meneer Rosengaus, en daar had niemand iets aan, Angell wel het allerminst.
'Ik heb haar niet vermoord,' zei Dina met een klein, gesmoord stemmetje.
Lindsay had dat toontje al vaker gehoord. 'Dat ontdekken we vanzelf wel.'
Angell stond op. 'Ik zal op dit moment nog niemand arresteren, maar ik kom terug, daar kunt u zeker van zijn. Kom op, Lindsay.'
Lindsay deed haar koffertje dicht, trok de handschoen uit, deed hem weer in haar zak – ze gooide hem liever in het lab weg dan in de afvalbak van de familie Rosengaus– en liep achter Angell aan de trap af.

'Je was wel een beetje hard voor haar, vind je niet?' Lindsay wachtte met de vraag tot ze buiten waren.
'Ik was amper begonnen,' snoof Angell. 'De vader deed al moeilijk voordat jij arriveerde. Hij wilde weten wanneer de "echte" rechercheur zou komen. En ik ben er niet van overtuigd dat die meid het niet gedaan heeft. Ze is lang genoeg en misschien ook sterk genoeg.'
'Misschien,' zei Lindsay. 'Maar het is nogal vergezocht.'
'Nou, doe jij je best in het lab. Als dat vlekje echt bloed is, hebben we misschien onze moordenaar gevonden.'
'Hou in gedachten dat het Maria's bloed zou kunnen zijn.'
Angell zuchtte terwijl ze over de buitentrap naar haar auto liep, een van de twee op de oprit. 'Ik hoop van niet. Ik moet een duidelijk bewijs hebben. Zolang Morgenstern zijn oppasser bij zich houdt, kunnen we in die richting niets doen als het bewijs niet veel solider wordt dan wat we hebben.'
Lindsay knikte en zei: 'Ik ga er meteen mee aan de slag en laat het je weten.'
Angell knikte en stapte in haar wagen.

17

Toen Mac bij de RHCF arriveerde, ging hij meteen naar het arsenaal om zijn pistool en zijn Treo in te leveren. Nadat hij een sleutel had gekregen van de dienstdoende PIW'er ging hij naar binnen, tekende het register en wachtte terwijl de PIW'er achter de balie zijn grote metalen koffer bekeek. Het was niet dezelfde PIW'er die daar gisteren gezeten had; dit keer was het een klein mannetje met een bril met dikke glazen op een kleine neus, waaronder zich een flinke snor bevond. Hij hoefde alleen nog borstelige wenkbrauwen te hebben om als twee druppels water op Groucho Marx te lijken.
'Wat is dit?' vroeg de PIW'er, en hij hield Macs Nikon omhoog.
Mac had het idee dat het een strikvraag was en zei langzaam: 'Dat is een camera.'
'Ik geloof niet dat u die hier bij zich mag hebben.'
Mac zuchtte. Hij begreep dat de man alleen maar zijn werk deed, maar hij was nu echt niet in de stemming voor deze onzin. 'Ik ben technisch rechercheur. Ik heb mijn camera nodig bij mijn werk. Toen ik hier gisteren was, had ik ook al deze spullen bij me.'
'Nou, dat was gisteren misschien prima, meneer, maar dat was toen en dit is nu. Ik kan u niet toestaan die camera mee naar binnen te nemen.'
Mac betwijfelde of hij de camera wel nodig zou hebben, maar hij vond het een akelig idee om zonder te zitten voor het geval hij hem om onvoorziene redenen toch zou moeten gebruiken.
Na een korte stilte zei Mac: 'Belt u kapitein Russell maar, hij zal voor me instaan.'
De PIW'er keek hem door zijn dikke brillenglazen aan en zei: 'Meneer, dit is een beleidskwestie. Het is niet nodig de kapitein hiermee lastig te vallen. Ik kan niet toestaan dat u de camera mee naar binnen neemt.'

Voordat Mac verder kon protesteren, hoorde hij het metalige gezoem waarmee de buitendeur openging. Hij draaide zich om en zag Ursitti erdoor naar binnen komen en wachten tot de binnendeur openging.
Toen die openschoof, kwam hij binnen en zei: 'Rechercheur Taylor. Wat is er aan de hand?'
'Deze meneer wil niet dat ik mijn camera mee naar binnen neem.'
Ursitti wierp de PIW'er achter het bureau een gekwelde blik toe. Mac had het gevoel dat hij al heel vaak zo naar die PIW'er had gekeken. 'Wat ben je verdomme aan het doen?'
'Luitenant, het beleid is dat...'
'Het beleid is ook dat mensen niet liegen als ze gearresteerd zijn. Laat hem die verdomde camera meenemen.'
Met opperste tegenzin zei de PIW'er: 'Als u het zegt, luitenant.'
'Ja, ik zeg het.' Terwijl Mac zijn koffertje in ontvangst nam, voegde Ursitti eraan toe: 'Neem me niet kwalijk, rechercheur.'
Mac, die niemand voor het hoofd wilde stoten, zei: 'Het geeft niet. De man deed slechts zijn plicht.'
Nadat er een stempel op Macs hand was gezet, nam Ursitti hem door de twee deuren mee naar buiten, waarbij Mac in de ruimte tussen de deuren zijn hand liet controleren onder een zwarte lamp, en ging Mac toen voor naar een deel van de gevangenis waar hij de laatste keer niet geweest was: de ziekenboeg.
Mac had door zijn werk vele ziekenhuizen bezocht, van hypermoderne stadsziekenhuizen waar slachtoffers naartoe waren gebracht tot de provisorische veldhospitaals in Beiroet toen hij marinier was. Zijn hand ging onwillekeurig naar zijn hart, waar hij in 1983 gewond was geraakt; hij was opgelapt in een van die veldhopitaals. Het litteken was bleker geworden, hoewel het nog duidelijk zichtbaar was, en het prikte niet meer als het regende, maar hij was zich er altijd van bewust.
De ziekenboeg van de RHCF bevond zich ergens tussen die twee uitersten in: hij was niet zo geavanceerd als het Bellevue, het Cabrini, het St. Luke's-Roosevelt of de andere ziekenhuizen in Manhattan waar hij vaak kwam, maar ook niet zo deprimerend als een

veldhospitaal. Er waren twee rijen bedden, sommige met patiënten erin, andere leeg en netjes opgemaakt.
Ursitti nam hem mee naar een verre hoek, waar een dokter en Russell stonden te wachten. Op het bed lag Jorge Melendez. Mac zag onmiddellijk de blauwe plekken op Melendez' kaak. Hij leek te slapen; Mac nam aan dat hij morfine kreeg en dat hij daardoor onder zeil was gegaan.
Russell stelde hem voor aan de dokter, die Patel heette.
'Wat is er gebeurd?' vroeg Mac.
'Hij is in de doucheruimte in elkaar geslagen,' zei dokter Patel. Hij trok het laken naar beneden en onthulde vele blauwe plekken op Melendez' borst, waarvan sommige waren verbonden. 'Drie gebroken ribben. Maar geen inwendige bloedingen.'
Mac knikte. 'Dat verbaast me niets. Degene die dit gedaan heeft, wist precies wat hij deed.'
'Hoe bedoelt u?' vroeg Russell.
'Hij is het hardst geraakt in de zonnevlecht, zodat de lucht uit zijn longen werd geslagen en hij niet om hulp kon roepen. Aan die blauwe plekken te zien heeft hij stevige klappen gekregen, ondanks het feit dat zowel de dader als het doelwit drijfnat waren. Dit is het werk van een ervaren bokser.'
Russell haalde zijn schouders op. 'Nou, we weten al wie het gedaan heeft.'
Dat was nieuws voor Mac. 'Wie dan?'
'El-Jabbar. Hij heeft een uur geleden bekend. Hij zei dat hij de moordenaar van "broeder Malik" zijn verdiende loon wilde geven.'
'Er is alleen één probleem,' zei Mac.
'Wat dan?'
'Melendez heeft Malik Washburne niet vermoord.'
Russells witte snor trilde. 'Wat?'
'Malik is overleden aan een anafylactische shock. We kennen de oorzaak daarvan nog niet, maar Jorge Melendez is op het moment niet echt verdacht. Niemand trouwens, tot we erachter zijn waar hij aan is overleden.' Hij wierp een blik op Ursitti. 'Ik zou wel willen weten hoe el-Jabbar wist dat Melendez verdacht werd.'

Ursitti zei met een frons: 'Dat vroeg ik me ook al af.'
'Ik denk dat we maar eens met meneer el-Jabbar moeten gaan praten.'
'Hij zit in de isoleercel,' zei Russell. En hij vervolgde tegen Ursitti: 'Laat hem naar de verhoorkamer brengen.'
Ursitti's radio kraakte en bracht hem ervan op de hoogte dat Flack was gearriveerd.
'Laat hem maar naar de verhoorkamer brengen,' zei Mac tegen Ursitti, die tegen hem en Russell knikte.
Het duurde een paar minuten voor Mac en Russell bij de verhoorkamer waren, die halverwege de andere kant van de gevangenis was. De wandeling was op deze dag een heel andere ervaring dan gisteren, toen iedereen opgesloten had gezeten. De gedetineerden liepen op hun gemak door de gangen en buiten rond. De meesten groetten Russell vol respect en de kapitein knikte tegen iedereen. Met sommige mensen praatte hij even om te vragen hoe het met ze ging. Een paar mannen probeerden een gesprek met hem aan te knopen, maar die hield hij beleefd af. Een van hen zei zelfs: 'Dit heeft te maken met Malik en Vance, nietwaar?'
Russell zei: 'Daar kan ik echt niets over zeggen,' hoewel duidelijk was dat het over niets anders kon gaan.
Na hun aankomst duurde het nog een paar minuten voor Flack kwam opdagen, begeleid door Ursitti.
'Hoera, daar ben je dan,' zei Mac met een wrange glimlach toen het stel binnenkwam.
Flack schudde zijn hoofd. 'Ik heb mijn sirene aangezet, maar toen kwam ik nog niet harder vooruit dan vijftien kilometer per uur. Ik zou de auto bijna hier laten en samen met jou terugvliegen.'
Mac voelde met Flack mee. Het was voor de technische recherche niet zo'n punt, omdat ze meestal pas geroepen werd als alles voorbij was, maar het verkeer in New York was altijd een grote hindernis geweest voor het vermogen van de politie om tijdig op een plaats delict aan te komen. Mac wist dat het Flack enorm frustreerde. Voor de brandweer, voor wie elke seconde telde, was het nog erger. Hij wist dat de chauffeurs van brand-

weerwagens er een grondige hekel aan hadden om door de stad te rijden.

Terwijl ze wachtten op de aankomst van el-Jabbar, bracht Mac Flack op de hoogte van de conditie van Melendez.

Flacks wenkbrauwen vormden een V boven zijn blauwe ogen. 'Hoe is el-Jabbar er in godsnaam achter gekomen dat Melendez verdacht werd?'

'Dat horen we zo,' zei Russell vol zelfvertrouwen.

Mac hoopte maar dat dat zelfvertrouwen gegrond was.

Uiteindelijk bracht Andros Hakim el-Jabbar binnen. De gedetineerde had een rood met wit gebreid kapje op zijn hoofd, maar droeg verder de gewone gevangenisuitrusting. De vorige dag was hij een van de vele mensen geweest die door Mac en Flack verhoord werden, maar toen had hij beweerd dat hij niets had gezien. Hij was geen erg lange man, maar hij had grote, zielvolle bruine ogen, een adelaarsneus en een brede mond met een smal baardje eromheen.

Hij had een zachte, indringende stem. 'Wat kan ik vandaag voor de heren doen?'

'U kunt om te beginnen vertellen waarom u Jorge Melendez in elkaar hebt geslagen,' zei Flack.

'Jorge was een poseur. Hij gebruikte het woord van Allah voor zijn eigen doeleinden. En toen broeder Malik zijn leugens aan de kaak stelde, heeft Jorge hem vermoord. Daar moest hij voor boeten.' Terwijl hij sprak, vouwde el-Jabbar zijn geboeide handen netjes voor zich op tafel.

Mac staarde naar die handen terwijl Flack doorging met het verhoor. 'Wat geeft u het idee dat Melendez "broeder Malik" heeft vermoord?' El-Jabbar glimlachte en liet een brede rij volmaakte tanden zien. 'U hoeft niet zo gereserveerd te doen, rechercheur. Ik ben me ervan bewust dat hij jullie voornaamste verdachte is.'

Flack boog zich naar voren. 'Prima. We laten elke reserve varen. Hoe bent u er in godsnaam achter gekomen dat Melendez verdacht werd?'

'Ik geef er de voorkeur aan mijn bronnen te beschermen. Laten we zeggen dat ik wel eens iets hoor.'

Mac nam het woord. 'U bent geen journalist, meneer el-Jabbar, en u bent ook geen advocaat. U bent een gedetineerde. U hebt dat privilege niet.'
'Misschien niet. Maar als ik weiger het te zeggen, is de straf eenzame opsluiting, en dat heb ik al.'
Dat ontlokte een gesnuif aan Andros.
'Dus,' zei Flack, 'toen u dat nieuwtje hoorde, besloot u om de zaak zelf af te handelen?'
'Broeder Malik was een gerespecteerd lid van de gemeenschap, zowel in deze gevangenis als daarbuiten. Jorge moest boeten, dus heb ik vanmorgen in de douche het recht laten zegevieren.'
'Ja.' Flack leunde achterover en sloeg zijn armen over zijn donkere stropdas. 'Rechtspreken is eigenlijk meer óns werk.' El-Jabbar wilde iets zeggen, maar Flack hief een hand om hem ervan te weerhouden. 'Ik weet het, ik weet het, dat is slechts de rechtspraak van de blanken. Dat geldt voor u niet echt, of wel?'
'Zoiets.' Weer glimlachte el-Jabbar.
Mac besloot dat die glimlach hem niet aanstond en nam zich dus voor hem van dat gezicht te vegen. 'Er is echter één probleem, meneer el-Jabbar. U hebt helemaal niemand in elkaar geslagen.'
En ja hoor, de glimlach vervaagde, tot Macs tevredenheid. 'Neem me niet kwalijk, rechercheur?'
'Ik neem u helemaal niets kwalijk, integendeel.' Mac wees naar de handen van el-Jabbar, die nog steeds netjes gevouwen waren. 'Uw knokkels zijn glad en schoon. Geen schaafplekken, geen eelt. Degene die Melendez in elkaar heeft geslagen, had daar ervaring mee en dat moet aan zijn handen te zien zijn. De feiten liegen niet, meneer el-Jabbar, en in dit geval ook het gebrek daaraan niet. Wie neemt u in bescherming?'
'Ik hoef niemand in bescherming te nemen, rechercheur. Het was mijn wens dat Jorge zou boeten voor de dood van broeder Malik.'
Mac schudde zijn hoofd. Nu werd het verhaal bijgesteld; hij had bevel gegeven Melendez in elkaar te slaan. 'Helaas heeft u de verkeerde man laten boeten.' Toen hij el-Jabbars verbaasde gezicht zag, voegde hij eraan toe: 'Malik Washburne is overleden

aan een anafylactische shock. Jorge Melendez heeft hem niet vermoord.'
'Wat? Maar mij is verteld...' Hij zweeg abrupt.
Flack staarde hem aan. 'Wie heeft u dat verteld?'
'Dat maakt niet uit.'
'Nou, eigenlijk wel. Ziet u, we stellen er geen prijs op dat er midden in een onderzoek informatie vrijkomt over de verdachten.'
'Waarschijnlijk een van de PIW'ers,' zei Andros.
Russell ging rechtop staan. 'Waarom zeg je dat, Andros?'
Andros haalde zijn schouders op. 'Om de een of andere stomme reden mochten de andere PIW'ers Washburne graag.'
Flack zei verdedigend: 'Hij was vroeger een goed politieman.'
'Dat kan wel zijn, dat weet ik niet. Ik weet wel dat iedereen hem graag mocht.'
El-Jabbar zei nadrukkelijk: 'Behalve u, meneer Andros.'
Andros negeerde hem en zei: 'Het punt is dat ik me zomaar kan voorstellen dat een van de PIW'ers "broeder Hakim" hier heeft verteld dat Melendez de verdachte was omdat hij wist hoe hij zou reageren.'
'Dat slaat nergens op,' zei Russell. 'En trouwens, als rechercheur Taylor gelijk heeft en el-Jabbar het niet gedaan heeft, waarom neemt hij de schuld dan op zich als dat betekent dat hij in de isoleercel wordt gestopt?'
'Alstublieft,' snoof Andros. 'Voor hem is de isoleercel een vakantie. Het is er rustig, het eten wordt naar hem toe gebracht en hij kan er mediteren.'
Flack wendde zich tot el-Jabbar. 'Hoe zit het nou, "broeder"? Wie heeft Melendez verraden?'
'Nogmaals, rechercheur,' zei el-Jabbar onverstoorbaar, 'ik geef er de voorkeur aan mijn bronnen te beschermen.'
'En uzelf te beschermen,' zei Mac. 'Aangenomen dat meneer Andros het bij het juiste eind heeft, zou het nare gevolgen kunnen hebben als u een PIW'er verlinkt.'
Russell zei streng: 'Dat soort dingen gebeurt hier niet.'
Mac had geen behoefte er verder op in te gaan, hoewel Andros

weer verachtelijk snoof. El-Jabbar zou toch niets zeggen. Mac was er niet blij mee, maar dat deed niet ter zake.
En ze wisten nog steeds niet hoe Malik Washburne was overleden.

Danny Messer was dol op het computergestuurde ontwerpprogramma van de technische recherche van New York, dat gebruikt werd om misdaden te reconstrueren.
De programmeurs hadden alles gestroomlijnd, zodat je alleen nog de lengte en het gewicht van een persoon hoefde in te voeren. Je kon nog meer details toevoegen als je dat wilde, of anders kon je gewoon het standaardpoppetje gebruiken. Daarna voerde je de bijzonderheden van de omgeving van het poppetje in.
Het was allemaal vrij eenvoudig, maar het feit dat het programma gestroomlijnd was, maakte het verschil. Danny vond het bijvoorbeeld prachtig dat hij meteen toegang had tot gegevens uit de sectierapporten, zodat hij alleen nog het dossiernummer hoefde in te typen en meteen een beeld van het lijk kreeg voorgeschoteld.
Zodra Sheldon naar hem toe was gekomen met de boodschap dat ze de moord op Malik Washburne moesten reconstrueren op basis van de nieuwe informatie die aantoonde dat hij was overleden omdat zijn keel dicht was gaan zitten, was Danny als een uitgelaten jonge hond naar de computer gerend. Sheldon had hem natuurlijk laten begaan, wetend dat Danny enorm zou gaan zeuren als hij zonder hem met het programma aan de slag ging.
Danny kon ontzettend lastig zijn. Hij zag dat als een van zijn beste eigenschappen.
Sheldon niet, en daarom liet hij Danny met het programma spelen.
'Oké,' zei Danny, en hij liet zijn knokkels kraken terwijl hij voor het ergonomische toetsenbord ging zitten dat ze van Mac per se moesten gebruiken. Hij haatte die stomme dingen, maar elke keer dat hij erover klaagde stuurde Mac hem per e-mail meerdere onderzoeken over RSI, tot Danny ophield met zeuren. Mac kon ook enorm lastig zijn als hij wilde, alleen pakte hij het subtieler aan.
Maar subtiliteit was niets voor Danny. Het kostte hem te veel energie.

Eerst riep hij het sectierapport over Malik Washburne op en voerde het in het CAD-programma in. Meteen verscheen er een standaardpoppetje met de lengte, het gewicht en de bouw van Washburne op alle drie de beeldschermen voor hem. Daarna maakte hij een tweede, identiek poppetje.

Sheldon had zijn volledige rapport over de plaats delict en las de afmetingen van het bankje, de stang en de losse gewichten die eraan hadden gezeten op. Aan de hand van de foto's van de plaats delict werd alles op zijn plaats gezet, inclusief de gewichten aan de stang en het ene gewicht op de grond.

'Wacht even,' zei Danny. 'Waarom ligt dat gewicht op de grond?'

'Daar hebben we het aangetroffen,' zei Sheldon.

'Ja, maar waarom zou Washburne een oneven aantal gewichten aan de stang hebben?'

'Geen idee, maar laten we hiermee beginnen en zien wat dat oplevert.'

'Goed.' Hij plaatste alles waar het hoorde, positioneerde een van de Washburne-poppetjes in de standaardpositie op de bank en het andere waar het lijk had gelegen, afgaand op Sheldons foto's.

Vervolgens moesten ze preciezere gegevens invoeren. Danny creëerde nog een mannelijk poppetje. 'Waar heb je de draad van de mannenbroek op het lijk van Washburne gevonden?'

Sheldon boog zich naar voren en greep de muis.

'Hé! Wie zit hier achter de computer?' protesteerde Danny.

'Ik kan er een halfuur over doen om het uit te leggen of gewoon die verdomde muis op de juiste plek zetten,' zei Sheldon met een vriendelijke grijns.

Danny leunde met een dramatische zucht achterover en mopperde: 'Goed dan, bederf de pret maar weer.'

Sheldon schudde met zijn hoofd. 'Wat ben je toch een nerd.'

'Ja, wrijf het er nog maar eens in, dokter.'

Zodra Sheldon op de plek had geklikt waar hij de draad had gevonden, duwde Danny hem zachtjes weg en begon hij de baan in te voeren die het tweede poppetje zou moeten afleggen om de draad te kunnen achterlaten.

'En nu de echt belangrijke vraag: hoe hard moet hij Washburne raken om hem op de grond te laten vallen?'
'De gemiddelde snelheid voor iemand die wandelt is 5 kilometer per uur,' zei Sheldon. 'Nou, eigenlijk is het tussen 4,5 en 5,1 kilometer per uur, maar we kunnen ermee beginnen.'
'Jij weet dat zomaar uit je hoofd en dan noem je mij een nerd?'
'Nou en of,' reageerde Sheldon droog.
Danny grinnikte. 'Dat is waarschijnlijk te langzaam, maar je hebt gelijk, het is een goed begin.' Hij voerde 4,5 kilometer per uur in en liet het tweede poppetje zo lopen dat hij met zijn linkerheup (waar de naad zich bevond) de juiste plek op Washburnes schouder raakte.
Het poppetje bewoog over het scherm, maar Washburne kwam amper in beweging.
Sheldon wreef over zijn kin. 'Als hij reageerde op de steekpartij, liep hij waarschijnlijk wel wat sneller.'
'Heb ik het niet gezegd?' vroeg Danny met een brutale grijns.
'Laten we er 13 van maken.'
'Ik dacht aan 16,' zei Sheldon.
'Nou, jij bent de deskundige als het om de snelheid van wandelaars gaat,' zei Danny droog, 'maar dat fitnesshok was niet zo groot en het stond er stampvol. Zelfs gemotoriseerd had hij niet veel harder kunnen gaan dan 13 kilometer per uur.'
Sheldon hield zijn hoofd scheef en zei: 'Ja, goed, laten we het op 13 houden.'
'Blij dat je het ermee eens bent.'
'Hé, dit is mijn deel van de zaak. Jouw dader heeft al bekend, weet je nog?'
'O ja, heel spannend. De dader bekent en ik heb afdrukken op het moordwapen die van de man zijn die bekend heeft. Dat was niet echt een breinbreker, hoor. Flack houdt misschien van zulke gemakkelijke zaken, maar ik heb liever een beetje uitdaging.'
'Ben je daarom Lindsay achternagegaan naar Montana?' zei Sheldon grinnikend. 'Hoe staat het trouwens nu tussen jullie tweeën?'
'We zijn vrienden en collega's.' Meer wilde Danny er niet over zeg-

gen, want hij wilde Sheldon niet het genoegen doen van een roddeltje, vooral niet als de roddel over hemzelf ging. Na een onzekere start had de relatie tussen Danny en Lindsay Monroe een wending ten goede genomen sinds hij vakantie had genomen en naar Bozeman was gevlogen om Lindsay moreel te steunen terwijl ze moest getuigen tegen Kadems.

Maar Danny was nog steeds boos dat hij de laatste was die het wist van Mac en dokter Driscoll, dus wilde hij iedereen zo lang mogelijk in het duister laten tasten.

'Oké,' zei hij, om terug te komen op waar ze mee bezig waren. '13 kilometer per uur. Eens kijken wat we dan krijgen.'

Dit keer botste het tweede poppetje zo hard tegen Washburne aan dat de laatste van het bankje viel. Hij kwam met zijn hoofd op de rand van de stang toen hij op de grond terechtkwam, maar belandde niet in de positie van het tweede Washburne-poppetje.

Sheldon schudde zijn hoofd. 'Dat werkt niet. Het lichaam komt op de verkeerde plaats terecht, en zelfs als je er rekening mee houdt dat het verplaatst is, is een van de variabelen verkeerd. Er zat geen bloed op de stang en de stang kan die wond helemaal niet veroorzaakt hebben.'

'Nee, maar kijk naar waar hij hem geraakt heeft.' Danny wees naar de plek op de stang waar Washburnes hoofd tegenaan was gekomen bij de tweede simulatie. 'Laten we het gewicht eens op de juiste plaats doen, aan het eind van de stang.' Met de muis bewoog Danny het van de grond naar de stang.

Hij deed de simulatie nog een keer met dezelfde snelheid. Weer raakte het tweede poppetje Washburne. Weer stootte het hoofd van Washburne tegen de stang en viel hij op de verkeerde plek neer.

'Schuif eens wat met dat gewicht,' zei Sheldon. 'Misschien zaten ze niet helemaal gelijk.'

Danny knikte en schoof het gewicht wat op, zodat het precies op de plek zat waar Washburnes hoofd tegenaan was gekomen. Weer deed hij de simulatie met 13 kilometer per uur.

Deze keer raakte Washburne het gewicht, maar op een andere plek

op zijn hoofd, en hij kwam niet in de buurt van het tweede Washburne-poppetje op de grond terecht.
'Ik zal hem sneller laten lopen. Er is net iemand neergestoken, ik wed dat hij rende. Bovendien, hoe sneller hij gaat, hoe waarschijnlijker het is dat die draad is achtergebleven op het slachtoffer.'
Sheldon haalde zijn schouders op. 'Je hebt gelijk. Het is in ieder geval het proberen waard.'
Danny verhoogde de snelheid naar 18 kilometer per uur. Nu raakte Washburnes hoofd de plek tussen twee van de gewichten, dus schoof hij het gewicht terug naar de eerste positie en deed het nog een keer.
Deze keer raakte Washburnes hoofd niet alleen het gewicht op de juiste plek, maar viel het gewicht ook nog precies waar het in het echt had gelegen én kwam Washburnes lichaam op dezelfde plek terecht als het tweede Washburne-poppetje. Het kwam niet honderd procent overeen, maar ze zaten er dicht genoeg bij om te kunnen vaststellen dat het naar alle waarschijnlijkheid zo gegaan was.
'Dat is het dan,' zei Sheldon. 'Washburnes keel zit dicht. Hij kan niet om hulp roepen en hij overlijdt op het bankje. Mulroney steekt Barker neer. Iedereen op de binnenplaats rent erheen om te zien wat er aan de hand is en een van hen botst tegen Washburne op, laat een draad op zijn schouder achter en stoot hem tegen het gewicht, zodat Washburne een hoofdwond oploopt en bovendien het gewicht op de grond belandt.'
Danny knikte. 'Er is maar één probleem; hoe komt de vingerafdruk van Melendez op dat gewicht terecht?'
'Hij heeft het waarschijnlijk gebruikt. Verdomme, dat ding is door zo veel mensen aangeraakt dat die vingerafdruk nooit meer dan indirect bewijs kon zijn, alleen al omdat Melendez een van de mensen in het hok was. Hij had alle reden om het aan te raken.'
'Inderdaad.' Danny sloeg de laatste simulatie op in de map voor het rapport over de moorden op Washburne en Barker. Nog een voordeel van het CAD-programma was dat het alle informatie die was ingevoerd opsloeg, zodat het in de rechtszaal gebruikt kon

worden. Danny wist niet goed of dit nuttig kon zijn en of de zaak wel voor de rechter zou komen. Met een anafylactische shock als doodsoorzaak was er hoogstwaarschijnlijk geen moordenaar om te berechten. Maar het dossier moest compleet zijn
Hij rekte zich uit tot er een paar ruggenwervels kraakten, stond op en zei: 'Het is een genoegen met je te werken, dokter. Als je me nu wilt excuseren, ik word elders verwacht.'
Hij had een afspraak met Lindsay, ervan uitgaand dat ze klaar was met wat zij en Stella aan het doen waren in de zaak-Campagna. Als ze nog niet klaar was, zou hij wachten. Ze was het waard.

18

Lindsay Monroe maakte de envelop open en haalde de gouden ketting eruit.
Ze legde hem allereerst voorzichtig op het witte blad van de grote tafel in het lab, zodanig dat de vlek zichtbaar was, en fotografeerde hem. Nadat ze verschillende opnamen van de ketting als geheel had gemaakt, zette ze de Sigma-telelens op de camera en zoomde ze in op de vlek zelf.
Ze pakte een steriel katoengaasje, maakte het nat met gedestilleerd water en veegde ermee over de vlek op de ketting. Het bloed kwam daardoor op het gaasje terecht.
Ze deed een deel van het monster op het gaasje in een plastic bakje. Daarna nam ze het gaasje mee naar de MALDI (matrix-assisted laser desorption/ionisation) massaspectrometer. In de MALDI kon de massa worden bepaald van de geladen ionen, en dat stelde Lindsay in staat via de hemoglobine in het bloed te bepalen van welke diersoort het afkomstig was.
Terwijl ze wachtte tot de analyse was uitgevoerd, bracht ze het plastic bakje naar het DNA-lab.
Ze zag het blonde hoofd van Jane Parsons achter haar bureau. Toen Lindsay binnenkwam, draaide ze zich om, glimlachte vermoeid en zei: 'Oei, wees op uw hoede voor mensen uit Montana die geschenken komen aanbieden.'
Lindsay lachte terug. 'Sorry, maar ik heb hier wat bloed.'
'Je bent de enige niet.' Ze schudde haar hoofd. 'Neem me niet kwalijk, het is laat geworden vannacht. Ik heb iets met een heel aardige jonge dokter van de Spoedeisende Hulp en die heeft vreemde werkuren.'
'Zien jullie elkaar wel eens?' vroeg Lindsay. Ze wist dat er op de Spoedeisende Hulp niet alleen op vreemde uren gewerkt werd,

maar dat ze er ook lange diensten draaiden. Ze had sinds ze naar New York was verhuisd een paar dokters leren kennen die op die afdeling werkten. Bij mishandelingen en verkrachtingen moest ze vaak naar de Spoedeisende Hulp van het Bellevue, het Cabrini, het St. Luke's-Roosevelt of een ander ziekenhuis. Lindsay had vooral veel verkrachtingszaken moeten doen, omdat het slachtoffer er meestal de voorkeur aan gaf dat het inwendig onderzoek door een vrouwelijke rechercheur werd gedaan en Stella niet altijd beschikbaar was. Maar de dokters op de Spoedeisende Hulp klaagden er altijd over dat ze geen privéleven overhielden.

'Niet heel vaak, dus grijp ik elke kans aan. Ik heb gisteravond tegen hem gezegd dat hij beter bibliothecaris kan worden, die werken niet op zulke krankzinnige uren. Bovendien houdt hij van lezen, dus het zou een goede baan voor hem zijn. Maar genoeg gekletst, neem me niet kwalijk. Wat heb je voor me?'

Lindsay gaf haar het monster en zei: 'Dit is van de zaak-Campagna. Het kan van het slachtoffer zijn, maar als dat niet zo is, moeten we weten van wie dan wel. Na het slachtoffer kun je het het beste eerst vergelijken met het bloed van Jack Morgenstern. Hij staat in het systeem. Daarna kun je het vergelijken met de andere monsters in het dossier.'

'Oké. Trouwens, de resultaten zijn binnen over de sporen op de knokkels van het slachtoffer. Wacht even.' Jane begon op haar bureau te zoeken. 'Ik zweer je dat ik vroeger alles heel netjes georganiseerd had.' Eindelijk had ze de juiste map te pakken. 'Ik ben bang dat je er niet veel aan hebt. Het bloed en de huidschilfers die je hebt gevonden, waren van haar. Ze kunnen alleen van de dader zijn als ze is vermoord door een familielid.'

'Dank je, Jane. En ik hoop dat jij en die dokter eruit komen.'

'Dat gaat wel lukken. Jammer dat hij niet echt bibliothecaris kan worden.'

Lindsay fronste. 'Waarom niet?'

'Daar moet je schijnbaar voor zijn opgeleid. En de enige master die mijn dokter heeft is in de biologie.'

Lindsay had geen idee dat je een master nodig had om bibliothe-

caris te zijn, maar dat deed niet terzake. 'Nou, ik weet zeker dat het jullie gaat lukken.'
'Laten we het hopen. We hebben het niet zo gemakkelijk als jij en Danny.'
Lindsay, die zich al had omgedraaid, bleef als aan de grond genageld staan. 'Waar heb je het over?' Ze probeerde uit alle macht nonchalant te klinken en hoopte dat het haar lukte.
'Je hoeft niet zo geheimzinnig te doen, hoor. Hij is voor jou naar Montana gevlogen. Ik ken meneer Messer al een tijdje; hij zou nooit vrijwillig de Hudson oversteken als hij daar niet een heel goede reden voor had, laat staan dat hij zich in de Show-Me State zou wagen.'
Lindsay grinnikte. 'Dat is Missouri.'
'Wat?'
'Missouri is de Show-Me State. Montana is de Treasure State. Of Big Sky Country.'
'Is er een schat in Montana?'
Lindsay glimlachte, want ze moest denken aan iets wat Danny had gezegd: dat Montana's grootste schat zich tegenwoordig in New York bevond. Het was een van de meest romantische dingen die Danny ooit tegen haar had gezegd. Niet dat dat zo moeilijk was, want Danny was niet erg goed in romantische uitspraken. Gebaren, ja, maar de woorden hadden moeite door zijn filter van sarcasme heen te komen.
Tegen Parsons zei ze alleen: 'Er zijn er nog wel een paar over. Ik hoor van je over dat bloed.'
'Dat is goed. En veel geluk met Danny.'
Ze kwam in de verleiding te zeggen: 'Ik denk niet dat ik dat nodig heb,' maar ze knikte alleen en ging er toen vandoor. Na een moeizaam begin ging het nu heel goed met hen. Maar ze deden het rustig aan. Romantiek op het werk was een heikele zaak en ze wilden hun baan niet op het spel zetten. Ze wisten ook niet goed hoe Mac het zou vinden dat twee mensen in hetzelfde team een relatie hadden, hoewel Danny van mening was dat hij geen poot had om op te staan gezien zijn eigen relatie met Peyton.

Maar Peyton zat niet in het team. Het was niet hetzelfde.
Maar goed, daar zou ze zich later wel zorgen over maken. In afwachting van de resultaten van Parsons en de MALDI wijdde ze zich weer aan de ketting.
Vanaf het moment dat ze het appartement van de familie Rosengaus had betreden, zat die ketting haar dwars, en nu ze er nog eens naar keek, besefte ze eindelijk wat het was: de ketting schitterde. Gouden kettingen bleven niet zo schoon als de eigenaar daar niet heel veel moeite voor deed.
Lindsay herhaalde de procedure die ze met het opgedroogde bloed had gevolgd en veegde met een katoenen gaasje over een schoner deel van de ketting, hopend dat ze iets zou hebben aan wat eraf kwam. Ze bracht het naar de MALDI en zag dat de massaspectrometer net klaar was met het monster gedroogd bloed. Ze pakte de uitdraai van de printer die met de MALDI was verbonden en zag dat de hemoglobine uit menselijk bloed afkomstig was, bloedgroep AB-negatief.
Ze deed het nieuwe monster in de massaspectrometer en zette het apparaat aan. Terwijl het apparaat bezig was, keerde ze terug naar de ketting en bekeek hem nauwkeurig, maar zag verder niets waar ze iets aan had. Ze riep de sectiefoto's op en vergeleek de foto's die ze van de sluiting had gemaakt met die van de schuurplek in Maria Campagna's nek. Het paste niet precies op elkaar – een van de eerste dingen die ze bij de technische recherche van Bozeman had geleerd was dat dat bijna nooit voorkwam, maar het scheelde niet veel. De gelijkenis was groot genoeg om een jury ervan te overtuigen dat de ketting van het slachtoffer was en dat ze hem regelmatig gedragen had.
Toen de MALDI klaar was, keek Lindsay naar de moleculaire samenstelling en werd ze herinnerd aan een zaak die ze een paar jaar eerder in Bozeman had onderzocht. Het leek heel erg op een monster dat was genomen na een golf van inbraken. De advocaat van de dader had beweerd dat de gevonden sieraden niet de sieraden waren waarvan was opgegeven dat ze gestolen waren, maar Lindsay had de advocaat onder andere in het ongelijk kunnen stellen

door het residu van zilverpoets en een schoonmaakmiddel voor gouden sieraden op de gevonden sieraden te vergelijken met de middelen die het slachtoffer gebruikte.

Op dit moment keek ze naar een moleculaire samenstelling die wel heel erg leek op wat de massaspectrometer in Bozeman had opgeleverd.

Ze zat voor de computer patentaanvragen te controleren, toen Stella binnenkwam en een witte laborantenjas aantrok. 'Hoe gaat het?'

'Niet slecht. Klaar met Cabrera?'

Stella knikte. 'Ja, die getuigenis wordt een makkie. Iets gevonden op die ketting?'

Lindsay gaf haar de resultaten van de MALDI en zei: 'Het bloed is beslist van een mens afkomstig. Bloedgroep AB-negatief. Jane is er mee bezig. O, en ze zei dat het enige DNA op Maria's knokkels dat van Maria was.'

'Verdomme.' Stella bekeek de resultaten. 'Morgenstern heeft 0-positief.'

'Er is nog meer,' zei Lindsay. Ze wist dat Stella en Angell Morgenstern allebei als hun eerste verdachte beschouwden, en dat dit nieuws dus niet goed zou vallen. 'Ik heb de ketting onderzocht en behalve het bloed zit er nog een residu op van een andere substantie. Ik heb het vergeleken met aanvragen voor patenten en ik heb gevonden wat het is.' Ze wees naar het flatscreen beeldscherm voor haar. Het beeld was in tweeën gedeeld en in beide delen stond dezelfde moleculaire samenstelling afgebeeld, maar het ene beeld kwam van het Amerikaanse patentenbureau en het andere van de technische recherche van New York. 'Het is een schoonmaakmiddel voor goud en zilver dat eerder dit jaar op de markt is gekomen.'

Stella was onder de indruk. 'Waarom ben je meteen de patentaanvragen gaan bekijken?'

'Het leek veel op de gewone schoonmaakmiddelen voor goud en zilver die ik heb gezien, maar week toch zo veel af dat ik het vermoeden had dat het om iets nieuws ging. We hebben in Bozeman een zaak gehad waarbij dat spul een rol speelde. Ik heb toen meer over middelen om sieraden schoon te maken moeten leren dan ik dacht dat erover te weten was. Bovendien was de ketting behalve de bloedvlek superschoon, dus leken schoonmaakmiddelen wel logisch.'

Stella knikte. 'Het klopt met wat Angell van de andere medewerkers te horen heeft gekregen. Ze heeft Annie Wolfowitz verhoord, degene met wie Maria gisteravond had moeten afsluiten. Zij zei dat de ketting schoon was toen ze hem voor het laatst heeft gezien en dat Maria voortdurend bezig was hem op te wrijven.'

'Ik denk dat dat een van de redenen is waarom Dina hem heeft gestolen,' zei Lindsay. 'Maria liep er de hele tijd mee te pronken en iedereen te vertellen dat haar vriend hem voor haar gekocht had. Ik kan het haar niet kwalijk nemen, het is achttien-karaats goud. Dat is niet goedkoop.'

Stella slaakte een diepe zucht. 'Het probleem is dat dit alles ons vertelt dat de dader waarschijnlijk niet Morgenstern is. Degene die dit bloedspoor heeft achtergelaten is waarschijnlijk onze moordenaar, en we weten niet wie dat is.'

Stella raakte behoorlijk gefrustreerd over de zaak-Campagna. Lindsay had uitstekend werk verricht met de ketting, maar dat had Jack Morgenstern zo'n beetje geëlimineerd als verdachte, zodat ze weer terug bij af waren.

Toen Mac terugkwam van Staten Island vroeg Stella of ze de zaak eens konden doorpraten. Ze nam Lindsay en Angell ook mee.

Net toen ze ervoor gingen zitten, kreeg Stella een sms van Parsons. Stella las hem en zuchtte. 'Het DNA in het bloed is niet van Morgenstern, niet van Maria, en het komt ook niet overeen met de andere monsters die we hebben genomen. Dus niet alleen Morgenstern is onschuldig, maar ook Dina, alle andere mensen die daar werken en het vriendje.'

Angell zuchtte diep. 'Fijn. We kunnen Gomer Wilson ook uitsluiten.'

Stella fronste en vroeg: 'Wie?'

'De man van de Keuringsdienst van Waren waar Maria ruzie mee had.'
Stella knipte met haar vingers. 'O, ja. Hoe kon ik Gomer nu vergeten?'
'Wie is Gomer?' vroeg Mac aan Stella.
'Volgens Belluso was de bakkerij gesloten door de Keuringsdienst van Waren nadat hun inspecteur, ene Gomer Wilson, ruzie kreeg met ons slachtoffer. Hij heeft Belluso een dag lang dichtgegooid.'
'Helaas,' zei Angell, 'heeft hij een waterdicht alibi. Hij en zijn vrouw en twee zoons zijn vorige week naar Indianapolis verhuisd. Zijn vrouw is professor en heeft haar baan bij de sectie Engels van de Universiteit van New York ingeruild voor een positie op Purdue. Hij had laat in de middag een sollicitatiegesprek bij het Bureau of Motor Vehicles in Indianapolis, dus denk ik niet dat hij onze moordenaar is, tenzij hij meteen na het gesprek naar het vliegveld is gereden, op het vliegtuig naar New York is gestapt en van LaGuardia rechtstreeks naar Riverdale is gegaan.'
Mac boog zich voorover op zijn stoel. 'Goed, wat weten we wel? Zeker, bedoel ik.'
Stella begon de feiten op haar vingers af te tikken. 'We weten dat Morgenstern vlak voor sluitingstijd Belluso in is gegaan, dus ongeveer op het tijdstip dat Maria is gestorven, en dat hij en Maria daar alleen waren. Er is een zwarte polyester-katoenen vezel op Maria aangetroffen en we weten dat Morgenstern een zwarte trui van polyester en katoen droeg.'
'De vezel kan afkomstig zijn van Morgensterns trui, maar ook van een van mijn truien. Dus dat zegt niets,' zei Lindsay.
Stella knikte. 'We weten dat hij een printer heeft die gebruikt kan zijn om de liefdesbrieven af te drukken die DelVecchio ons heeft gegeven. En we weten dat hij al een keer is gearresteerd op verdenking van verkrachting.'
'Maar dat bleek ongegrond,' zei Mac.
'Ja,' zei Angell. 'Ik heb dat dossier eens bekeken om er zeker van te zijn dat het allemaal klopte, en ik heb gesproken met de man

van Bureau 52 die de zaak in onderzoek heeft gehad. Het was echt een vergissing. Morgenstern voldeed voldoende aan de beschrijving om hem te arresteren, maar meer ook niet. De mannen van Bureau 52 hebben zich een beetje laten meeslepen. Maar het DNA toonde aan dat het Morgenstern niet was en daarom heeft hij nu een mooi huis op Cambridge Avenue.' Dat laatste ging gepaard met een bitter lachje. 'Dus wat hebben we? Als we al iets hebben?'
'Niets waar we iemand op kunnen arresteren,' zei Mac.
'En dat betekent dat we nergens zijn,' zei Angell. 'Zonder solide bewijs kunnen we niet bij Morgenstern in de buurt komen. Nog afgezien van zijn advocaat wordt de publiciteit een nachtmerrie als we iemand arresteren die met succes een rechtszaak heeft aangespannen tegen de gemeente wegens een eerdere onrechtmatige arrestatie.'
Voordat Mac iets kon zeggen, vervolgde Angell: 'Ik weet het, ik weet het, maar ik heb een bericht op mijn voicemail van het kantoor van Sinclair, die me er fijntjes aan herinnert dat we Morgenstern al een keer vals beschuldigd hebben en dat het misschien niet zo'n goed idee is om dat nog eens te doen. Ik hou er niet van om onder de aandacht van het hoofd van de recherche te vallen en wil die het liefst zo snel mogelijk weer kwijt.'
Mac zat zich even kwaad te maken, maar toen kalmeerde hij. Stella wist dat zijn eerste reactie op de zorg om de publiciteit was: 'Wat kan ons dat verdomme schelen?' Hij hield zich allereerst bezig met zijn werk. Al het andere kwam wel in orde zolang het werk goed gedaan werd. Stella wist dat het zo niet echt werkte – en Mac eigenlijk ook – maar dat betekende niet dat ze dat leuk moesten vinden.
En dan was er nog wat Angell niet hardop had gezegd: *Ik wil niet meemaken wat jij de laatste tijd hebt meegemaakt.*
Uiteindelijk zei Mac slechts: 'Ik kan het je niet kwalijk nemen. Maar wat doen we nu?'
Stella sprak een gedachte uit die al een tijdje in haar achterhoofd zat. 'Ik wil graag terug naar Belluso,' zei ze. 'Ze hebben daar een heleboel vaste klanten, en degene die Maria heeft vermoord, moet daarbij horen. Het was iemand die werd binnengelaten terwijl ze

al aan het sluiten was, iemand die achter de toonbank kon komen. Morgenstern was tenslotte niet de enige vaste klant. Ik wil graag zien wie daar nog meer komt.' Ze glimlachte. 'Bovendien is het veel te lang geleden dat ik goede cannoli heb gehad.'
Mac wreef over zijn kin en knikte. 'Goed. Het kan in ieder geval geen kwaad.'
Angell zei: 'We kunnen ook niet veel anders doen.'
'Oké, dan ga ik er nu naartoe,' zei Stella.
Ze stond op. Ze had niet veel om op af te gaan, maar misschien hoorde ze iets. In het ergste geval verspilde ze een middag in een Italiaans café, en ze kon ergere manieren bedenken om haar tijd te besteden.

Toen Stella, Lindsay en Angell waren vertrokken, kwamen Sheldon en Danny Macs kantoor binnen. Ze gingen op de bank zitten, terwijl Mac zelf tegen de voorkant van zijn bureau leunde. 'Hoe staat het ermee?' vroeg Mac.
'We hebben wat gestoeid met Danny's favoriete speeltje,' zei Sheldon, 'en we hebben een scenario uitgedokterd waarin iemand Washburnes lichaam in de drukte en paniek nadat Barker was neergestoken van het bankje kan hebben gestoten. We zijn uitgegaan van Washburnes gewicht en waar alles lag en hebben aangenomen dat de schuldige zich met een bepaalde snelheid bewoog, en we kregen de zaak kloppend.'
'Dus jullie achten het waarschijnlijk dat Melendez Washburne niet met het gewicht op zijn hoofd heeft geslagen?'
'Ik weet niet of het waarschijnlijk is, Mac,' zei Danny. 'Maar als de wond inderdaad na het overlijden is opgelopen, kan dat maar op twee manieren gebeurd zijn. Een daarvan is dat Melendez de moeite nam om hem van het bankje te slaan…'
'Of anders,' zei Mac, 'is hij eraf gevallen toen hij stierf.'
'Ja,' zei Sheldon, 'maar zou iemand dat niet hebben gemerkt? Iedereen in de gevangenis mocht Washburne, nietwaar?'
Mac knikte. 'Daarom is Melendez vanmorgen tegen een paar vuisten op gelopen. Dus jij wil zeggen dat hij kan zijn gestorven

zonder dat iemand dat meteen in de gaten had als dat op het bankje gebeurde en hij zich niet bewoog?'
Sheldon knikte. 'Het klopt met de bewijzen, en ook met de doodsoorzaak.'
'En,' voegde Danny eraan toe, 'omdat niemand het in de gaten had en vervolgens Barker werd neergestoken, klopt het allemaal. Barker wordt afgemaakt, overal ligt bloed, de mensen lopen rond als kippen zonder kop en *bam!* Iemand botst tegen Washburne aan en stoot hem op de grond, waarbij hij met zijn hoofd tegen het gewicht aan komt.'
Flack kwam binnen nadat hij beleefd op de glazen deur had geklopt. 'Is dit een besloten feestje?'
'Kom binnen, Don,' zei Mac. 'We hadden het net over de zaak-Washburne.'
'Nou, ik moet straks terug om Mulroney in staat van beschuldiging te stellen voor de moord op Barker. Onze potenrammer gaat uitvinden hoe het leven in een gesloten inrichting is.' Dat laatste werd gezegd met een woeste grijns, die Flack reserveerde voor daders die kregen wat ze verdienden. Mac kende het gevoel.
'Daar zal hij toch pas heen gaan na de rechtszaak?' vroeg Mac.
'Misschien. Dat hangt af van de stemming van de officier van justitie. Die heeft alle gegevens, dus dat is aan hem.' Hij keek Danny aan. 'Bedankt dat je het dossier zo snel daarheen hebt weten te krijgen.'
'Graag gedaan.' Danny haalde zijn schouders op. 'Maar ik weet niet of het iets uitmaakt. Die vent heeft immers bekend.'
'Bewijzen zijn altijd goed,' zei Mac.
Sheldon sloeg met een peinzend gezicht zijn armen over elkaar. 'Ze helpen ook niet altijd, Mac. Ik wil maar zeggen, wij hebben bewijzen zat die ons vertellen wat er gebeurd is, maar we weten nog steeds niet waar Malik Washburne aan overleden is.'
'Inderdaad.' Mac liep om zijn bureau heen en ging zitten. 'Laten we nog eens doornemen wat we allemaal weten. Washburne is gestorven omdat zijn keel dicht kwam te zitten, en dat was een allergische reactie op... iets.'

Danny vroeg: 'Had hij iets in zijn maag?'
Mac schudde zijn hoofd. 'Wat verteerd voedsel, maar iemand met een voedselallergie reageert meteen als hij iets verkeerds heeft gegeten, niet uren later.'
'En de giftest toonde alleen Klonopin aan?' vroeg Sheldon.
'En dat slikt hij al weken.' Mac schudde zijn hoofd.
Sheldon zwaaide met een arm door de lucht. 'Stel dat iemand hem iets heeft ingespoten? Iets wat we niet kunnen opsporen. Als hij ergens een prik heeft van een injectienaald...'
'Die heeft hij niet,' zei Mac. 'Peyton heeft gekeken.'
Met een zucht wendde Sheldon zich tot Danny. 'Het is fijn als je opvolger net zo goed is als jijzelf, toch?'
Mac glimlachte zuinig, maar werd toen weer serieus. 'Bovendien heeft niemand de gelegenheid gehad. Hoe kan iemand een spuit hebben meegesmokkeld toen hij naar buiten ging?'
Danny haalde zijn schouders op. 'Mulroney heeft een mes meegenomen.'
'Ja, maar dat was een onhandig in elkaar gezet wapen van materiaal dat Mulroney bij de hand had. Een injectiespuit met iets erin waarmee Washburne meteen gedood kon worden, is al veel moeilijker te pakken te krijgen, laat staan dat je hem kunt meenemen naar de binnenplaats.'
'Bovendien,' zei Flack, 'is iedereen na de steekpartij gefouilleerd en hebben jullie de plaats delict afgezocht. Geen injectiespuit.'
Sheldon schudde zijn hoofd. 'Jammer dat hij al zo lang Klonopin slikte.'
Mac fronste. 'Hoezo?'
'Nou, bij een allergische reactie op Klonopin zou in principe je keel dicht kunnen gaan zitten. Het klopt met de bewijzen.'
'Wat ik niet snap,' zei Flack, 'was dat hij dat spul slikte.'
Mac vervloekte zichzelf omdat hij het niet eerder had gezien. 'Natuurlijk. Washburne is moslim geworden omdat je volgens de islam geen geestverruimende middelen mag gebruiken zoals alcohol en drugs, maar ook sommige medicijnen. Hij zou nooit uit vrije wil Klonopin hebben geslikt.'

'Ja maar... Mac, hij zat in de gevangenis. Verdomme, daar hadden Terry en ik het gisteren nog over, dat die lui alles proberen om hun medicijnen niet te hoeven innemen, maar dat de PIW'ers dat bijna altijd doorhebben. Als Washburne de medicijnen voorgeschreven had gekregen, kon hij er niet onderuit om ze ook in te nemen.'
En toen vielen alle puzzelstukjes voor Mac op hun plaats. Hij liep om zijn bureau heen. 'Kom mee.'
'Waarheen?' zei Flack verbaasd.
'Dat leg ik onderweg wel uit. Jij moet naar de RHCF om Mulroney in staat van beschuldiging te stellen en ik ga met je mee.'
De andere mannen stonden ook op, maar waren net zo verbaasd. Danny zei: 'Ik begrijp je niet, Mac. Wat...'
'Ik weet waar Malik Washburne aan overleden is,' zei Mac, die zich in de deuropening omdraaide. 'We gaan, Don.'
Terwijl hij en Flack een verbaasde Sheldon en Danny achterlieten, belde Mac Peyton. Ze moest een heel bepaalde bloedproef voor hem uitvoeren...

19

Cannoli waren een Siciliaanse delicatesse: een krokante huls met een romige vulling. Die vulling was een mengsel van ricotta en suiker en de huls bestond uit deeg dat tot een hol buisje was gerold en daarna was gefrituurd: het hulsje werd vlak voor het serveren gevuld, zodat het niet vochtig werd.
Vaak werden er stukjes chocola in de vulling gedaan, waar Stella geen bezwaar tegen had, maar waar ze ook het nut niet zo van zag. Voor haar was dat een overbodige luxe, een poging iets volmaakts nog beter te maken.
Bij Belluso deden ze geen stukjes chocola in de vulling van de cannoli. Het was de enige bakkerij in New York die Stella kende waar ze zich verre hielden van die overdaad, en dat was genoeg voor haar om Sal Belluso zijn commentaar over pola's te vergeven.
Toen ze binnenkwam, zag ze een bordje in de etalage met de tekst HULP GEZOCHT. Achter de toonbank stonden Jeanie Rodriguez en een jonge vrouw die ze niet kende. Er zaten een paar mensen aan de tafeltjes beneden, en een snelle blik omhoog onthulde dat er boven ook minstens twee personen zaten. Een van de mensen beneden was aan het werk op een laptop. Aan een ander tafeltje zaten twee vrouwen met een buggy, waarin een blond kindje zat te slapen. Een oudere vrouw was net klaar met een grote mok thee en stond op om te vertrekken toen Stella naar de toonbank liep.
Zodra Stella dichterbij kwam, zei Jeanie: 'Moet u nog meer DNA-monsters of zoiets nemen, rechercheur?'
Stella schudde haar hoofd. 'Nee, nee. Ik heb op het moment geen dienst. Maar dit leek zo'n mooie zaak. Ik wilde de sfeer proeven bij de gewone gang van zaken.'
'O, oké.' Jeanie voegde er fluisterend aan toe: 'Maar jullie lossen de moord op Maria toch wel op?'

Stella knikte en zei even zacht als Jeanie: 'Maak je geen zorgen, rechercheur Angell en de technische recherche zijn ermee bezig. We komen wel achter de waarheid, neem dat maar van mij aan.'
'Mooi.'
'Mag ik een cannolo en een grote ijskoffie?'
'Natuurlijk. Welk formaat cannolo?'
Stella knipperde met haar ogen. 'Waaruit kan ik kiezen?'
Jeanie liep om de tweede toonbank heen en wees naar de kleine cannoli, die maar een centimeter of 5 lang waren, en daarna naar de grote, van wel 15 centimeter.
'O, de grote,' zei Stella met een brede grijns.
'Niet die met chocola erop?'
Stella trok een vies gezicht. 'Nee, nee.' In haar ogen was dat nog erger dan stukjes chocola in de vulling.
Terwijl Jeanie de bestelling invoerde in de kassa, zei Stella: 'Ik zie dat jullie personeel zoeken. Dat zal ook wel onvermijdelijk zijn.'
'Ja, we zijn twee mensen kwijt. Sal heeft Dina ontslagen toen hij erachter kwam dat zij Maria's ketting heeft gestolen. Dat is toch niet te geloven? Ik had niet gedacht dat Dina zoiets stoms kon doen.'
Stella voelde zich even schuldig omdat Dina haar baan was kwijtgeraakt, maar na een paar tellen ebde het gevoel weg. Dina was haar baan kwijt omdat ze een sieraad had gestolen van een lijk. En waarschijnlijk raakte ze ook haar vrijheid kwijt; Angell zou haar vermoedelijk aanklagen voor het belemmeren van de rechtsgang, omdat haar daden het onderzoek hadden bemoeilijkt.
Nadat ze haar eerste cannolo in recordtijd had verorberd, bestelde Stella een tweede, waar ze echt van zou genieten. Ze wilde ook goed gaan letten op de mensen die Belluso in en uit kwamen. Ze koos een tafeltje op nog geen meter van de grote toonbank, zodat ze alles kon horen wat er gezegd werd, ondanks de lichte muziek die via de speakers te beluisteren was.
Ongeveer de helft van de klanten kwam gewoon binnen, bestelde iets, betaalde en vertrok weer. Anderen gingen zitten om het bestelde ter plekke op te eten. Als iemand verder nog iets zei, ging

dat nooit over Maria Campagna, maar over het warme weer, de baan van de klant, de stand van zaken bij de Yankees of de Mets of allebei, of de Jets en/of de Giants het wel of niet hadden getroffen bij de loting, hoe het ging met de kinderen of de ouders van de klant, wie er ging trouwen, of de vrouw van de klant al bevallen was, wat de plannen van de klant waren voor het komende schooljaar, enzovoorts. Het sterkte Stella in haar mening dat dit niet een gewone zaak was waar elke voorbijganger binnenliep voor een beker koffie en weer vertrok, maar eerder een essentieel onderdeel van een woonwijk. Het was net de bar in stadjes uit het oude Westen, of de buurtpub in een Brits plaatsje, de plek waar veel omwonenden iets te eten of te drinken kwamen halen en een praatje kwamen maken.

Maar een paar mensen praatten wel over Maria, en dan spitste Stella haar oren, verdrong het klassieke soft-rocknummer dat werd gedraaid en luisterde mee.

'Is het waar dat een van de meisjes van hier is overleden?' vroeg een klant. Jeanie hield zich zo veel mogelijk op de vlakte. Ze had ongetwijfeld instructies gekregen van Belluso om ervoor te zorgen dat de klanten de bakkerij zo min mogelijk als een plaats gingen zien waar een misdaad was gepleegd.

'Hé, Jeanie. Jeetje, wat erg van Maria, hè? Ik kan het gewoon niet geloven. Wie zou zoiets nou doen?'

'Ik heb gehoord dat hier iemand is neergeschoten. Is dat waar?'

'Jullie zouden er eens ernstig over moeten denken om een hek in de deuropening te plaatsen. Zulke dingen gebeuren niet als je een hek hebt.'

'Hé, iemand heeft me verteld dat Karen vermoord is. Is dat waar?' Toen Jeanie had uitgelegd dat het om Maria ging: 'O. Oké. Haar mocht ik toch niet zo.'

'Mag ik eens zien waar dat meisje is vermoord? Kom op. Ik heb nog nooit een plek gezien waar een lijk heeft gelegen. Alsjeblieft?'

'Ik heb gehoord dat jullie beroofd zijn. Wat vreselijk voor jullie.' Deze misvatting werd door Jeanie niet tegengesproken.

'O god. Ik vind het zo erg, Jeanie. Ik heb het gehoord van Maria.

Gaat het een beetje met jullie? Jeetje, wat verschrikkelijk! Kan ik iets voor jullie doen?'
'Zeg, iemand heeft me verteld dat hier iemand is doodgegaan, dat is toch niet te geloven? Wat een raar idee.'
'Hé, Jeanie. Ik heb het gehoord over Maria. Gaat het een beetje met jullie?'
'Hoor eens, ik moet meteen weer weg, maar ik moest even binnenkomen om jullie te condoleren. Maria was zo'n aardig meisje. Wil je de familie alsjeblieft vertellen dat ik voor ze bid?'
'Waarom zou iemand Maria vermoorden? Ik bedoel, het was zo'n lieve meid. Nou vraag ik je, waar moet dat heen met de wereld?'
Tegen de tijd dat Stella haar tweede cannolo ophad – en haar derde ijskoffie – stond ze op het punt om het op te geven. Het was ook niet echt waarschijnlijk geweest dat ze hier iets nuttigs zou opvangen.
Net toen ze wilde vertrekken, zag ze een grote man in een blauw operatiepak de straat oversteken en binnenkomen. Aan de gevel van een van de bedrijfjes aan de overkant van Riverdale Avenue hing een groot bord met het opschrift DIERENKLINIEK FELDSTEIN, en Stella nam aan dat hij daarvandaan kwam. Hij liep recht op de toonbank af en Stella had goed zicht op de paars en gele plek op zijn wang.
'Alles goed, Jeanie?'
'Hé, Marty. Hoe is het leven in het dierenrijk?'
Dus hij werkte inderdaad bij de dierenarts. Stella leek zich te herinneren dat er in Angells aantekeningen iets gestaan had over ene Marty die bij de dierenarts werkte en die bevriend was met Maria.
'Niet slecht. Dokter Wentworth is vandaag ziek, dus het is nogal hectisch. Kan ik zes van die kersenkoekjes krijgen?'
'Natuurlijk. En koffie?'
'Ja. Zwart, twee klontjes suiker.'
'Dat weet ik,' zei Jeanie glimlachend.
Toen Jeanie bukte om zes koekjes met een geglazuurde marasquinokers erop te pakken, zei Marty: 'Wat erg van Maria, hè? Je zal maar zo gewurgd worden. Ik ben er helemaal ondersteboven van.'

'Wij allemaal,' zei Jeanie afwezig. Ze luisterde maar half terwijl ze Marty's bestelling klaarmaakte.
Maar Stella was opeens een en al oor. Een paar tellen eerder had ze het laatste hapje van haar cannolo opgegeten en zich afgevraagd hoe druk het op de weg zou zijn als ze terugging naar Manhattan. Maar zodra die Marty erover begon hoe Maria Campagna aan haar eind was gekomen, liet ze elke gedachte om naar huis te gaan varen. Zij noch Lindsay of Angell had buiten het lab ook maar iets gezegd over de manier waarop Maria Campagna was vermoord. Angell had met een paar journalisten gesproken, maar had ook toen niets gezegd over de doodsoorzaak.
Het was natuurlijk mogelijk dat Jeanie of Dina er iets over had gezegd – zij hadden het lichaam gevonden en de mensen zagen zo veel politieseries op de televisie dat ze waarschijnlijk wel zouden zien dat iemand gewurgd was – maar dat vond Stella niet erg waarschijnlijk. In ieder geval niet van Jeanie, die haar best deed zo min mogelijk te zeggen over Maria's dood.
Marty was stevig genoeg gebouwd om Maria te hebben kunnen wurgen, en de blauwe plek op zijn wang had ongeveer het juiste formaat om veroorzaakt te kunnen zijn door Maria's vuist.
Stella stond op en ging naar de toonbank. 'Mag ik nog een ijskoffie?' vroeg ze aan het andere meisje dat aan het bedienen was. Toen zei Stella tegen Marty: 'Dat is een akelige blauwe plek die u daar hebt.'
Marty liet zijn hoofd zakken en lachte schaapachtig. 'Ja, ik ben slaags geraakt met een Deense dog. Ik ben laborant bij Feldstein, aan de overkant.' Hij wees met een duim over zijn schouder naar de deur en de dierenkliniek.
Stella keek achterom, hoewel ze al wist waar hij werkte. Ze besloot de koe maar meteen bij de horens te vatten en haalde haar penning uit haar achterzak. 'Ik ben rechercheur Bonasera van de technische recherche. Mag ik u een paar vragen stellen?'
'Nee, dat mag u niet. Ik kwam hier alleen maar wat koekjes en koffie halen, oké?'
'Het geval wil dat ik onderzoek doe naar de dood van Maria Campagna en ik vroeg me af...'

'Daar heb ik niets mee te maken, oké?' Hij pakte de zak met koekjes en de beker koffie aan van Jeanie en gooide een biljet van vijf dollar op de toonbank. 'Laat de rest maar zitten.' Tegen Stella snauwde hij: 'Goedendag, rechercheur.'
Jeanie keek Stella verbaasd aan. 'U denkt toch niet dat hij er iets mee te maken heeft, hè?' vroeg ze weer fluisterend.
Stella boog zich over de toonbank om de kans dat iemand hen zou horen zo klein mogelijk te maken en vroeg: 'Wat weet je van hem?'
'Wie, Marty? Hij werkt aan de overkant. Hij en Maria hebben samen op de middelbare school gezeten, dus daar hadden ze het vaak over. Maar meer was er eigenlijk niet.'
Toen het andere meisje erbij kwam, zei Stella: 'Ik wil die graag meenemen.'
Ze betaalde voor haar koffie en liep naar de overkant, waar de dierenkliniek was.
Het zou heel goed een doodlopend spoor kunnen zijn, maar dat was Jack Morgenstern op dat moment ook, en Marty's blauwe plek en het feit dat hij wist wat de doodsoorzaak was waren genoeg om verder onderzoek te rechtvaardigen. Het was waarschijnlijk nog niet genoeg voor een arrestatiebevel, maar wel genoeg om eens met de andere mensen bij Feldstein te gaan praten.
Ze trok de glazen deur open en zag een lange receptiebalie voor een grote wachtkamer met verschillende lange houten banken langs de muren en een open ruimte daartussen, waar de honden zich konden vermaken. Op dat moment zaten er maar twee mensen te wachten, allebei met een kattenmand bij zich. De ene kat lag stil in zijn reismand, maar de andere mauwde protesterend.
Er zaten twee vrouwen achter de receptie, van wie er een aan het telefoneren was. De andere, een kleine, ronde vrouw met piekerig wit haar, vroeg: 'Kan ik u helpen?'
Weer liet Stella haar penning zien. 'Ik ben rechercheur Bonasera van de technische recherche. Ik onderzoek de dood van Maria Campagna en ik vroeg me af of u een paar vragen zou kunnen beantwoorden.'
Nog terwijl ze aan het woord was, zag ze al dat er een Hewlett-

Packard LaserJet-printer achter de balie stond, precies het model waarmee de anonieme liefdesbrieven aan Maria afgedrukt waren. De mond van de vrouw achter de balie bleef even openstaan. 'O, bedoelt u dat meisje van de overkant? Ja, daar heb ik over gehoord. Verschrikkelijk, niet?'
'Kende u haar?'
'Ja, ik zag haar wel eens als ik daarheen ging om thee en iets lekkers te halen.' Ze boog zich naar Stella toe en zei bijna samenzweerderig: 'Ze hebben daar de allerlekkerste cannoli.'
Stella glimlachte. 'Dat weet ik uit ervaring.' Toen werd ze weer serieus en ze haalde een bloknoot en een pen tevoorschijn. 'Hoe is uw naam?'
'O, ik ben Jaya, Jaya Nissen.'
'Wie gaat er hier nog meer regelmatig naar Belluso?'
'God, iedereen. Ik geloof niet dat dokter Feldstein er ooit komt, want die neemt meestal iets te eten mee van thuis. Hij eet kosjer. Ik weet dat ze zeggen dat hun eten ook allemaal kosjer is, maar ik geloof niet dat dokter Feldstein daar vertrouwen in heeft. Maar de anderen komen er wel regelmatig, ja.'
'Tot hoe laat was u eergisteravond open?'
'Tot tien uur. We zijn één keer in de week 's avonds open, voor mensen die tot laat moeten werken, begrijpt u wel?'
'Jazeker.' Stella schreef het allemaal op en vroeg toen: 'Is er daarna ook nog iemand gebleven?'
Jaya knikte. 'We houden veel dieren hier en er blijft altijd iemand tot een uur of elf om ervoor te zorgen dat ze genoeg eten en water hebben en de katten genoeg kattengrit. Sommige dieren moeten ook nog medisch verzorgd worden en de honden moeten worden uitgelaten.'
'Wie is eergisteren laat hier gebleven?'
Jaya knipperde met haar ogen en zei: 'Dat weet ik niet meer.' Haar collega, die een lange rode paardenstaart had, was net klaar met telefoneren en Nissen vroeg haar: 'Moira, weet jij nog wie eergisteren de late dienst had?'
'Ja, hoor. Dat was Marty,' zei de vrouw.

Stella wist een glimlach te onderdrukken. 'Wat is Marty's volledige naam?'
'Marty Johannsen,' zei Moira. 'Ik weet het nog omdat hij gisteren binnenkwam met een enorme blauwe plek. Hij zei dat Rex dat had gedaan.'
'En wie is Rex?' vroeg Stella.
'Een Deense dog die hier logeert, voor de zoveelste keer.' Ze rolde met haar ogen. 'Ik zweer je dat die mensen meer op vakantie zijn dan thuis. Ik snap niet waarom ze eigenlijk een hond hebben. Hij zit vaker hier dan daar. En ze hebben ook nog een tuin. Ik snap niet waarom ze hem niet gewoon thuislaten en iemand betalen om hem uit te laten en te eten te geven. Ik heb het wel eens tegen meneer Franklin gezegd, maar hij wil niet luisteren.'
Stella, die het gesprek weer in de juiste banen wilde leiden, vroeg: 'Dus Marty was hier alleen tot elf uur?'
'Ja,' zei Moira. 'Nee, wacht. Chris was hier ook nog even. Maar ik weet niet of hij de hele tijd gebleven is.'
'En wie is Chris?'
Dit keer nam Jaya het woord. 'Chris Schanke. Hij is het hoofd van het lab en hij bestelt al het voer en de medicijnen en zo.'
Stella noteerde de naam en was blij dat ze nu twee mensen had naar wie ze kon vragen. Ze gokte nog steeds op Marty, maar het was gemakkelijker als de politie naar twee personen vroeg. Als het maar over één iemand ging, was die meteen verdacht. Ging het over twee personen, dan was je informatie aan het verzamelen. 'Kan een van jullie zich herinneren wat Chris en Marty aanhadden? Dan weten we misschien zeker dat ze niet tot de verdachten behoren.' Die tweede uitspraak was maar half waar.
'Chris liep de hele dag in een operatiepak,' zei Moira. 'Dat doet hij altijd. Ik geloof niet dat ik hem ooit in gewone kleren heb gezien, behalve op het kerstfeest.'
'Marty droeg een zwarte trui met SAN DIEGO erop,' zei Jaya. 'Dat weet ik nog omdat dokter Feldstein wilde weten of hij daar ooit geweest was. Dokter Feldsteins zoon is bij de marine geweest en was daar gestationeerd.'

Niet dat het antwoord haar kon schelen, maar Stella vroeg het toch maar: 'En, was hij er geweest?'
Jaya schudde haar hoofd. 'Nee, het was een cadeau van zijn ouders toen ze daar op vakantie waren geweest. Zoiets als: "Mijn ouders zijn naar San Diego geweest en alles wat ik kreeg was deze rottrui."'
Stella bleef aantekeningen maken, maar ze wist nu zeker dat ze genoeg had voor een gerechtelijk bevel.

'Je hebt niet genoeg voor een bevel.'
Stella zat met Angell in de kamers van rechter Lou Montagnino. Deze rechter was altijd een risico. Aan de ene kant had hij iets met vermoorde meisjes. Voordat hij in 1972 tot rechter was benoemd, was Montagnino openbaar aanklager geweest in Queens en had hij een man vervolgd die vier tienermeisjes had vermoord. Hij was meestal wel bereid wat soepeler te zijn bij zulke zaken.
Aan de andere kant was Montagnino ook een seksist die helemaal niets ophad met vrouwelijke rechercheurs. 'Secretaresses met pistolen,' had hij ze eens in Stella's bijzijn genoemd, en het had al haar wilskracht gekost (en Macs ijzeren greep om haar arm) om te voorkomen dat ze hem een knietje gaf.
Stella boog naar voren op haar stoel. 'Onze vermoedens zijn gerechtvaardigd, meneer.'
'Hoezo gerechtvaardigd?' Montagnino keek Stella over zijn bril en zijn haviksneus aan. 'Ik zie alleen wat vage onzin. Heeft Taylor hier zijn akkoord aan gegeven?'
Na een korte aarzeling zei Stella: 'Nee.' Ze was in de verleiding om te liegen, maar Mac was nog op Staten Island geweest toen zij terugkwam in het lab. Angell had het verzoek om een gerechtelijk bevel getypt en ze waren samen naar Montagnino gegaan. Het was het proberen waard geweest, maar Stella was het proberen een beetje zat voor vandaag.
'Edelachtbare,' zei Angell, 'hij wist de doodsoorzaak. Dat hebben wij aan niemand verteld.'
'Er zijn meer dan dertig mensen die bakkerij in gekomen,' voegde

Stella eraan toe, 'en iedereen had het alleen over het meisje dat dood was. Dan komt die ene vent binnen met een blauwe plek van de juiste afmetingen en hij weet toevallig dat het slachtoffer is gewurgd. Ik denk dat dat voldoende reden is voor een huiszoekingsbevel, vooral omdat hij zo agressief reageerde.'
'Definieer "agressief", alstublieft,' zei Montagnino bijtend.
'Hij wilde geen antwoord geven op vragen, ik mocht geen foto's nemen van de blauwe plek en ook geen DNA-monster ter vergelijking.' Ze was natuurlijk niet zover gekomen dat ze had kunnen vragen of ze foto's of een DNA-monster mocht nemen; hij was weggelopen voordat Stella de kans had. Maar dat hoefde Montagnino niet te weten.
'Als ik een bakkerij in was gelopen om iets lekkers te kopen, zou ik ook niet voor een vrouwelijke rechercheur op een wattenstaafje willen spugen.' Hij schudde zijn hoofd. 'Ik dacht dat jullie al een verdachte hadden in deze zaak.'
'Dat dachten we,' zei Angell, 'maar we hebben geen bewijzen tegen hem en hij heeft een heel goede advocaat.'
'Ah, ik begrijp het al. Jullie zijn bang voor die advocaat en dus gaan jullie achter iemand anders aan. En nu willen jullie dat ik daar toestemming voor geef. U maakt me aan het lachen, rechercheur. Wie mag die advocaat dan wel zijn?'
'Courtney Bracey,' zei Stella. 'Hoezo?'
Montagnino zette zijn bril af. 'Bracey? Potverdorie, die heks? Ik zweer dat ik elk respect voor de orde van advocaten heb verloren toen ze haar hebben beëdigd.' Hij sloeg zowaar een kruis. 'Ik wens haar mijn ergste vijand nog niet toe, laat staan jullie twee.'
'Goh, dank u,' mompelde Angell.
Hij zette zijn bril weer op en las het verzoek nog eens. 'U zegt dat hij wist dat de jongedame was gewurgd?'
Stella benadrukte het punt. 'Dat kan hij met geen mogelijkheid hebben geweten, tenzij hij de moordenaar is, edelachtbare.'
Angell wierp Stella een korte blik toe, en Stella hoopte maar dat Montagnino dat niet gezien had. Stella zat enorm te bluffen, maar ze wíst gewoon dat Marty Johannsen de dader was, en hoe langer

het duurde voordat ze een behoorlijk onderzoek naar hem konden instellen, hoe minder kans ze hadden om bewijzen tegen hem te vinden.
'Dat vermoorde meisje,' zei Montagnino. 'Hoe oud was ze?'
'Negentien.'
'En jullie denken echt dat die sukkel van een Johannsen het heeft gedaan?'
Stella zei: 'Ik heb er in elk geval zo veel reden voor om dat te denken dat ik een verder onderzoek wil instellen.'
Daar moest Montagnino om lachen, hoewel dat er met zijn gerimpelde gezicht en zijn al te glanzende gebit meer uitzag alsof er een afgrond openging. 'Goed antwoord, Bonasera. Als u ja had gezegd, had ik nee gezegd, omdat dat niet het antwoord is van een echte rechercheur. Maar u hebt me het antwoord van een echte rechercheur gegeven, dus u krijgt het bevel.' Hij stak zijn hand uit naar een pen, maar voordat hij hem oppakte, zei hij nog: 'Ik vind het nog steeds krankzinnig om penningen en pistolen uit te delen aan mensen die gestudeerd hebben, maar niemand heeft mij om mijn mening gevraagd.'
Angell zei: 'Ik heb niet gestudeerd, edelachtbare, en ik denk dat het de moeite waard is om die man onder de loep te nemen. Een negentienjarig meisje is dood. Moeten we dan niet al het mogelijke doen om de moordenaar op te sporen?'
Montagnino pakte de pen en wees ermee naar Angell. 'Denk niet dat ik dom ben, meisje. Ik tekende al gerechtelijke bevelen toen jullie nog luiers droegen.' Stella vond dat om een of andere reden een amusante gedachte. Hij duwde op de knop achter op de pen om de punt naar buiten te laten komen. 'Jullie hebben jullie huiszoekingsbevel, dames. Maak er goed gebruik van.'

20

Toen Mac met Flack bij de RHCF arriveerde, had de laatste er weer moeite mee om zijn wapen af te geven. Russell en Ursitti stonden hen op te wachten en Flack was niet blij dat hem de ingang werd ontzegd tot hij zijn Glock bij het arsenaal had afgegeven.
'Hoor eens,' zei Flack, 'ik kom iemand arresteren. Ik voel me een beetje naakt als ik dat zonder wapen doe.'
'Daar heb ik geen moeite mee, rechercheur,' zei Russell.
'Ik bedoel dat ik me onveilig voel. Ik wil niet...'
Russell schudde zijn hoofd. 'Ik weet wat u bedoelt, rechercheur, en het maakt niet uit. We hebben regels, we hebben voorschriften, en als u die overtreedt, komt u hier voor langere tijd terecht. Geef alstublieft uw pistool af.'
Flack keek naar Mac, die zijn schouders ophaalde. Hij had zijn wapen al in bewaring gegeven. Hij begreep Flacks bezwaren wel; het was in het algemeen niet verstandig om iemand te arresteren zonder een wapen bij je te hebben. Het wapen bood veiligheid, zelfs als het in een holster zat met de veiligheidspal erop. En ook dan werkte het niet altijd, zoals Mac door schade en schande had geleerd.
'Regels zijn regels, Don,' zei Mac.
Flacks gezicht maakte duidelijk dat hij het niet eens was met die redenering. Maar hij gaf toch zijn wapen af. Vervolgens ondergingen ze de rest van de rompslomp die nodig was om de gevangenis in te mogen.
Toen dat achter de rug was, liet Mac het aan de mopperende Flack over om Mulroney in staat van beschuldiging te stellen, zodat hij gearresteerd kon worden wegens de moord op Vance Barker. Ursitti ging met Mac naar de verhoorkamer. Onder het lopen vroeg Ursitti: 'Wat komt u doen, rechercheur?'

'Ik moet alle PIW'ers spreken die de laatste week toezicht hebben gehouden bij het uitdelen van de medicijnen in blok C.'
'Wilt u weten wie heeft gecontroleerd of Washburne zijn pillen slikte?' vroeg Ursitti.
Mac knikte.
Ursitti pakte zijn radio en vroeg iemand naar zijn kantoor te gaan en het dienstrooster van blok C voor hem te halen.
Een paar minuten nadat Mac en Ursitti in de verhoorkamer waren gaan zitten, kwam er een PIW'er langs met het rooster in kwestie. Ursitti keek het door, vond de juiste pagina en liet die aan Mac zien. Mac ging op de stoel zitten die Flack bij eerdere verhoren had gebruikt en staarde naar de pagina.
Omdat hij eigenlijk alleen maar naar de laatste week hoefde te kijken om het patroon te vinden dat hij verwachtte aan te treffen, begon hij met de persoon die een week eerder dienst had gehad. Toen hij de naam zag, trok hij even een gezicht, maar hij zei toch: 'Kunt u meneer Ciccone laten komen?'
'Natuurlijk, maar verwacht er niet te veel van. Hij is nogal uit zijn hum.'
'Nou, hij is niet de enige.'
Nadat Ursitti via zijn radio Ciccone had opgeroepen, vroeg Mac: 'En de verpleegsters?'
'Geen van hen is op dit moment aanwezig. Kapitein Russell kan u hun gegevens verschaffen als u contact met hen wilt opnemen.'
'Ik hoef waarschijnlijk alleen met de PIW'ers te praten, maar ik wil toch graag de namen en adressen hebben als ik hier klaar ben.'
Ursitti haalde zijn schouders op. 'Prima. U zegt het maar.'
Ciccone kwam binnen, maar bleef op de drempel staan toen hij Mac in het oog kreeg. 'Hé, ik heb al gezegd dat ik niet meer met u praat zonder dat mijn advocaat erbij is.'
Ursitti rolde met zijn ogen. 'Hou toch op, Ciccone.'
'Ik hou helemaal niet op, luitenant. Ik ben al een keer lastiggevallen door die vent, en dat gebeurt me niet weer. Het is niet mijn schuld dat Barker is vermoord, wat jullie ook zeggen. Ik doe mijn mond niet meer open tot ik juridische bijstand heb.'

'Het gaat niet over de moord op Barker,' zei Mac. 'Het gaat over Washburne.'
Daar had Ciccone niet op gerekend. 'Washburne?'
'Ja.'
Ciccone wreef over de stoppels op zijn kin. 'Oké, ik heb er geen bezwaar tegen zolang we het alleen over Washburne hebben.'
'Dank je,' zei Mac, die probeerde niet sarcastisch te klinken, maar daar waarschijnlijk niet erg in slaagde.
Ciccone ging zitten en Mac vroeg: 'Vandaag een week geleden heb je toezicht gehouden op het uitdelen van de medicijnen in blok C, is dat juist?'
Ciccone haalde zijn schouders op en zei: 'Ik geloof van wel, ja.'
'Zijn er toen ook medicijnen gegeven aan Malik Washburne?'
Ciccone knikte en begon met zijn handen te spelen.
'Weet je nog welke medicijnen dat waren?'
'Ik weet echt niet meer wat hij slikt. Ik zou op het rooster moeten kijken. Maar ik weet wel dat hij maar één pil had.'
'En die heeft hij ingenomen?'
'Natuurlijk, net als altijd.' Ciccone haalde zijn schouders op en bleef met zijn handen spelen.
'Beschrijf het proces eens, alsjeblieft.'
Ciccone rolde met zijn ogen. 'Het ging net als altijd. De verpleegster gaf hem zijn medicijnen en een glas water. Hij deed de pil in zijn mond, nam het glas aan en slikte het water door.'
'Weet je dat zeker?'
'Natuurlijk weet ik dat zeker. Ik doe dit minstens één keer per week, soms vaker.'
'En Washburne heeft zijn medicijnen ingenomen?'
'Absoluut.'
Mac maakte aantekeningen op zijn notitieblok en zei toen: 'Goed, meer hoef ik niet te weten. Dank je.'
Ciccone stond op en zei: 'Graag gedaan, rechercheur. Het is me een genoegen om mijn tijd met u te verdoen. Weet u zeker dat u me verder niets wilt vragen? Ik heb een fantastisch verhaal over hoe de gedetineerden twee weken geleden hun tanden hebben gepoetst.'

Mac grijnsde. 'Nee, dit is alles.'
Toen Ciccone weg was, keek Mac op naar Ursitti. 'Nu wil ik graag praten met Bolton.'
Bolton werd geroepen en ging zitten. 'Wat kan ik voor u doen, rechercheur?'
'Volgens het rooster heb jij zes dagen geleden toezicht gehouden op de uitgifte van medicijnen in blok C.'
'Dat klopt geloof ik wel, ja.'
'Heb je Malik Washburne Klonopin gegeven?'
Bolton leunde achterover en keek naar het plafond. 'Echt, rechercheur, ik weet niet meer of het Klonopin was of niet. Dat hou ik niet bij. Maar ik ben er zeker van dat hij heeft gekregen wat hij moest krijgen.'
'En hij heeft de medicijnen ingenomen?'
'Ja, natuurlijk.' Bolton haalde zijn schouders op.
'Hij probeerde er niet met de gewone trucjes onderuit te komen?'
Bolton lachte en wierp een blik op Ursitti. 'Nee, zo stom was hij niet. Het zijn meestal de nieuwelingen en de echte stomkoppen die dat proberen.'
'Dus Washburne heeft zes dagen geleden zijn medicijnen ingenomen?'
'Voor zover ik me kan herinneren, ja.'
'Dank je, Bolton.'
De volgende was Flacks vriend Sullivan. Er verscheen een glimlach op zijn babyface zodra hij binnenkwam en Mac herkende. 'Hé, rechercheur Taylor. Hoe gaat het met het onderzoek?'
'Nou, met de ene helft heel goed. Rechercheur Flack is bezig Jack Mulroney te arresteren wegens de moord op Vance Barker.'
'Het zal me niet spijten om die klootzak te zien vertrekken.' Sullivan ging zitten, boog naar voren zodat zijn blonde haar voor zijn gezicht viel, en fluisterde: 'Hé, luister eens, rechercheur, u bent toch een vriend van Donnie?'
Mac besefte dat Sullivan dit vertrouwelijk wilde houden, dus boog hij voorover en zei: 'Ja.'
'Ik ken hem al sinds onze jeugd, maar...' Hij aarzelde. 'Hoor eens,

die stommeling neemt zijn medicijnen niet in. Hij is een jaar geleden gewond geraakt door een bomexplosie en hij doet verdomme alsof er niets is gebeurd. Dat is niet gezond.'
Mac was niet bepaald in de positie om andere mensen de les te lezen over hoe om te gaan met posttraumatische stress. Dat was iets voor de psychiaters. Maar Mac wist hoe Flack dacht over de psychiaters die de politie in dienst had.
Het pijnlijke was dat Mac niet had gemerkt dat Flack zijn Percocet niet innam, en hij vroeg zich onwillekeurig af wat hij de laatste tijd nog meer had gemist.
Mac leunde achterover en zei ten behoeve van Ursitti op normale toon: 'Ik zal zien wat ik kan doen aan dat persoonlijke probleem, Sullivan, maar nu wil ik graag praten over de vraag of de gedetineerden ook werkelijk hun medicijnen innemen.'
'Ga uw gang.' Sullivan sloeg met zijn handpalmen op de tafel en legde ze toen in zijn schoot.
'Vijf dagen geleden heb je er toezicht op gehouden dat Malik Washburne zijn medicijnen kreeg.'
'Ja, dat klopt. Hij slikt eh... Zoloft, geloof ik.'
'Eigenlijk is het Klonopin.'
Sullivan klikte met zijn vingers. 'O ja, Klonopin. In ieder geval, hij heeft het ingenomen.'
'Wat was de procedure?'
Sullivan zuchtte en zei: 'De verpleegster haalt de pil voor de dag, geeft hem aan hem, hij neemt hem aan, zij geeft hem een glas water, hij drinkt het leeg en weg is de pil.' Hij haalde zijn schouders op. 'Zoals altijd.'
'Hij probeerde niet zijn medicijnen in zijn hand te houden of zo? Of onder zijn tong te verbergen?'
'Nee, zo was Washburne niet. Hij was een politieman, hij wist hoe het ging.'
'Oké dan. Bedankt, Sullivan.'
Toen Sullivan weg was, zei Ursitti: 'Goed, rechercheur, wilt u nu even uitleggen wat u aan het doen bent? Ik neem aan dat u iedereen op die lijst wilt laten komen.'

'Nee,' zei Mac, die opstond en het klembord pakte. 'Ik geloof dat ik alles weet wat ik moet weten. Ik hoef eigenlijk alleen nog te praten met...' hij keek op de lijst, '... Schuster, Moody en Gibson. Andros heb ik al gesproken. Hij is degene die toezicht heeft gehouden op de dag dat Washburne is overleden, en zijn verhaal ken ik al.' Hij keek op naar Ursitti en overhandigde de luitenant het klembord. 'Daarom weet ik dat de PIW'ers Ciccone, Bolton en Sullivan net allemaal zaten te liegen.'
Ursitti zette grote ogen op. 'Neem me niet kwalijk?'
'Ze hadden misschien de waarheid wel willen vertellen, maar omdat u in de kamer was, wilden ze niet toegeven dat ze in het complot zaten.'
'Rechercheur Taylor, waar hebt u het in godsnaam over?' Ursitti zette zijn handen in zijn zij. Zijn ogen flitsten van woede.
Mac zuchtte. 'Malik Washburne was een vrome moslim. Hij heeft zich mede bekeerd tot de islam omdat die het gebruik van geestverruimende middelen als alcohol en sommige medicijnen verbiedt.'
'Ja, nou, mijn vrouw is joods. Ze gaat elke zaterdag naar de synagoge, maar ze eet ook graag bacon bij het ontbijt. En wat dan nog?'
Mac schudde zijn hoofd en zei: 'Washburne nam dat verbod serieus. Denk eraan dat hij een alcoholist was en daardoor in de gevangenis terecht was gekomen. Iemand als Washburne zou er fel op tegen zijn om welke geestverruimende substantie dan ook in te nemen.'
Ursitti fronste. 'Wat wilt u nu zeggen?'
'Laat Andros nog maar eens komen.'
'Wat, gaat u het me niet vertellen?'
'Geef me nog een paar minuten, luitenant, dan wordt alles duidelijk,' verzekerde Mac.
Ursitti keek boos naar Mac, maar pakte zijn radio en liet Andros komen.
Terwijl ze wachtten, kwam Flack met zijn handen in zijn zakken de kamer binnen. 'Mac, Mulroney staat gereed. Ben jij al klaar?'
'Nog niet. Ga jij maar vast, Don. Ik moet dit even afronden.'
'Wat, zonder mij? Kom op, Mac. Mijn naam komt bij deze zaak te staan. Als je iets aan het bekokstoven bent...'

Mac haalde zijn schouders op. 'Mulroney gaat nergens heen. Kom er maar bij.' Terwijl ze op Andros wachtten, vertelde Mac Flack wat hij tot dusver te weten was gekomen.

Flack glimlachte. 'Ik zie waar je heen wil. Daarom heb je Peyton gevraagd die bloedproef te doen, nietwaar?'

Ursitti gromde: 'Willen jullie nou eens ophouden met dat geheimzinnige gedoe en me vertellen waar jullie het in godsnaam over hebben?'

'Alles op zijn tijd, luitenant,' zei Mac met een cryptische glimlach. Op dat moment kwam Andros binnen. 'Ik dacht dat jullie Mulroney kwamen arresteren.'

'Dit keer gaat het over Malik Washburne,' zei Mac.

'Oké, mij best.' Hij ging zitten. 'Ik dacht dat Melendez hem om zeep had geholpen.'

'Nee,' zei Mac, met Flack naast zich. 'Hij is gestorven aan een anafylactische shock.'

'Wat is dat?'

'Een extreem sterke allergische reactie,' zei Flack.

'O, oké, net als mijn oom met eieren. Ik zweer het je, als je hem iets geeft waar eieren in zitten, houdt hij op met ademhalen.' Andros huiverde. 'Ziet er echt vreselijk eng uit. Op een keer verzekerden ze hem in een restaurant dat er geen eieren in de pasta zaten. We mogen daar nu voor altijd gratis eten omdat oom Walter ervan heeft afgezien ze voor de rechter te dagen. Dus zo is die sukkel gestorven, hè?'

'Ja,' zei Mac, 'en we denken dat jij erbij was toen hij de fatale substantie binnenkreeg.'

'Wat zegt u me nou?'

Ursitti zei: 'Rechercheur, als u mijn medewerker gaat beschuldigen van…'

'Niets aan de hand,' zei Mac snel, en hij stak geruststellend zijn hand op. 'Meneer Andros heeft gistermorgen alleen zijn plicht gedaan.'

'Wat is er nou met gistermorgen?' vroeg Andros in opperste verbazing.

'Je hebt toegekeken toen de verpleegster Malik Washburne de voorgeschreven dosis Klonopin gaf. En op dat moment probeerde hij wat jij gisteren "het gebruikelijke trucje" met zijn medicatie noemde.'
Andros snoof. 'Dat klopt. Hij probeerde het pilletje in zijn hand te houden. De amateur.'
'En daaraan is hij doodgegaan.'
'Dat bestaat niet!' zei Ursitti. 'Je hebt van mijn PIW'ers gehoord dat hij die medicijnen al weken innam. Hoe kan hij er plotseling allergisch voor zijn geworden?'
'Jouw PIW'ers logen dat ze zwart zagen,' zei Flack. 'Toen ze het erover hadden hoe Washburne zijn medicijnen innam, raakten ze ook niet uitgepraat over het feit dat hij zo'n goede kerel was, of niet soms? Dat iedereen van hem opaan kon en dat hij bij de politie was geweest en zo?'
'Sommigen van hen, inderdaad,' zei Ursitti.
Andros zei: 'Ik snap het niet. Wilt u nou zeggen dat hij allergisch was voor die Klonopin?'
Voordat Mac antwoord kon geven, deed kapitein Russell de deur open. Hij had een telefoon in zijn hand. 'Rechercheur Taylor, ik heb hier ene dokter Peyton Driscoll aan de telefoon. Ze zegt dat zij de lijkschouwer is en dat ze u dringend moet spreken over de zaak-Washburne.'
'Dank u, kapitein,' zei Mac, die de telefoon van Russell aannam.
'Kunt u er misschien even bij blijven?'
'Ik leid hier een gevangenis, rechercheur, en ik stel het niet op prijs om als boodschappenjongen gebruikt te worden.'
'Het is voor een goed doel, kapitein, want ik mocht van u mijn telefoon niet meenemen.' Hij hield Russells telefoontje tegen zijn oor. 'Peyton?'
Peyton vertelde hem precies wat hij al verwacht had te horen. Hij bedankte haar, klapte de telefoon dicht en gaf hem terug aan Russell. 'De lijkschouwer heeft bevestigd dat Malik Washburne een dodelijke allergie had voor Klonopin,' zei hij.
'Dat kan gewoon niet!' zei Ursitti. 'De man slikt al Klonopin sinds hij hier kwam.'

'Nee,' zei Flack, 'dat is niet zo. Hij geloofde niet in middelen die de geest beïnvloeden, dus slikte hij ze niet.'
'En de PIW'ers keken de andere kant uit,' zei Mac. 'Ze mochten Washburne graag, ze hadden respect voor hem en ze waren bereid hem te helpen. Maar meneer Andros hier was niet in vertrouwen genomen.'
Andros wreef met zijn vingertoppen over zijn voorhoofd. 'Dit is niet te geloven. Wilt u nou zeggen dat ik hem heb vermoord door hem te dwingen die pil te slikken?' Hij leek behoorlijk ondersteboven.
'Nogmaals, Andros, het is niet jouw schuld.'
'Nee,' zei Flack, 'het is de schuld van die sukkels die hun mooie plannetje niet met jou gedeeld hebben.'
'Omdat ze denken dat ik een verklikker ben.' Andros sloeg met zijn vuist op tafel. 'Jezus! Misschien kan ik beter teruggaan naar Sing Sing.'
'Dat zal niet nodig zijn, Randy,' zei Ursitti. 'Dit is niet jouw schuld, maar die van alle anderen.'
'En zo is het, verdomme,' zei Russell. 'Ik kan bijna niet geloven dat dit soort misstanden onder mijn beheer heeft kunnen plaatsvinden. Er is geen enkel excuus om een gedetineerde toe te staan zijn voorgeschreven medicijnen niet in te nemen.'
'De voorgeschreven medicijnen waren zijn eind geworden,' zei Mac. 'En bovendien kon hij ze niet nemen vanwege zijn religieuze overtuiging.'
'Dan had hij zijn mond open moeten doen!' Russell schudde zijn hoofd. 'Ik mocht de man ook graag, rechercheur, maar dit was gewoon onverantwoordelijk.' Hij keek naar Andros. 'Maak je geen zorgen, Randy. Voor jou zal dit geen gevolgen hebben.' Hij keek boos naar Ursitti. 'Maar daar ben je misschien de enige in.'
Mac keek even naar Flack. 'Dat is aan u, kapitein, maar ik denk dat ons onderzoek is voltooid. De dood van Washburne was een ongeluk. Het blijkt dat u hier maar één moordenaar had.'
Flack voegde eraan toe: 'En van hem zal ik u verlossen.'
'U mag hem hebben,' zei Russell. 'En ik moet u allebei bedanken voor uw uitstekende werk.'

'Het was ons een genoegen,' zei Mac.
'Maar niet zo'n groot genoegen als om Mulroney mee te nemen,' zei Flack. 'Kom op, Mac. We gaan.'
Terwijl Mac achter Flack aan naar de gang liep, moest hij wel zien dat Flack heel voorzichtig liep en hij vroeg zich af waarom hem dat niet eerder was opgevallen. Hij legde een hand op Flacks arm om hem even te laten stilstaan en zei zachtjes: 'Luister eens, Don, neem jij die pijnstillers wel die ze je hebben voorgeschreven?'
Flack rolde met zijn ogen en zei: 'Jezus, Mac, begin jij nou ook al? Het is al erg genoeg dat Terry en Sheldon er constant over lopen te zeuren.'
Mac lachte even. 'Oké, oké, het spijt me. Ik maak me gewoon zorgen, dat is alles.'
Flack haalde diep adem. 'Dat stel ik op prijs, Mac, maar het gaat prima met me. Echt.'
'Als jij het zegt.'
'Ik zeg het. Kom op nou, laten we de slechterik uit de gevangenis halen en in een andere gevangenis stoppen.'

21

Stella moest toegeven dat ze een heleboel lol had bij het doorzoeken van Marty Johannsens appartement.
Marty woonde in een appartementje met één slaapkamer in een groot complex op Henry Hudson Parkway East. Het was een typische vrijgezellenwoning: overal vuile was, grote stapels vaat op het aanrecht, beschimmeld voedsel in de koelkast en stapels spullen op het hele vloeroppervlak.
Marty was al terug van Feldstein toen Stella in de hal bij hem aanbelde. Over de oude speaker klonk zijn verwrongen stem: 'Wie is daar?'
'De politie, meneer Johannsen. Wilt u ons binnenlaten?'
Er viel een lange stilte en Stella was al bang dat hij zou vluchten via de brandtrap of zoiets, maar uiteindelijk klonk de verwrongen stem weer. 'Ja, oké.'
Daarna hoorde ze het gezoem waarmee de haldeur opening. Stella, Angell, een medisch laborant en vier agenten van Bureau 50 gingen naar binnen en namen de lift naar de twaalfde verdieping. Johannsen stond in de deuropening. 'Wat is er aan de hand, rechercheur Bonasera? Aha, ik weet het alweer. Erg slim van u om ook naar Chris te vragen, alsof ik niet zou weten dat u eigenlijk belangstelling had voor mij. Maar u verdoet uw tijd. Ik heb niets gedaan.'
'Misschien, misschien ook niet.' Stella hield hem het huiszoekingsbevel voor, ondertekend door rechter Montagnino. 'Maar we trekken het toch maar even na.'
Johannsen griste het bevel uit haar hand en keek er vol afkeer naar. 'Jezus. Nou ja, ik geloof niet dat ik een keus heb, hè?'
'Nee,' zei Stella. 'Het eerste wat ik nodig heb, is wat bloed en DNA, en ik moet ook foto's maken van uw gezicht.'

Terwijl de medisch laborant zich opmaakte om bloed af te nemen en wat wangslijm bij Johannsen weg te schrapen, pakte Stella haar Nikon en fotografeerde ze de blauwe plek op de wang van de man, eerst alleen en later met een L-maat ernaast, die Johannsen zelf onwillig op zijn plek hield. Daarna haalde ze de geheugenkaart uit haar camera en deed hem in haar telefoon, zodat ze de foto's kon doorsturen naar Lindsay in het lab.
Stella trok een stel latex handschoenen aan en begon de vuile kleren te bekijken die in het appartement verspreid lagen. Uiteindelijk vond ze een zwarte, binnenstebuiten gekeerde trui. Ze nam er verscheidene foto's van voor ze hem omdraaide.
Er viel een vingernagel uit de stof op de vloer.
Ook daar nam Stella verscheidene foto's van, en ze zag tot haar genoegen dat er paarse nagellak op zat. Daarna pakte ze een pincet en deed de nagel in een envelop.
'Is dat die trui uit San Diego?' vroeg Angell, die naar haar toe liep. Stella hield de trui omhoog en liet Angell de naam van de stad zien, die in glanzende letters op de trui stond. 'Ja. Dit is de trui die meneer twee avonden geleden gedragen heeft, en kijk eens wat ik erin gevonden heb.' Ze hield de kleine envelop omhoog. 'Een paarse vingernagel.'
Angell trok een wenkbrauw op. 'Ik heb ze net zijn laptop laten meenemen. Maar er is geen printer.'
'En de laptop zelf?'
Angell haalde haar schouders op. 'Ik heb de liefdesbrieven niet kunnen vinden.'
'Ik zal onze mensen er eens naar laten kijken. Misschien heeft hij ze verborgen of gewist. Zolang ze niet definitief gewist zijn, moeten we ze kunnen opduikelen.'
Angell zei met een grijns: 'Nou, die vent heeft er niet aan gedacht om de kleren te wassen die hij droeg toen hij een meisje vermoordde, dus ik betwijfel of hij eraan gedacht heeft de brieven voorgoed van zijn computer te verwijderen.' Vervolgens zuchtte ze diep.
'Wat is er?'

'Niets.'
Stella keek haar aan. 'Jen.'
'Ik wilde zo graag dat het Morgenstern was, al was het alleen maar om Bracey dwars te zitten,' zei ze eindelijk. 'Nu moet ik hem – en haar – definitief met rust laten. Dat zit me niet lekker.'
Stella grinnikte. 'Je overleeft het wel.'

Zodra Lindsay de foto's ontving via Stella's Treo, bekeek ze ze op de computer om de omvang en vorm van de blauwe plek op Johannsens gezicht te vergelijken met de autopsiefoto's van Maria's vuist. Ze pasten goed bij elkaar. Weer niet volmaakt, maar je kon in ieder geval niet met zekerheid zeggen dat de blauwe plek niet door de vuist was veroorzaakt, en dat was vaak het beste wat in dergelijke omstandigheden bereikt kon worden.

Even later kwam er een geüniformeerde agent langs met verschillende enveloppen met monsters: de vingernagel die in de trui had vastgezeten en het bloed en het wangslijm van Marty Johannsen.

Ze ging eerst naar Adam om hem het bloedmonster te geven. Vervolgens was Jane Parsons aan de beurt. Ze geeuwde toen Lindsay binnenkwam. 'Is het weer laat geworden met de dokter van de Spoedeisende Hulp?' vroeg Lindsay met een grijns.

Jane bewoog slechts haar wenkbrauwen. 'Wat heb je nu weer voor me, Monroe?'

'Nieuw vergelijkingsmateriaal. Alleen zou dit monster van de dader kunnen zijn.'

'Het gaat om het bloed op de ketting, hè?'

Lindsay knikte.

'Mooi. Ik laat je het resultaat weten zodra de vergelijking klaar is.'

Haar volgende halte was het mortuarium.

Sid Hammerback zat haar al op te wachten met het lijk van Maria Campagna. 'Goede timing,' zei Sid toen ze binnenkwam. 'We zijn net gebeld door de familie Campagna, die wilde weten wanneer we het lichaam kunnen vrijgeven.'

'Nou, dat hangt hiervan af.' Lindsay hield de envelop met de vingernagel omhoog.

Sid pakte een petrischaaltje van het werkblad achter hem en Lindsay maakte de envelop open en tikte tegen de zijkant, zodat de vingernagel eruit viel. Hoewel hij duidelijk met geweld van de vinger was gescheurd – de binnenrand was ongelijk en rafelig – kon je de paarse nagellak nog zien.

'Mooi spul, nagellak,' zei Sid. 'Weet je, sommigen zeggen dat het is ontstaan in Japan, vijfduizend jaar geleden. Anderen beweren dat het uit Italië komt, en weer anderen vinden dat complete onzin. Het zou mij persoonlijk niet verbazen als het afkomstig is uit de Oriënt. Sorry, dat noemen ze tegenwoordig het Verre Oosten, nietwaar?'

Lindsay glimlachte. 'Ja, niemand zegt nog "Oriënt", Sid.'

'Ach, ik denk dat ik me gemakkelijk laat des-Oriënt-eren.'

Lindsay kreunde luid. 'Sid, die is zelfs voor jouw doen erg.'

'Altijd bereid iemand een plezier te doen,' zei hij met een grijns, terwijl hij de nagel met een pincet oppakte en hem tegen Maria Campagna's rechterwijsvinger hield.

Hij paste bijna volmaakt. En de nagellak had dezelfde kleur.

Sid keek Lindsay door zijn bril heen aan. 'Het ziet ernaar uit dat zij degene is die met de prins heeft gedanst.'

'Ja, maar deze prins leeft niet nog lang en gelukkig. Bedankt, Sid.'

Daarna schraapte Lindsay wat schilfers nagellak van Maria's lijk, deed die in een envelop en herhaalde dat met de losse nagel die in Marty Johannsens appartement was gevonden.

Adam zat boven op haar te wachten. 'Dat bloed dat je me hebt gegeven, is AB-negatief.'

'Dezelfde bloedgroep als het bloed op de ketting.'

Adam knikte. 'Maar dat bewijst niets, alleen dat je verdachte dezelfde bloedgroep heeft.'

'Alle beetjes helpen,' zei Lindsay. 'Kom op, ik kan hier wel wat hulp bij gebruiken.'

Samen met Adam bracht ze de monsters naar de gaschromatograaf. Ze verzegelde het monster van Maria's lijk in het apparaat en zette het aan om door het gas te laten bepalen uit welke componenten de schilfers bestonden. De computer verschafte de precieze specificaties: nitrocellulose, pigment en alle andere dingen die in de meeste nagellakken zaten. Toen dat klaar was, haalde Adam het eerste monster uit het apparaat en verving het door de schilfers van de vingernagel die in het appartement van Marty Johannsen was aangetroffen.

Alles klopte: de moleculaire structuur van het pigment en de proporties van de verschillende ingrediënten.

Lindsay keek naar het computerscherm en zag dat beide lijstjes een ingrediënt misten dat ze wel had verwacht te zien. 'Hé, dat is vreemd. Er zit geen dibutylftalaat in.'

'Gezondheid,' zei Adam.

Lindsay wierp hem een nijdige blik toe. 'Heel leuk. Maar het zit in elk nagellakmonster dat ik ooit heb geanalyseerd.'

'Niet veel langer,' zei Adam. 'Bij proefdieren en mensen is verband aangetoond tussen ftalaten en testikelproblemen. Dus zijn de makers van nagellak vorig jaar begonnen het uit hun producten weg te laten. En daar ben ik als bezitter van testikels heel dankbaar voor.'

'Oké, waarom wist ik dat niet?' vroeg Lindsay. 'Ik bedoel, ik gebruik dat spul.'

Adam haalde zijn schouders op. 'We kunnen niet allemaal zo ongelooflijk briljant zijn als ik.'

Lindsay gaf Adam een speelse stomp tegen zijn arm en zei: 'Natuurlijk niet. Maar in ieder geval zijn de monsters gelijk.'

'Inderdaad.'

Lindsay haalde haar telefoon voor de dag en belde Stella.

'Hé, Lindsay,' zei Stella. Er klonk nogal wat lawaai op de achtergrond.

'Goed nieuws, Stell: het bloed is AB-negatief, de vingernagel komt overeen en de blauwe plek heeft de juiste omvang. Ik zit nog te wachten op het DNA.'

'Dat zouden we morgenochtend moeten hebben, en het idee om Johannsen een nachtje in de cel van Bureau 50 in zijn sop te laten gaarkoken staat me erg aan. Het is nu toch te laat om verder iets met hem te doen.'

'Waar zit je?'

'Op de Henry Hudson, op weg naar jou. Ik ben er over een minuut of tien.'
'Zeg alsjeblieft dat je handsfree zit te bellen.' Het was in de staat New York verboden om te bellen onder het rijden, tenzij je dat op een of andere manier handsfree deed.
'Jawel, mama,' zei Stella grinnikend. 'Met dit verkeer heb ik graag beide handen aan het stuur, neem dat maar van mij aan. Ik zie je zo.'
'Oké.' Lindsay hing op.

Marty Johannsen vond dat hij ongelooflijk bruut werd behandeld. Niet alleen moest hij toelaten dat al die agenten met hun vieze klauwen aan zijn spullen zaten, maar nu hadden ze hem ook nog gearresteerd. Niets op de wereld gaf je zo'n verschrikkelijk gevoel als handboeien. Marty had ze een keer zelf omgedaan op verzoek van een vriendin en hij had het absoluut afschuwelijk gevonden. Hij was in één keer zijn erectie en zijn vriendin kwijtgeraakt, maar als zij van dat soort dingen hield, wilde hij haar niet eens als vriendin. Handboeien sneden pijnlijk in je polsen en Marty voelde zich volslagen machteloos met die dingen om. Het was erg genoeg om ze uit vrije wil in bed om te hebben, maar in de handboeien te worden geslagen door de agenten die al zijn spullen hadden bepoteld, was veel en veel erger.
Daarna was hij vastgehouden in een arrestantencel. Marty had al een keer een nacht in de gevangenis doorgebracht, maar toen studeerde hij nog en was hij zo bezopen geweest dat hij zich er eigenlijk niets van kon herinneren. (Nu hij erover nadacht, was hij toen waarschijnlijk ook in de boeien geslagen, maar dat had door de drank geen indruk op hem gemaakt.) Deze keer was de politie niet zo vriendelijk hem toe te staan zich eerst te bezatten, dus ging er helemaal niets aan hem voorbij, niet de dakloze in de hoek die niet meer in bad was geweest sinds de eerste regering-Bush, niet de gemeen uitziende Latijns-Amerikaanse jongens in de andere hoek en niet de houten bank waar je gewoon geen comfortabele houding op kon vinden, of je nu bleef zitten of ging liggen.

De volgende morgen deden ze hem weer handboeien om en duwden ze hem in een busje zonder airconditioning, dat urenlang in de file stond op weg naar een plaats op Manhattan. Marty lette er niet echt op waar ze heen reden. Hij wilde alleen dat hij het zweet uit zijn ogen kon vegen.

Eindelijk brachten ze hem naar een bedompte kamer. Ze deden de handboeien af, maar maakten toen zijn linkerpols vast aan een handboei die aan de tafel vastzat. Hij kon er alleen weg als hij de tafel meenam. Niet dat hij dat wilde; deze kamer had tenminste een airco. Het zweet op zijn voorhoofd werd koud en hij begon zich sinds hij de agenten had binnengelaten voor het eerst weer mens te voelen.

Marty had geen idee hoeveel tijd er verstreek voor Bonasera, dat stomme wijf van een rechercheur, en nog een stom wijf binnenkwamen. Het tweede stomme wijf was ook in het appartement geweest, maar Marty had haar naam niet gehoord. Eigenlijk was het wel een stuk.

Voordat ze een woord konden uitbrengen, zei Marty wat hij tegen iedereen die wilde luisteren had gezegd sinds ze met het huiszoekingsbevel voor zijn neus hadden gestaan. 'Ik heb niets gedaan!'

Bonasera keek hem even aan. 'Wat weet jij van computers, Marty?'

'Hè?' Dat was niet de vraag die hij had verwacht. 'Eh, ik weet niet, is dit een strikvraag of zo?' Hij ging ervan uit dat hij niets te verliezen had en keek naar de andere rechercheur, het stuk, maar die staarde hem zo fel aan dat hij zijn blik moest afwenden.

Bonasera glimlachte onoprecht. 'Helemaal niet. Zie je, een computer zit zo in elkaar: als er een map wordt aangemaakt, wordt er ook een pathway gemaakt, een beschrijving van de locatie van die map. Maar dat is niet het interessantste. Zie je, als je een map wist, verwijder je hem niet echt uit de computer. Wat je doet, is de pathway naar de map afsnijden, zodat de computer die niet meer kan zien. Maar de informatie zelf? Die is er nog. Uiteindelijk wordt eroverheen geschreven als de ruimte voor iets anders nodig is, maar als dat niet zo is, blijft het allemaal aanwezig.'

Marty keek Bonasera even aan en overdacht wat ze had gezegd.

Toen betrok zijn gezicht en voelde hij een nieuwe laag zweet op zijn voorhoofd, ondanks de airco. 'Je bedoelt...'
'Dat klopt, Marty. We hebben de liefdesbrieven die je aan Maria Campagna geschreven hebt terug weten te halen en ze kloppen precies met de uitdraaien die Maria's vriend ons heeft gegeven.'
Marty's mond zakte open. Hij had gedacht dat hij de brieven alleen maar hoefde te wissen. Verdomme!
'Jammer voor jou dat Bobby ze aan ons heeft gegeven,' ging Bonasera verder.
Marty schudde zijn hoofd. 'Die Neanderthaler.'
'Wie bedoel je?' vroeg de andere rechercheur.
'DelVecchio! Die grote stomme spierbal was niet goed genoeg voor Maria!'
'Dus probeerde je haar van hem af te pakken?' vroeg Bonasera.
'Precies!' Marty zuchtte. 'Verdomme, ze verdiende iets beters, maar ze wilde hem gewoon niet aan de kant zetten. Ik geef om dieren, maar ik zweer je dat DelVecchio hondjes schopte als Maria even niet keek. Ik heb het hem een keer zien doen! Echt waar!'
De knappe rechercheur zei: 'Dus heb je haar vermoord.'
Hij bracht zich met enige moeite te binnen dat de liefdesbrieven op zich geen bewijs waren en zei: 'Nee. Waarom zou ik haar vermoorden? Ik hield van haar!'
De knappe rechercheur keek hem boos aan – en ze was een stuk minder knap als ze zo boos keek, dacht Marty – en zei: 'Weet je hoeveel mensen in die stoel belanden nadat ze mensen hebben vermoord van wie ze houden, Marty?'
'Nou, daar hoor ik niet bij. Ik zeg jullie toch dat ik haar niet vermoord heb!'
'Dus die blauwe plek in je gezicht heb je niet opgelopen toen ze je sloeg, ook al komt de omvang van haar vuist precies overeen met de omvang van die blauwe plek?'
'Dat was de Deense dog, Rex.' Hij hoopte dat hij overtuigend klonk.
'En dan is er nog het bloed op Maria's ketting.'
Nu werd Marty overvallen door paniek. Zat er bloed op haar ket-

ting? Jezus, hoe had hij dat verdomme over het hoofd kunnen zien?'
'Dat bloed is van jou, Marty. We hebben het DNA gecontroleerd. Maria hield die ketting brandschoon, dus dat bloed kan er alleen vlak voordat ze werd vermoord op zijn gekomen. Bijvoorbeeld toen ze je met haar vuist tegen je wang sloeg, zodat een tand los genoeg kwam te zitten om een beetje te bloeden?'
Marty kon niet geloven dat hij dat niet gemerkt had.
'En dan is er nog die vingernagel op je trui. Dezelfde trui die je volgens je collega's droeg op de avond dat Maria is vermoord. Een van Maria's vingernagels bleek afgescheurd toen we het lichaam onderzochten, en die vingernagel zat vast in jouw trui.'
O, jezus. Jezus christus, daar had hij geen idee van gehad. Hij had erover gedacht om zijn spullen te wassen, maar hij deed altijd op zaterdag de was. Het zou de politie opvallen als hij van zijn routine afweek. Marty keek veel televisie; hij wist hoe ze bij de politie dachten. Als hij de kleren zou wassen, zou dat er verdacht uitzien, dus waste hij ze niet.
Hoe moest hij weten dat er een vingernagel op zat?
'Goed dan,' zei hij plotseling. 'Prima, jullie hebben me.' Hij hief een hand; de andere zat nog vast in de handboei dus die kreeg hij niet ver genoeg omhoog. 'Ja, ik heb haar vermoord. Het was niet mijn bedoeling, maar ik kon het gewoon niet geloven toen ze me in mijn gezicht sloeg!'
De knappe rechercheur zei: 'Dus je bent tegen sluitingstijd naar Belluso gegaan?'
'Ja. Die vent met dat lange haar die aan karate doet, ging net weg toen ik de dierenkliniek afsloot. Ik zag dat ze alleen was, dus ik dacht dat ik maar eens zou proberen of ze die grote, domme aap niet wilde verruilen voor een échte man.'
Marty hoorde de afkeer in Bonasera's stem toen ze zei: 'Een echte man die haar vermoordt als ze te brutaal wordt? Bedoel je dat, Marty?'
'Nee! Hoor eens, het was niet de bedoeling, oké? Het liep gewoon...' hij zuchtte, '... uit de hand, geloof ik.'

'Dat geloof je?' vroeg Bonasera.
Hij merkte dat hij niets meer te zeggen had, dus sloeg hij zijn ogen neer. 'Nu moet ik zeker naar de gevangenis?'
'Goed geraden.' Bonasera stond op en verliet de verhoorkamer.
Een paar tellen later stond de knappe rechercheur ook op. 'Ze hebben je op Bureau 50 al op je rechten gewezen, dus zetten we je in de cel tot we het papierwerk rond hebben. Tegen het avondeten zit je op Rikers, en daar blijf je tot je terecht moet staan, ellendige schoft.'
Met die woorden vertrok ze ook.
Marty hoopte maar dat ze in ieder geval airco hadden in de gevangenis.

22

Jack Mulroney vond dat hij wel ongelooflijk veel pech had.
Het was lang niet zo erg geweest om Barker te vermoorden als hij had verwacht. Hij was gewoon naar het hek gelopen en had zijn zelfgemaakte mes door het gaas gestoken toen Barker stom genoeg was om er te dichtbij te gaan staan. De klootzak leunde tegen het hek om een flesje water te drinken, en het zweet droop over zijn gezicht na zijn inspanningen bij het gewichtheffen.
Daar ging hij wel van zweten. Niet van de isoleercel. Dat maakte Jack nog nijdiger. Het gaf hem nog een extra reden om hem aan het mes te rijgen. Hij was gewoon naar het hek gehinkt en had het gedaan.
Waar hij niet op voorbereid was, was het bloed. Jezus, het was overal.
Jack had minstens een paar seconden als aan de grond genageld staan toekijken hoe het bloed door het hele fitnesshok was gespoten, als een rode versie van die spuitwaterflessen in oude komedies op de tv, die als een fontein alles ondersproeiden.
Maar Fischer had het heft in handen genomen. Hij had ervoor gezorgd dat Jack het mes had laten vallen en dat alle anderen om hem heen waren gaan staan. Niemand zou zijn mond opendoen tegen de PIW'ers en hij zou er ongestraft mee wegkomen.
En zelfs al gebeurde dat niet, Barker zou tenminste dood zijn. Hij had Jack twee keer voor gek gezet, op het veld en in de isoleercel. Drie keer als je meetelde hoe die schoft zich had uitgesloofd bij het gewichtheffen.
Maar de dingen waren daarna niet helemaal volgens plan gelopen. Hij had gedacht dat er een intern onderzoek zou komen, zoals gebruikelijk. Russell had geen idee wat er in de gevangenis allemaal

gebeurde, dus Jack had niet veel problemen verwacht, maar in plaats daarvan had hij de politie erbij gehaald.
Jack had niet verwacht dat de zaak zo veel aandacht zou krijgen. Dat kwam waarschijnlijk door Washburne. Iedereen in de gevangenis, aan beide kanten, likte regelmatig zijn reet, dus had zijn dood waarschijnlijk de nekharen van de politie overeind gezet.
Gewoon domme pech. Als Washburne niet dood was gegaan, waren ze er waarschijnlijk nooit achter gekomen dat Jack Barker had vermoord.
En het had niemand iets kunnen schelen. Jack wist dat hij totaal niet belangrijk was, maar Barker stelde nog minder voor. Gewoon een drugskoerier uit Brooklyn, precies hetzelfde als vijftig andere drugskoeriers uit Brooklyn. Niemand zou hem missen.
En Jack had hem vermoord. Hij had het verdiend.
Maar nu zat Jack op Rikers en hij zou binnenkort worden overgeplaatst naar een gesloten inrichting. Ze hadden hem nog niet verteld welke. Het kon hem ook eigenlijk niet veel schelen. Hij zou natuurlijk terecht moeten staan en misschien kreeg hij de doodstraf, maar hij had Barker toch maar mooi te grazen genomen. Het was het waard.

Stanton Gerrard had er tegenwoordig een enorme hekel aan om naar het kantoor van het hoofd van de recherche te gaan.
Sinds Mac Taylor dat kantoor was binnengelopen en Brigham Sinclair en Gerrard zelf had gechanteerd, had Sinclair doorlopend een pesthumeur.
Maar hij was naar het heiligdom van Zijne Majesteit geroepen en Gerrard was niet zo dom om een dergelijke oproep te negeren. Hij had lang genoeg op straat gelopen en op dat moment was zijn enige doel om zo veel mogelijk pensioen bij elkaar te schrapen – en om zo ver mogelijk van de straat vandaan te blijven. Niet dat dat niet gedaan moest worden, maar er waren een heleboel betere, jongere mannen die dat op zich konden nemen. Mannen als Don Flack.
Gerrard had altijd een zwak gehad voor Flack sinds de jonge rechercheur onder zijn bevel had gestaan, en hij wist dat mensen als

hij zouden voorkomen dat de zaken op straat uit de hand liepen. Maar Gerrard zelf was daar te oud voor. Als hij zijn ogen dichtdeed, zag hij nog steeds de wilde blik voor zich in de ogen van die junk op 43rd Street, die hem bijna had neergestoken. Dat was aan het eind van de jaren tachtig geweest, voor Disney Times Square had overgenomen en die buurt een smerige poel vol drugsdealers, hoeren en junks was.

Die junk had Gerrard bijna vermoord. Maar in plaats daarvan had Gerrard hem in zijn been geschoten. Hij had hem alleen willen verwonden, maar hij had een slagader geraakt en de junk was doodgebloed.

Steeds wanneer Gerrard tot aan zijn nek wegzonk in de politieke kant van zijn werk, dacht hij weer aan die junk en herinnerde hij zich die ogen en hoe de door drugs krankzinnig geworden man met zijn mes had gezwaaid. Dan voelde hij weer de verkrampende angst waarmee hij de trekker had overgehaald.

Hij had zijn plicht gedaan. Vanaf dat moment was Gerrard een gewaardeerde strijdmakker. Dezelfde bazen die hij na de dienst in de bar op de hak nam, waren plotseling zijn beste vrienden. (Oké, hij nam ze nog steeds op de hak in de bar als zijn dienst erop zat, maar niet meer zo luidruchtig.) Hij had er jarenlang niet over willen denken om zijn brigadiersexamen te doen, maar toen had hij de test met goede resultaten afgelegd. Promotie werd opeens een levensdoel in plaats van een vies woord.

Hij rechtvaardigde zijn positie door te zeggen dat hij ook een gewone diender was geweest. Hij begreep tenminste hoe ze dachten, en misschien kon hij daarom beter leidinggeven dan degenen die hem vroeger het leven zuur hadden gemaakt.

Op sommige dagen geloofde hij dat zelfs.

Maar dit, dacht hij toen hij Sinclairs kantoor binnenstapte, was niet zo'n dag.

Zodra hij de deur achter zich had dichtgedaan barstte Sinclair los. 'Een memo! Dat is toch ongehoord, Stan? De man heeft me een memo gestuurd. Hij had niet eens het fatsoen om me even te bellen.'

'Wie heeft een memo gestuurd?' vroeg Gerrard. Geen onredelijke vraag, want hij had geen idee waar Sinclair het over had.
'De commissaris!' riep Sinclair, en hij hield een stuk papier omhoog.
'Wat is er met hem?'
'Ik had een officiële begrafenis aangevraagd voor Malik Washburne.'
'En dat heeft hij geweigerd?'
'Met een memo, Stan! De man heeft de beste jaren van zijn leven aan de politie gegeven, en dít is zijn loon.' Hij hield het memo bij zijn boze gezicht. '*Na ernstig beraad vrees ik dat ik uw verzoek om voormalig agent Washburne een officiële begrafenis toe te kennen moet weigeren. Het is in mijn ogen niet gepast om iemand die veroordeeld is wegens doodslag en die in de gevangenis is gestorven een erewacht te bezorgen.*' Hij legde het vel papier met een klap op zijn houten bureau.
Gerrard zei voorzichtig: 'Had u echt iets anders verwacht?'
'Een ander antwoord? Natuurlijk niet. Ik was het de man verschuldigd om het te vragen, maar ik ben niet gek, Stan. Ze gaan heus geen eenentwintig saluutschoten afvuren voor een man die in een dronken bui twee mensen heeft gedood. Maar ik had verwacht dat dat me verteld zou worden. Ik ben niet eens meer een telefoontje waard, Stan.'
'Misschien wilde hij het gewoon op schrift hebben.'
'Dan belt hij, zegt me dat en stuurt me een memo met de woorden: "Zoals al genoemd in ons gesprek, geen erewacht." Prima. In plaats daarvan word ik gewoon opzijgeschoven.' Hij wees beschuldigend naar Gerrard. 'Dat is allemaal de schuld van Taylor.'
Gerrard knipperde met zijn ogen. 'Hoezo dat?'
'De commissaris is nijdig dat Taylor er zo gemakkelijk mee wegkwam. Hij wilde hem op zijn minst een berisping geven en ik kon hem niet vertellen waarom het zo was gelopen.' Sinclair schudde zijn hoofd en ging weer aan zijn bureau zitten. 'Of hij weet wel waarom, en is juist daarom nijdig. In ieder geval…'
Gerrard nam de stoel tegenover Sinclair en zei: 'Hoor eens, Mac is ook bepaald niet mijn favoriete persoon, maar ik geloof niet dat je

dit aan hem kunt wijten. Hij dacht dat hij met zijn rug tegen de muur stond en daar heeft hij iets aan gedaan. En ik geloof niet dat de grote baas zich ook maar even bekommert over een of andere vent van de technische recherche.'

'Hij bekommerde zich wel om Clay Dobson. Die heeft de politie voor schut gezet en ik heb hem zijn handige zondebok afgenomen.' Sinclair schudde zijn hoofd. 'Hou Taylor in de gaten, Stan. Hij moet de beste agent in de geschiedenis van de New Yorkse politie zijn of anders kost het hem zijn kop. Alles wat daartussenin ligt, is onmogelijk.'

Gerrard was enigszins verbijsterd toen hij Sinclairs kantoor uit kwam. Had hij Mac Taylor nou net zitten verdedigen? De wonderen waren de wereld nog niet uit.

Maar hij zag wat Sinclair bedoelde. Als Mac uitblonk, kon Sinclair daarop wijzen en zeggen dat het slecht zou zijn geweest voor het politiekorps als hij was gestraft. Als Mac een fout maakte, serveerde Sinclair zijn hoofd op een zilveren blaadje aan de commissaris. Het zouden interessante weken worden.

Dina Rosengaus miste de ochtenddienst.

Ze had elders in de buurt gesolliciteerd. Er was een Subway opengegaan op Johnson Avenue met een bordje met PERSONEEL GEZOCHT in de etalage, er waren vier supermarkten in de buurt die altijd op zoek waren naar kassameisjes en ze had ook een sollicitatieformulier ingevuld bij de Staples op Broadway, een paar restaurants op Riverdale Avenue en de CVS op 235th Street.

Maar ze was nog nergens aangenomen.

Uiteraard werd overal gevraagd of ze een strafblad had en dan moest ze bevestigend antwoorden. Ze was gearresteerd en haar vingerafdrukken waren genomen en alles, maar de advocaat van haar ouders – eveneens een Russische immigrant en de man van de nicht van haar vader – had voor elkaar gekregen dat ze schuldig had kunnen pleiten aan een mindere aanklacht en een boete had gekregen, die haar vader had betaald. Ze had zelfs geen cel van binnen gezien, hoewel ze wel uren aan het bureau van een

politieman had gezeten met niets anders te doen dan nadenken.
Ze dacht vooral over Maria Campagna en die stomme ketting van haar. Als zij het niet nodig had gevonden om er voortdurend mee te pronken, had Dina hem misschien niet meegenomen.
Het was tenslotte niet zo dat Dina haar had vermoord. En Jack ook niet. Daar was Dina blij om, want ze mocht Jack graag. Nee, het was die vent van de overkant geweest.
Hem had Dina nooit gemogen.
Hoewel haar vader de boete had betaald, was dat op voorwaarde dat ze hem terugbetaalde. Hij had haar gezegd dat hij haar eigenlijk liever de rest van haar leven in de gevangenis liet wegrotten, maar haar moeder had hem ervan overtuigd dat het beter was om te betalen.
'Maar je betaalt me terug, elke cent!' had hij in het Russisch gebruld.
Op school was het één doffe ellende. De zomerklassen waren kleiner, dus was het moeilijker voor Dina om zich verdekt op te stellen en te hopen dat niemand zag dat het meisje dat was gearresteerd achterin zat.
Aanvankelijk was het niet zo erg geweest. Men had gehoord dat zij een van degenen was die het lichaam hadden gevonden, dus steeg ze in de achting van verschillende mensen. Ze wilden weten hoe het lijk eruitzag, hoe het rook, wat de politie deed.
Maar uiteindelijk waren ze erachter gekomen dat ze iets van het lijk had weggenomen. Dina had geen idee hoe dat was gebeurd; zij had het beslist niet aan iemand verteld. Maar ze had ook aan niemand verteld dat zij het lijk had gevonden. De mensen wisten het gewoon.
Dezelfde mensen die een morbide, maar oprechte belangstelling hadden gehad voor het uiterlijk van een lijk vroegen zich nu vol afkeer af waarom ze zoiets gedaan had, of het niet walgelijk geweest was om het aan te raken, of dit niet net zoiets was als necrofilie of zoiets, enzovoorts enzovoorts.
En niemand wilde haar aan werk helpen.
Dat betekende dat ze 's ochtends geen koffie schonk in Belluso's

Bakery voor forenzen, mensen die hun hond uitlieten en ouders die hun kinderen naar school brachten, maar dat ze zich in haar eentje thuis zat af te vragen waarom ze het in godsnaam een goed idee had gevonden om Maria's ketting weg te nemen.
Misschien moest ze een baan zoeken buiten Riverdale. Ze zou iets in Manhattan kunnen nemen en er met de trein naartoe kunnen gaan.
Als ze werk kon krijgen. Misschien bleef ze nu de rest van haar leven werkeloos omdat ze een misdadiger was.
Nee, dat was belachelijk. Er kwamen voortdurend mensen uit de gevangenis, en die moesten toch ook werken?
Dina vond wel iets.
En dan hoefde ze misschien niet voortdurend te denken aan Maria Campagna en haar stomme ketting.

De zaal was stampvol bij de uitvaart van Malik Washburne. Mac veronderstelde dat hij ook niet anders had moeten verwachten. Ongeveer de helft van de aanwezigen waren politiemensen, waaronder Mac zelf. Velen van hen droegen hun gala-uniform, ook al was het geen officiële politiebegrafenis, maar daar hoorde Mac niet bij. Hij had zijn gala-uniform het jaar daarvoor ook niet gedragen bij de begrafenis van Aiden Burns, en om ongeveer dezelfde reden: toen ze stierven, waren Washburne en Aiden niet meer bij de politie.
Maar Mac had wel een stropdas omgedaan. De laatste keer dat dat was gebeurd, was ironisch genoeg bij Aidens begrafenis. Dat was een kleinschalige aangelegenheid geweest. Aidens familie was er natuurlijk en verscheidene vrienden, die Mac geen van allen echt kende, en haar andere ex-collega's van de forensische dienst.
Aiden was een goede vriendin geweest. Mac had alleen maar lof voor het uitstekende werk dat Lindsay Monroe de laatste twee jaar verrichtte, maar hij miste vaak Aidens felle hartstocht, haar gevatte opmerkingen en haar toewijding aan het recht. Die toewijding was er weliswaar de oorzaak van geweest dat Mac haar had moeten ontslaan en was uiteindelijk haar dood geworden, maar in de

dood was Aiden er tenminste in geslaagd Mac en de anderen naar haar moordenaar te leiden.

Maar terwijl Aidens begrafenis kleinschalig en roerend was geweest, was die van Malik Washburne groots en overdonderend. Naast de enorme groep politiemensen waren er ook honderden Afro-Amerikanen uit de stad, voornamelijk uit Long Island City in Queens, in wier leven Washburne een rol had gespeeld. Mac sprak iemand die beweerde dat het Kinson Rehab Center die dag met een minimale bezetting draaide, omdat iedereen die daar werkte aanwezig wilde zijn als Malik Washburne ter ruste werd gelegd.

Er waren verscheidene vooraanstaande Afro-Amerikaanse New Yorkers aanwezig, zoals Brigham Sinclair, het hoofd van de recherche en een van Macs minst favoriete mensen. Mac putte een bitter genoegen uit het feit dat Sinclair tijdens de hele uitvaart niet één keer oogcontact maakte met Mac.

De grafrede werd uitgesproken door eerwaarde Michael Burford, die de leiding had over het Kinson Rehab Center.

'In de brief van Paulus aan de Efeziërs staat: "Weest elkander onderdanig in de vreze van Christus." Broeders en zusters, Malik Washburne was een goede man. Hij was geen volmaakte man. Hij zou zelf de eerste zijn geweest die zijn eigen tekortkomingen erkende. Hij ging gebukt onder de vloek van de duivel alcohol. De duivel verleidde hem en in een moment van zwakte na een hartverscheurende tragedie is hij ten val gekomen. Maar hij wist dat hij was gevallen en bewandelde bereidwillig de weg naar de verlossing. Als we vandaag naar Maliks dood kijken, kunnen we een tragedie zien en een verschrikkelijk ongeluk. Maar wat ik zie, is wat Malik zou willen dat we zien: een leven dat gegeven werd ten dienste van zijn naaste. Hij nam zich voor onderdanig te zijn aan zijn naasten en hen te helpen. Malik groeide op in de Robinsfield Houses en zoals zo veel jonge Afro-Amerikaanse mannen voelde hij elke dag de verlokking van drugs en misdaad. Hij weerstond die verlokkingen en ging bij de politie, in de hoop zijn gemeenschap te kunnen dienen. Later leverde hij zijn penning in en diende hij de gemeenschap op andere manieren. Maar het belangrijkste, broeders en zusters, is dat hij diende. Hij wijdde zijn leven aan de hulp aan anderen. Zelfs terwijl hij zijn straf uitzat in de gevangenis, diende hij zijn medemens. Dat, broeders en zusters, is hoe we hem moeten gedenken, en zo was hij onderdanig aan anderen. Als u weer de straat op gaat, moet u er niet aan denken dat er een goede man is gestorven. U moet eraan denken dat er een goede man geleefd heeft, en dat hij anderen diende. Herdenk dat leven, niet die dood, broeders en zusters, en denk eraan onderdanig te zijn aan elkaar. Malik en ik hadden niet hetzelfde geloof, en sommigen van u hebben misschien bezwaar tegen mijn citaat uit de Bijbel in de grafrede van een man van de islam. Maar of u nu gelooft in Jezus Christus of Mohammed als uw profeet, of u nu gelooft in God of Allah als de schepper van alle dingen, of u uzelf nu een christen of een moslim noemt, we kunnen allemaal leren van het voorbeeld dat Malik ons gaf. Ga met God, ga met Allah, ga met Christus. Maar ga en wees elkander onderdanig zoals Malik dat was.'

Toen de uitvaart eindelijk was afgelopen, nam Mac een besluit. Hij baande zich een weg tussen de groepjes mensen door in een poging Sinclair te bereiken. Hij zou hem gedag zeggen, de man de hand schudden en hem condoleren met de dood van zijn vriend. Het was een aardige gedachte, maar helaas werd Sinclair bestormd door de pers. Het idee dat zijn gebaar door de camera zou worden vastgelegd stond Mac niet erg aan – de bedoeling was om vrede te sluiten met Sinclair, niet om een show op te voeren – dus hield hij het maar voor gezien.

Een verslaggever van *The Village Voice* vroeg aan Sinclair of hij een officiële politiebegrafenis had aangevraagd voor zijn voormalige partner.

Sinclair snauwde: 'Geen commentaar. Excuseert u mij.'

Met die woorden vertrok Sinclair, met de pers op zijn hielen.

Mac zuchtte. Misschien een andere keer.

Jay Bolton had nog steeds een hekel aan zijn baan, maar kwam voor het eerst op de gedachte dat hij er toch wel eens iets aan zou kunnen hebben.

De afgelopen week was een doffe ellende geweest. Eerst de twee sterfgevallen en daarna de gevolgen daarvan. Jay was een van de PIW'ers geweest die Washburne de gelegenheid gaf zijn medicatie niet in te nemen, maar wat had hij anders moeten doen? Sergeant Jackson had hem en een groepje andere mannen terzijde genomen toen Washburne naar de gevangenis werd overgeplaatst.
'We krijgen vandaag een nieuwe,' had Jackson gezegd. 'Ene Malik Washburne. Hij was vroeger bij de politie en heette toen Gregory Washburne, voordat hij ontslag nam, mohammedaan werd en Al Sharpton ging nadoen, alleen zonder het haar.' Daar had Jay om moeten lachen. 'Hij is een van ons, mensen, en we gaan doen wat we kunnen om het hem zo gemakkelijk mogelijk te maken, maar zonder te overdrijven. Dat betekent dat we hem zijn gang laten gaan met dingen als de medicijnen. De man is moslim en neemt geen drugs, oké?'
'Waarom heeft hij ze dan laten voorschrijven?' had Jay gevraagd.
'Hij wilde geen problemen veroorzaken.'
Nu hij eraan terugdacht, besefte Jay dat het een stom antwoord was. Washburne had gewoon moeten weigeren toen de medicijnen werden voorgeschreven, maar in plaats daarvan had hij onder het systeem uit willen komen. Dat was niet zo erg geweest, als hij maar geen allergie had gehad.
Maar op dat moment had het allemaal redelijk geleken. En Jay was erin meegegaan. Wat moest hij anders doen? De sergeant had hem gezegd het te doen en niemand had dat tegengesproken. Jay wilde niet opvallen of problemen veroorzaken, hij wilde alleen zijn werk doen, elke twee weken zijn salaris ontvangen en weer naar huis gaan om te schrijven.
Kapitein Russell en oom Cal Ursitti hadden het iedereen de laatste twee dagen knap moeilijk gemaakt en mensen in de verhoorkamer het vuur na aan de schenen gelegd op dezelfde manier als die twee politiemannen hadden gedaan toen Washburne en Barker waren gestorven.
Uiteindelijk kreeg iedereen een berispende brief in zijn personeels-

dossier. Veel anders konden ze niet doen, omdat elke PIW'er in de gevangenis, op Andros na, in het complot zat. Als ze iedereen schorsten, hadden ze een groot probleem. Russell had het erover gehad de mensen gedurende langere tijd een voor een te schorsen, maar Ursitti had hem er blijkbaar van overtuigd dat het de moeite niet waard was. Sullivan had Jay verteld: 'Bijna iedereen wilde iets doen voor iemand die echt probeerde een ander mens te worden. En hij had veel goeds gedaan op de wereld voordat hij de fout in ging.'

Jay had zich afgevraagd of de families van de twee mensen die Washburne had doodgereden het daarmee eens zouden zijn, maar dat zei hij niet hardop.

Eigenlijk was hij dankbaar. Hij had eindelijk bedacht waar zijn volgende boek over zou gaan, dat had die hele stomme kwestie in ieder geval opgeleverd. Hij hield op met het boek waaraan hij bezig was – dat liep toch op niets uit – en hij begon helemaal opnieuw aan een politieroman. Hij had veel geleerd door te kijken hoe Taylor en zijn mensen de binnenplaats onderzochten, en dat kon waarschijnlijk iets opleveren.

De mensen hielden van boeken over het oplossen van misdrijven. Het werd gaaf.

De enige die wel werd geschorst, was Ciccone, maar dat was omdat hij Mulroney in staat had gesteld een mes te maken. Ciccone was echter in beroep gegaan. Dat beloofde niet veel goeds, want Jay wist gewoon dat oom Cal Ciccone zou pakken waar hij kon zolang de beroepszaak duurde.

Aan het eind van zijn dienst ging Jay samen met Sullivan en Gibson naar de kleedkamer. Oom Cal stond hen bij de deur op te wachten.

'Ik heb nieuws,' zei hij. 'Er wordt nog een wedstrijd georganiseerd.'
'Dat kun je niet menen.'
'Jawel. Het was een idee van Michaelson.'
Jay fronste toen hij de kleedkamer in ging met Sullivan, Gibson en oom Cal op zijn hielen. Gordon Michaelson was het plaatsvervangend hoofd van de therapeutische begeleiding en hij had ook

de eerste wedstrijd tussen de moslims en de skinheads bedacht; 'het stomste idee sinds Hitler Rusland binnenviel'. Het hele idee was ontstaan door een memo uit Albany waarin met kracht geopperd werd dat een wedstrijd een goed idee was, gebaseerd op de meldingen van spanningen tussen de twee groeperingen in de RHCF. Die spanningen waren uiteraard ontstaan omdat een of andere rechter Karl Fischer voor de duur van zijn beroepszaak had overgeplaatst naar een halfopen inrichting, maar Albany wilde zo nodig 'gemeenschapszin kweken'. Jay had een informeel onderzoek gehouden onder zowel de andere PIW'ers als de gedetineerden en niemand had een flauw idee wat met die woorden bedoeld werd. Maar volgens Michaelson stonden ze wel vier keer in het memo.
Oom Cal zei: 'Ja, maar nu is het plaatsvervangend hoofd helemaal weg van het idee. Hij wil dat het een wedstrijd wordt ter herinnering aan Malik Washburne.'
Jay knipperde met zijn ogen terwijl hij zijn blauwe overhemd losmaakte. 'Dat is eigenlijk niet zo'n slecht idee.'
'Ja,' zei Sullivan. 'Fischer heeft in het openbaar toegegeven dat hij respect had voor Washburne. Ik dacht dat ik ter plekke een hartaanval zou krijgen. Wie weet, misschien gedragen ze zich.'
Jay glimlachte. 'Misschien kweken ze zelfs wat gemeenschapszin.'
Oom Cal lachte blaffend. 'Laten we het niet overdrijven. In ieder geval, de wedstrijd is morgen om één uur, als het tenminste niet regent. Jullie zijn er alle drie bij, samen met Andros.'
Jay trok een gezicht. Evenals Gibson.
Sullivan sprak hun gedachte uit: 'Ah, kom op nou, luitenant, die vent is vergif!'
'Nee, dat is hij niet. Hij is een PIW'er, net als wij. En als jullie niet zulke stomme spelletjes hadden gespeeld, zou een goede man nu nog leven. Dus jullie wennen maar aan hem.'
Daarmee was oom Cal vertrokken. Sullivan en Gibson begonnen te klagen over Andros en Ursitti en over een aantal andere dingen. Jay deed niet mee, maar hij luisterde wel.
Zijn roman zou zich afspelen in een gevangenis en er zou een

moord gepleegd worden. Hij zou het geheel een authentiek tintje geven door de PIW'ers te laten praten zoals echte PIW'ers doen. Het werd het beste boek ooit. Hij wist zeker dat het dit keer zou lopen als een trein.

23

Rechercheur Don Flack zag ernaar uit om een nieuw potje pillen te krijgen. Het was al een paar dagen geleden sinds hij de laatste pil had ingenomen, op de ochtend na de twee sterfgevallen in de RHCF, en sinds hij het potje had afgegeven om het weer te laten vullen. Met al die drukte was hij er nog niet aan toegekomen om het gevulde potje weer op te halen. Hij had de tussenliggende dagen besteed aan het papierwerk van de moorden in de RHCF en het organiseren van een overval op drugsdealers in samenwerking met het Department of Homeland Security. Een van Flacks vertrouwelijke informanten – een betrouwbare vent – had gezegd dat de Wilderbende al een jaar cocaïne opsloeg in een bepaald pakhuis en Flack was al twee maanden bezig de overval te plannen. Ze moesten voorzichtig zijn; Gavin Wilder was een gladde aal en ze konden zich geen fouten veroorloven. De overval zou de volgende dag plaatsvinden en er zou een heleboel personeel van de politie en van het DHS bij betrokken zijn. Flack hield zich meestal niet bezig met drugszaken, maar het was zijn informant die hun de tip had gegeven, dus mocht hij de overval plannen.

Daarom ging hij onderweg naar zijn werk langs de kleine familieapotheek op de hoek. Hij wist niet hoe ze de zaak draaiende hielden. Een blok verderop was een Duane Reade en om de hoek een CVS, maar op de een of andere manier wist Alda Pharmacy, de apotheek van twee oudere broers, Sal en Carmine genaamd, en hun respectievelijke dochters, het hoofd boven water te houden, ondanks het feit dat de zaak kleiner was en een minder groot assortiment had.

Flack ging er altijd aspirine, pleisters en condooms halen en kwam alleen in de grote apotheken als Alda iets niet had. Toen hij de Percocet voorgeschreven had gekregen, had hij er niet eens over nagedacht: hij had het receptje van het ziekenhuis overhandigd aan Sal Alda's knappe dochter Vicki.

'Hé,' had ze gezegd, 'ik heb gehoord dat jij een held bent.'

'Geen held,' had hij geantwoord. 'Ik bevond me alleen te dicht bij een bom. Mijn collega Mac is degene die de gek heeft opgespoord die hem daar had geplaatst.'

'Pff,' zei Vicki, 'je foto stond op de voorpagina van de *Daily News*. Dan ben je een held.'

'Lindsay Lohan staat ook op de voorpagina van de *Daily News*. Maar dan is ze nog geen held.'

Vandaag stond de dochter van Carmine Alda achter de toonbank.

'Hallo, rechercheur Flack.'

'Hoi, Ginny. Hoe is het met Ty?'

Ty Wheeler was Ginny's vriendje. Ze rolde met haar ogen, zoals altijd als Flack naar hem vroeg. 'Die halve gare. Hij heeft me voor mijn verjaardag kaartjes gegeven voor de wedstrijd van de Mets op zondag. Alsof ik iets geef om honkbal. Hij wil gewoon Pedro Martínez zien werpen.'

'Pedro is geblesseerd,' zei Flack met een glimlach.

'Wat kan mij dat schelen. Ik weet helemaal niets van honkbal. Misschien was het Roger Clemens.'

'Die speelt bij de Yankees. Ga je of niet? Want als je niet gaat, wil ik je kaartje wel hebben.'

Ze hield haar hoofd scheef, zodat haar blonde haar opzijviel. 'Heel leuk, rechercheur.' Ze ging naar achteren, waar verscheidene grote plastic dozen met letters op het etiket op een plank stonden. Op een van die dozen stond E-F en dat was de doos die Ginny naar voren trok en waarin ze begon te zoeken. Uiteindelijk haalde ze er een zakje uit met een recept eraan. Toen ze weer naar voren kwam, zei ze: 'Dit recept is van maanden geleden.'

'Ja, ik was er niet zo snel doorheen.'

'Oké.' Ze haalde haar schouders op. 'U moet tien dollar zelf betalen.'

Hij knikte, trok zijn portefeuille en gaf haar een van de vreemde,

nieuwe, bruine tiendollarbiljetten. 'Alsjeblieft. Veel plezier bij de wedstrijd.'
'Ja hoor.'
Flack wrong zich met een grijns langs een oude vrouw in het smalle gangpad en verliet de kleine apotheek.
Hij liep naar de parkeerplaats die hem krankzinnige hoeveelheden geld kostte om er zijn auto te mogen parkeren, want het was godsonmogelijk om hem in deze stad langs de straat kwijt te raken. Soms had Flack zin de man op te zoeken die het systeem om afwisselend aan weerszijden van een straat te parkeren had uitgedacht en hem tot bloedens toe te slaan. Hij moest overwerken om zijn parkeerplaats te kunnen betalen.
In ieder geval was de pijn die dag niet zo erg.
Onder het lopen haalde hij zijn telefoon voor de dag, klapte hem open en belde Mac Taylor.
Taylor nam bij het derde rinkeltje op. 'Goedemorgen, Don.'
'Hé, Mac. Hoor eens, ik wilde alleen even zeggen… Bedankt.'
'Waarvoor?'
'Omdat je me naar de Percocet hebt gevraagd. Ik waardeer het dat je daar aandacht voor hebt, begrijp je?'
'Graag gedaan, Don.'
'Toevallig heb ik net weer een potje vol opgehaald. O, en wil jij dat ook even aan Sheldon doorgeven? Dan kunnen jullie me allebei met rust laten.'
Mac grinnikte. 'Hoor eens, Don, Stella heeft een uitstapje georganiseerd, vandaag na het werk. Ga je ook mee?'
Flack haalde zijn schouders op. 'Best. Waar gaan we heen?'
'Ze zei dat het een verrassing was.'

Toen Stella achter haar bureau ging zitten, trof ze de gebruikelijke lange lijst e-mails aan op haar computer. Tussen de memo's van andere afdelingen, de samenvattingen van de discussielijsten waarop ze was geabonneerd (waarvan de meeste over de nieuwste forensische technieken gingen; Mac stond erop dat ze daar allemaal op geabonneerd waren, zodat ze bij konden blijven, maar er stond

altijd veel onzin tussen, dus hield Stella zich aan de samenvattingen) en mailtjes van vrienden bevond zich ook een e-mail van Jack Morgenstern.
'Dat kan leuk worden,' mompelde ze. Ze had geen idee hoe Morgenstern aan haar e-mailadres op het werk kwam, maar het was ook niet echt een staatsgeheim.
Tot Stella's opluchting zaten er geen bijlagen bij. Ze zag Morgenstern er wel voor aan om haar een virus te sturen, en ze haalde haar hele inbox door een virusscanner voordat ze de e-mail opende.
Toen dat gedaan was – het duurde even, maar Stella moest toch het papierwerk over de zaak-Campagna afmaken – opende ze de e-mail.

Rechercheur Bonasera,
Ik hoop dat alles goed met u is. Ja, dat leest u goed. Ik besef dat ik nogal bot ben overgekomen, maar u moet het ook eens van mijn kant bekijken. Toen u en rechercheur Angell bij me aanbelden, 1) maakten jullie me wakker uit een diepe slaap en 2) had ik geen idee dat Maria vermoord was. En de lomperiken van Bureau 52 waren ook niet bepaald een aanbeveling voor de New Yorkse politie of jullie manier van werken. Ik ging inderdaad meteen in de verdediging, maar ik was al eens vals beschuldigd van een bijzonder laffe misdaad, alleen gebaseerd op de lengte van mijn haar. Dat soort dingen maakt dat je op je hoede bent.
Maar al met al kan ik u niet kwalijk nemen dat u me verdacht. Annie zag me tegen sluitingstijd Belluso binnengaan. Natuurlijk moest u toen aandacht aan me besteden. Ik heb sinds mijn onterechte arrestatie het een en ander gelezen over de politie en het werk dat politiemensen doen, dus ik weet dat jullie afgaan op de aanwezige sporen en wat ooggetuigen jullie vertellen. In dit geval leidden die naar mij.
Maar ik ben blij dat u en rechercheur Angell open bleven staan voor andere mogelijkheden. U onderzocht de bewijzen, en toen die niet recht naar mij wezen (en dat kon ook niet, omdat ik niets gedaan heb), zocht u elders naar de moordenaar – en u vond hem.
Eind goed al goed.

Jullie hebben me respect gegeven voor de politie, wat ik een week geleden nog niet had, en daar dank ik u voor, rechercheur Bonasera. Als we elkaar ooit nog eens ontmoeten, hoop ik dat het in aangenamer omstandigheden zal zijn.

Met vriendelijke groet,
Jack Morgenstern

Stella bleef een paar seconden naar het scherm zitten staren. Dit was echt het laatste wat ze verwacht had.
Het duurde een paar seconden voor ze besefte dat haar telefoon ging. Ze haalde hem uit haar zak en zag dat het Angell was.
'Hé, Jen.'
'Ik heb net een heel vreemde e-mail gehad.'
Stella lachte. 'Laat me raden, van Morgenstern?'
'Ja. Heb jij er ook een?'
'Ja.'
'God, Stell, ik dacht dat hij me mee uit ging vragen toen ik dat epistel las.'
Stella moest weer lachen. 'Ik geloof niet dat hij zó ver bijgetrokken is.'
'Ook al was dat zo, ik niet. De man flirt met tieners.'
'Hoor eens, Jen, nu ik je toch aan de telefoon heb, heb je na je dienst iets te doen?'
'Ik wilde eindelijk mijn haar eens laten knippen, maar heb jij iets beters te bieden?'
'Mja,' zei Stella opgewekt.

Zodra ze Belluso's Bakery binnenkwamen, begreep Mac waarom Stella zo graag terug was gegaan om mensen te kijken. Ja, ze had willen zien of ze nog aanwijzingen kon vinden die naar de moordenaar van Maria Campagna konden leiden, maar dat was niet de enige reden waarom ze hier had willen zijn.
Er heerste een opgewekte en lichte sfeer in de zaak, zelfs nu de nacht viel in de Bronx. De twee lange toonbanken stonden vol

kleurrijk gebak, koekjes en cakes. Een ouderwets cappuccinoapparaat stond boven op de toonbank, samen met het gebruikelijke assortiment rietjes, roerstokjes, plastic bestek en servetten.

De meeste tafeltjes en stoelen waren bezet. Mac keek eens naar Stella en naar de rest van hun groep – zeven mensen – en zei: 'Ik weet niet of er wel plek voor ons is.'

'Boven.' Stella liep naar de houten trap midden in de zaak, die naar een soort balkon op de eerste verdieping leidde. 'Bestel je voor mij een cappuccino en een grote cannolo terwijl ik een paar tafeltjes tegen elkaar aan schuif?'

Een van de vrouwen achter de toonbank keek naar Angell. 'Hallo, rechercheur... Angell, nietwaar?'

'Jawel,' glimlachte Angell. 'En je kent rechercheur Monroe zeker ook nog wel?'

Lindsay lachte en wuifde even. Ze stond heel dicht bij Danny, zag Mac. 'Jij bent toch Jeanie?'

Jeanie knikte. 'Heb je besloten het hele team mee te nemen?'

'Het grootste deel ervan,' zei Lindsay met een blik op Mac.

Mac haalde zijn schouders op. Behalve Sheldon, Danny, Lindsay, Flack, Angell en Mac zelf had Stella ook Sid en Peyton uitgenodigd. Maar Sid had een afspraak met zijn familie en Peyton had de late dienst. 'We spreken elkaar morgen,' had ze gezegd, en Mac had kunnen zweren dat hij haar ogen zag twinkelen toen ze dat zei.

Iedereen gaf zijn bestelling op – Mac nam een espresso en een van die cannoli waarover Stella niet uitgepraat raakte – en nam het bestelde mee naar boven.

Op de eerste verdieping stonden niet dezelfde hoge tafels en gewone stoelen als op de begane grond, maar grote, gemakkelijke stoelen en lage tafels. Stella had drie van de tafels tegen elkaar geschoven en zeven stoelen in een kring eromheen gezet. Mac zag dat er ook nog een enorme klok midden op de muur hing, maar er was iets vreemds mee.

Na een paar tellen besefte hij wat het was. 'Die klok heeft geen wijzers.'

'Goedkope symboliek,' zei Stella. 'De eigenaar heeft me verteld dat hij wil dat de mensen zo lang blijven als ze willen. De tijd speelt hier geen rol. Dus heeft hij de wijzers van de klok gehaald.'
'Slim,' zei Mac, en hij ging zitten op een van de stoelen die Stella in een ovaal bij elkaar had gezet.
Angell wierp een blik op Flack toen ze ging zitten met haar thee en haar frambozentaart. 'Zo, Don, morgen is de grote dag, nietwaar?'
Flack haalde zijn schouders op en ging naast haar zitten. Hij had een dubbele espresso en chocoladekoekjes. 'Dat is te hopen. Wilder is een sluwe schooier, dus misschien is er niet veel te vinden. Maar mijn informant heeft me nog nooit teleurgesteld. Ik denk dat we in ieder geval een van zijn pakhuizen kunnen leeghalen.'
'Dat klinkt goed. Als je een paar van Wilders mannen te pakken kunt krijgen, slaat een van hen misschien wel door. Ik heb een dubbele moord van twee maanden geleden waarvan ik gewoon wéét dat Wilder er opdracht voor heeft gegeven, maar ik heb geen bewijs.'
Flack glimlachte. 'Ik hou je op de hoogte.'
Het duurde niet lang voor iedereen zat. Mac nam een hap van zijn cannolo en kreeg er geen spijt van. Hij had verschillende cannoli gegeten – bijna allemaal in het gezelschap van Stella – maar dit was de eerste waarvan de huls niet oudbakken was en de vulling zo luchtig was dat het bijna slagroom leek. 'Lekker,' zei hij.
'Heb ik het niet gezegd?' zei Stella met een brede lach.
'Inderdaad. En zoals gewoonlijk had je gelijk.'
'Als je dat maar weet,' zei Stella. 'Volgens mij zou de wereld een veel betere plek zijn als iedereen altijd precies deed wat ik zei.'
Sheldon grinnikte terwijl hij een hap nam van zijn grote koek. 'Daar kan ik niets tegen inbrengen.'
'Hé, Sheldon,' zei Flack, 'hoe vond je het om voor de verandering als vrij man in de gevangenis rond te lopen?'
Mac zag Sheldons gezicht even betrekken toen Flack dat zei, maar hij herstelde zich snel. Hij zag ook dat Stella hem bezorgd aankeek.

'Het was... vreemd,' zei Sheldon eindelijk. 'En de PIW'ers in de RHCF waren net zulke klootzakken als op Rikers. Maar ik vond het fijn om rond te kunnen lopen zonder acht ton papierwerk in te hoeven vullen.'
'Nee,' zei Mac, 'als bezoekers hoefden we maar vier ton papieren in te vullen.'
Daar moesten verscheidene mensen om lachen. Lindsay verslikte zich in haar thee, maar Danny gaf haar een kameraadschappelijke klap op de rug. 'Voorzichtig, Montana. Niet proberen tegelijkertijd te lopen en te kauwen.'
Lindsay herstelde zich en stootte Danny met haar elleboog tegen zijn ribben. 'Dat lukt prima, bedankt.'
'Nu we het toch over PIW'ers hebben,' zei Mac, 'ik ga het openbaar ministerie bellen over Ciccone. Hij is al geschorst, maar ik wil weten of we hem kunnen aanklagen.'
'Wie is Ciccone?' vroeg Lindsay.
Flack zei: 'De smous die Mulroney naar buiten liet glippen met een scheermes.'
'We zouden hem op zijn minst moeten kunnen pakken op plichtsverzuim,' zei Mac.
Angell keek Flack geamuseerd aan. 'Smous? Sinds wanneer spreek jij Jiddisch?'
Flack grinnikte. 'Ik woon mijn hele leven al in New York, dus ben ik erejood.'
Lindsay zette grote ogen op. 'Echt waar?' Ze keek naar Danny. 'Werkt dat echt zo?'
Danny grijnsde. 'Attenoje, en dat vraag je aan mij?'
Dat leverde hem nog een elleboog tegen zijn ribben op.
'Laten we in ieder geval hopen dat hij moet boeten voor zijn rol in Barkers dood.'
'Over boeten gesproken,' zei Stella met een mond vol cannolo, 'wie moet ik hiervoor betalen?'
'Niemand,' zei Angell. 'Jeanie zei dat we konden betalen als we weggingen.'
'Niet helemaal,' zei een stem met een accent bij de trap.

Mac draaide zich om en zag een grote, oudere man de trap op komen. Hij had veel levervlekken en dun wit haar, dat hij netjes had gekamd.
'Goedenavond, meneer Belluso,' zei Stella.
'Ach,' zei hij met een handgebaar. 'Zeg maar Sal. Jullie hebben de man gevonden die mijn meisje heeft vermoord, jullie hebben hem in de cel gezet, waar hij hoort. Jullie eten gratis.'
'Dat is echt niet nodig,' zei Mac. 'Trouwens, we kunnen geen geschenken aannemen...'
'Dit is mijn bakkerij, meneer eh...'
'Taylor. Ik ben de meerdere van rechercheur Bonasera, en ik...'
'Dit is mijn bakkerij, meneer Taylor, en als ik u gratis wil laten eten en drinken, is dat mijn recht als burger van dit prachtige land, nietwaar?'
Mac aarzelde. 'Meneer, we kunnen echt niet...'
'Ach! Ga ik soms naar uw politiebureau om u te vertellen hoe u misdaden moet oplossen? Nee? Ga me dan niet in mijn eigen bakkerij vertellen hoe ik eten en drinken moet serveren. Geniet ervan! Laat het u smaken!' Die laatste twee zinnen werden geuit met beide armen omhoog, alsof hij iets probeerde op te tillen.
Hij ging lachend weer naar beneden.
Stella keek even naar Angell en zei: 'Ik denk dat we nu geen pola's meer zijn.'
Mac fronste. 'Pola's?'
Deze nam Danny voor zijn rekening. 'Dat is slang en het betekent "vrouwelijke agenten". Het is meestal niet bedoeld als compliment.' Hij keek even naar Stella. 'Noemde hij je zo?'
Stella knikte. 'Toen ik bloed en DNA bij hem afnam. Hij mompelde in het Italiaans en dacht dat ik er geen woord van zou begrijpen.'
Mac glimlachte. 'Daar heb je zeker wel van genoten.'
'Nou en of.'
Ze bleven nog even zitten roddelen, lachen en vertellen. Lindsay had amusante verhalen over haar tijd bij de technische recherche van Bozeman. Flack, waarschijnlijk geïnspireerd door de reünie

met zijn oude kindervriend, vertelde over zijn tienerjaren. Angell praatte erover hoe het was om op te groeien met een rechercheur als vader. Sheldon onthaalde hen op een paar van zijn wildere zaken van de afdeling Spoedeisende Hulp. (Zoals het verhaal van iemand die het grootste deel van een wasbeer in zijn anus had, een verhaal dat Mac al zes keer had gehoord maar dat Lindsay en Angell nog niet kenden. Ze toonden gepaste afkeer en daarom hield Sheldon er zo van om het te vertellen.) Danny had wat anekdotes uit zijn kortstondige carrière als honkbalspeler in de lagere divisies.

Zelfs Mac deed mee met een beschrijving van de tijd dat hij een jonge marinier was en er een generaal met vier sterren was gekomen om de mannen toe te spreken. 'Daarna nodigde hij ons allemaal uit in de officiersclub voor een paar borrels.'

Flack grinnikte. 'Hoeveel is een paar?'

'Ik ben echt de tel kwijtgeraakt.'

Daar lachte iedereen om.

Mac ging verder: 'Het probleem was dat die vent vier sterren had. Je kon niet vóór hem vertrekken. En hij bleef maar rondjes geven, en als je het niet bijhield, merkte hij dat en begon hij te schreeuwen.' Mac sloeg een lagere toon aan om de stentorstem van de generaal na te doen. '"Ik heb gedronken met zeelui, jongen," zei hij tegen een jongen die Martin heette en die probeerde wat langer met zijn drankje te doen. "Dat zijn watjes die niet tegen drank kunnen. Ben jij een zeeman, jongen?" Niets is beledigender voor een marinier dan te zeggen dat hij een zeeman is, dus dronk Martin het hele glas in één slok leeg.'

Danny staarde hem aan. 'Wat zat erin?'

'Jack Daniel's.'

'Au,' zei Danny. 'Dat is alcoholmisbruik.'

'Het mooiste kwam natuurlijk de volgende morgen,' zei Mac, 'toen we gewoon om zes uur moesten aantreden. We waren pas om vijf uur terug in de slaapzaal. De generaal zat om zeven uur in een vliegtuig en heeft zijn roes waarschijnlijk in de jet uitgeslapen. Maar wij moesten doen alsof het een normale dag was.' Hij schud-

de zijn hoofd. 'Martin zag zo groen, die kleur heb ik sinds die tijd nooit meer gezien.'
'O, kom op, Mac,' zei Stella. 'En die man dan die groen werd?'
'Wat is dat?' vroeg Sheldon.
'O, god,' zei Flack. 'Die herinner ik me nog.'
'Vertel eens,' zei Lindsay.
Dus vertelde Stella dat verhaal, en er kwamen er nog meer naarmate de avond vorderde.
Maar uiteindelijk moest die tot een eind komen. Mac stak het restje van zijn espresso omhoog en zei: 'Voordat we allemaal vertrekken, wil ik een toost uitbrengen. Op Stella Bonasera, omdat ze ons allemaal heeft meegesleept om samen lol te maken.'
'Helemaal mee eens!'
'Ja, Stella!'
Stella glimlachte. 'Dank je, Mac.'
Toen ze uit elkaar gingen, namen Stella en Angell afscheid van Belluso en Jeanie. Het duurde niet lang voor ze allemaal op de stoep van Riverdale Avenue stonden.
Lindsay keek op naar Danny. 'Ik heb zin om te gaan poolen.'
'O ja? Ik ken een zaak waar ze een fantastische tafel hebben.'
'Nou, laten we gaan dan,' zei ze met een glimlach.
'Denk eraan dat je om negen uur morgenochtend weer dienst hebt, Lindsay,' zei Mac.
'Ik weet het,' zei Lindsay, en zij en Danny liepen naar zijn auto.
Mac schudde zijn hoofd en ging naar zijn eigen wagen, maar bleef staan toen Stella riep: 'Hé, Mac!'
Ze rende naar hem toe en gaf hem een snelle zoen op zijn wang.
'Bedankt voor de toost.'
Hij glimlachte. 'Je hebt het verdiend. En dat was goed werk met de zaak-Campagna, trouwens. Het zou gemakkelijk zijn geweest om het gewoon op Morgenstern te houden. Maar je hield vol en volgde de bewijzen. Ik ben trots op je, Stella.'
Stella lachte. 'Nou, ik had een goede leraar. En slim van je om uit te vinden hoe Washburne is gestorven. Dat was een knap staaltje recherchewerk.'

'Dank je. Maar ik heb een mooie beloning gekregen.'
'O, ja?'
Mac keek om naar Belluso en zei: 'De beste cannoli in New York.'
'Als je het maar weet.'

Dankwoord

Mijn eerste dank moet uitgaan naar mijn fantastische redacteur, Jennifer Heddle, die me nog eens de kans gaf een verhaal te schrijven dat zich afspeelt in mijn geboorteplaats, de mooiste stad ter wereld.

De tweede naar wie mijn dankbaarheid uitgaat, is Paul DiGennaro, die vele jaren penitentiair inrichtingswerker is geweest in de staat New York en wiens hulp van onschatbare waarde was bij het beschrijven van het leven in de fictieve Richmond Hill Correctional Facility. Ik kan gerust zeggen dat ik dit boek, of in ieder geval de stukken die over de RHCF gaan, niet geschreven had kunnen hebben zonder Paul. Ik dank verder Linda Foglia van de New York State Department of Corrections, Edward Adler, plaatsvervangend hoofd van de sociotherapeutische begeleiding, en kapitein William Caldwell van de Arthur Kill Correctional Facility voor hun rondleiding in deze gevangenis, die me enorm heeft geholpen. Alle vergissingen of afwijkingen met betrekking tot het leven in een gevangenis zijn verzinsels (een mooi woord voor 'stomme fouten') van de schrijver en kunnen in geen enkel opzicht aan deze fantastische mensen worden toegeschreven.

Natuurlijk gaat mijn dank ook uit naar Gary Sinise, Melina Kanakaredes, Eddie Cahill, Hill Harper, Carmine Giovinazzo, Anna Belknap, Robert Joy, Claire Forlani, Emmanuelle Vaugier, A.J. Buckley, Mykelti Williamson en Carmen Argenziano, die vele personages in dit boek een gezicht en een stem hebben gegeven en me al doende van materiaal hebben voorzien om mee te werken.

Hoewel het de inspiratie verschafte voor een andere tv-show op een andere zender moet ik mijn lof uitspreken voor *Homicide: A Year on the Killing Streets* van David Simon. Dit boek over echte misdaden heeft mijn belangstelling gewekt voor politieprocedures.

Mijn diepe dank gaat ook uit naar Reddy's Forensic Page (www.forensicpage.com), een fantastische internetpagina met forensische informatie en de droomsite van elke researcher. Mijn collega-CSI-schrijver Ken Goddard (die zelf forensisch deskundige is) heeft me ook geholpen met een paar wetenschappelijke details. Eveneens dank aan de fantastische mensen van CLPEX.com (Complete Latent Print Examination), die op hun website een pdf hebben van het baanbrekende boek *Finger Prints* van Francis Galton uit 1892.

De gebruikelijke dank gaat uit naar GraceAnne Andreassi DeCandido, die weer een uitstekende eerste lezer was.

Ten slotte dank ik hen die met me samenleven, zowel mensen als katten, voor alles.

Over de schrijver

Keith R.A. DeCandido is een blanke man van achter in de dertig en ongeveer zesentachtig kilo. Hij is het laatst gezien in de wildernis van de Bronx, New York, hoewel hij ook vaak op andere plaatsen wordt gespot. Hij is meestal gewapend met een laptopcomputer, door sommigen geclassificeerd onder de dodelijke wapens. Met gebruik van zijn laptop heeft hij het nietsvermoedende lezerspubliek bestookt met romans, korte verhalen, stripboeken, nonfictie, e-books en bloemlezingen. De meeste hiervan spelen zich af in het milieu van de televisieshows, films, videospelletjes en stripboeken, zoals *Star Trek* (in al zijn vormen), *Buffy the Vampire Slayer*, *Command and Conquer*, *Doctor Who*, *Marvel Comics*, *Resident Evil*, *StarCraft*, *Supernatural*, *World of Warcraft* en nog vele andere. Hij heeft ook de beroemde high-fantasy politieroman *Dragon Precinct* op zijn geweten, alsmede verscheidene korte verhalen die zich in hetzelfde universum afspelen. Als u DeCandido ziet, probeer dan niet met hem in contact te komen, maar bel meteen om hulp. Hij wordt vaak gezien in het gezelschap van een vrouw die voorzichtig wordt geïdentificeerd als zijn verloofde en twee katten, die luisteren naar de namen 'Aoki' en 'Marcus'. Een volledig dossier vindt u op www.DeCandido.net, met verdere informatie op kradical.livejournal.com.

Lees ook van Karakter Uitgevers B.V.

CSI: Extreem
KEN GODDARD

Een meedogenloze huurmoordenaar in een afgelegen natuurpark in Nevada. Een reeks moorden die op het eerste gezicht geen verband met elkaar vertonen. Opnieuw wordt het uiterste gevergd van CSI's Gil Grissom, Catherine Willows, Nick Stokes, Warrick Brown, Sara Sidle en Greg Sanders.

ISBN 978 90 6112 327 9

CSI: Miami: Zondvloed
DONN CORTEZ

In Miami vindt de jaarlijkse kerstmannenconferentie plaats. Honderden vrolijke en vriendelijke oude mannen in rode pakken zwermen uit in de stad. Het is een groot feest, totdat een van hen op gruwelijke wijze wordt vermoord...

ISBN 978 90 6112 156 5

CSI: Valkuil
STUART M. KAMINSKY

Zware voorjaarsregens, die dag en nacht aanhouden, hebben het openbare leven in New York volledig platgelegd. In sommige wijken is de stroom uitgevallen en er komen meldingen binnen van mensen die geëlektrocuteerd zijn door neerstortende elektriciteitskabels. De metrostations staan onder water en het openbare vervoer is stil komen te liggen.
Geplaagd door deze zondvloed moet het CSI-team maar liefst drie gecompliceerde moorden zien op te lossen.

ISBN 978 90 6112 077 3

Drie superspannende thrillers gebaseerd op de in Amerika met vele prijzen bekroonde televisieserie.

'Fantastische boeken; beter dan de serie!'

Voor alle informatie over de CSI-boeken ga naar www.karakteruitgevers.nl/csi